KB022735

청춘 돼지는 나이팅게일의 꿈을 꾸지 않는다

카모시다 하지메 지음
미조구치 케이지 ● 일러스트
이승원 옮김

아즈사가와 사쿠타

여전히 스마트폰이 없는,
약간 괴짜인 대학교 1학년.
마이 씨와 같은 대학에 당당히 입학했으며,
평온한 나날을 보내고 있다.

후타바 리오

국립대학에 다니는 1학년.
고등학생 시절에는 혼자서 물리실험실에 있을 때가 많았지만,
대학에서는 친구를 사귄 것 같다.
사쿠타와 같은 학원에서 강사 아르바이트를 하고 있다.

우리도 찍을까.
제목은 『에노시마 도달』이야ㅡ.

쿠니미 유마

미네가하라 고교 시절에 사귄, 사쿠타의 몇 안 되는 친구.
고등학교를 졸업하자마자 바로 취직.
반년에 걸친 훈련을 마치고, 소방관으로서 바쁜 나날을 보내고 있다.

"내가 악당 같잖아."

마이는 일부러 퉁명한 표정을 짓더니,

양손으로 쥔 머그잔에 입을 댔다.

"분말을 너무 많이 넣어서 쓰네."

사쿠라지마 마이

연예계에 완전히 복귀한 국민적 여배우.
연인인 사쿠타와 같은 대학에 다니고 있다.
일 때문에 눈코 뜰 새 없이 바쁘지만
사쿠타와 함께 보내는 시간을 소중히 여기고 있다.

창가에 누군가가 서 있었다.

가장 앞자리의 옆.

고등학교 교실에 어울리지 않는 사복 차림—.

바다에서 바람이 불어오자,

석양에 물든 머리카락이 흩날렸다.

아카기 이쿠미

사쿠타의 중학 시절 동급생.
사쿠타와 같은 대학의 간호학과에 다니고 있다.
자원봉사 단체도 만든 우등생이지만,
최근 들어 다른 활동에 열을 올리고 있는 듯한데……

제1장 정의의 사도   013

제2장 불협화음   093

제3장 기억영역의 너와 나   165

제4장 힐베르트 공간의 너머에서   243

종 장 Message   317

디자인 ● 키무라 디자인 랩

청춘 돼지는
나이팅게일의
꿈을 꾸지 않는다

카모시다 하지메 지음
미조구치 케이지 ● 일러스트
이승원 옮김

여기가 아냐.

여기가 아냐.

여기가 아니라고

몇 번, 몇 번, 몇 번을 외쳐도

멋진 나를 찾아서

못난 나를 보이며

여기에 있는 거야.

미치도록 싫은 이 세상에서

미칠듯한 사랑을 갈구하면서.

키리시마 토코 『Hilbert Space』 발췌

제1장

정의의 사도

1

 그날, 아즈사가와 사쿠타는 카타세 에노시마 역 개찰구 앞에서 친구와 만나기로 했다.

 10월의 마지막 일요일. 30일. 지금은 정오 전.

 하늘을 올려다보니, 기분 좋게 맑고 화창했다.

 그야말로 외출하고 싶어질 만큼 포근한 날씨였다.

 개축 공사로 새롭게 태어난 역사는 이곳에 온 수많은 관광객을, 심해 같은 푸른 하늘로 우아하게 맞이했다. 인상적인 아치형 문, 세밀한 장식, 신 에노시마 수족관과 콜라보한 해파리 수조까지 있으며, 용궁성 같은 느낌이 예전보다 더 강해졌다.

 사쿠타의 옆에 있던 쿠니미 유마는 감회가 어린 목소리로 「꽤 변했는걸」 하고 중얼거렸다. 하지만 사쿠타가 보기에는 방금 그 말을 한 본인 또한 마찬가지라고 느껴졌다.

 반년에 걸친 소방관 훈련을 마치고 돌아온 유마는 몸집이 예전보다 더 커졌다. 옷 위로도 팔뚝과 가슴둘레가 두꺼워졌다는 걸 알 수 있을 정도였다. 머리카락은 짧게 잘랐으며, 얼굴은 여섯 달 전보다 더 어른스러워졌다.

 이것이 사회인이 된다는 것일까.

 인명을 지키는 소방관이라는 자각 덕분에 표정이 어른스러워진 것일지도 모른다.

반년 동안 못 본 사이, 어딘가 당당해진 듯한 느낌이 들었다.

"어이, 쿠니미."

사쿠타는 그런 유마에게 고등학생 시절과 다름없는 어조로 말을 걸었다.

"응?"

유마는 사쿠타를 곁눈질했다.

"미니스커트 산타, 좋아해?"

"아니. 그렇지도 않아."

흥미 없는 듯한 목소리였다. 시선도 다시 역사를 향하고 있었다.

"그럼 엄청 좋아해?"

"그래. 엄청 좋아하지."

유마는 힘차게 고개를 끄덕였다. 겉모습은 성장했지만, 이런 농담에 어울려주는 것을 보면 내면은 예전 그대로인 것 같았다.

"만약 이 근처에서 매력적인 미니스커트 산타와 마주친다면, 쿠니미는 어떻게 할래?"

"또 쳐다보겠지."

"그렇지?"

"그런 다음, 뚫어지게 쳐다보겠지."

"그럴 거야."

두 사람이 미리 짜기라도 한 것처럼 그런 대화를 나누며 웃고 있을 때, 뒤편에서 누군가가 말을 걸었다.

"그 저질스러운 이야기는 언제까지 계속할 거야?"

사쿠타와 유마가 동시에 돌아보았다. 그러자 어이없다는 표정을 짓고 있는 친구의 얼굴이 눈에 들어왔다.

오늘 만나기로 약속한 또 다른 한 사람…… 후타바 리오다.

품이 낙낙하고 심플한 튜닉과, 발목이 어렴풋이 보이는 바지. 구두는 캐주얼한 쇼트 부츠다. 굽이 좀 있는지, 리오의 눈높이가 평소보다 높았다. 요즘은 콘택트렌즈를 할 때도 많지만, 오늘은 안경을 썼다.

그건 그렇고, 왜 개찰구가 아니라 사쿠타와 유마의 뒤편에서 나타난 걸까.

사쿠타가 그 소박한 의문을 입에 담기도 전에…….

"좀 일찍 도착해서, 이 근처를 산책했어."

……하고, 리오가 이유를 밝혔다.

"후타바, 오래간만이야."

"응, 쿠니미."

"쌓인 이야기는 가게에 들어가서 하자. 그 가게는 열두 시만 되면 빈자리가 없거든."

사쿠타가 그렇게 제안하자, 세 사람은 바다를 향해 걷기 시작했다.

"사쿠타도, 후타바도, 잠시 안 본 사이에 변했는걸."

유마는 삶은 잔멸치 덮밥을 우걱우걱 먹으면서 사쿠타와 리오를 몇 번 쳐다본 후, 그런 감상을 말했다.

　카타세 에노시마 역에서 걸어서 약 5분, 국도 134호선의 횡단보도에 걸리지만 않는다면 2, 3분 거리…… 관광 센터 옆길을 따라 쭉 가면 있는 이 인기 해산물 요리점은 아직 열두 시도 안 됐건만, 예상대로 빈자리가 없었다.

　언뜻 둘러보니 에노시마 관광을 온 사람들이 많았다. 섬을 건너기 전에 배를 채우거나, 아니면 돌아오는 길에 이곳에 들른 것이리라.

　"나, 어디 변했어?"

　사쿠타는 자기가 변했다는 자각이 없었다. 눈에 띄게 변한 점을 꼽자면, 미네가하라 고교를 졸업해서 교복을 입지 않게 됐다는 점뿐이다.

　"가장 많이 변한 건 쿠니미잖아."

　사쿠타의 옆에 있는 리오가 그렇게 말했다. 리오는 다진 생선 된장 무침을 밥 위에 얹은 덮밥을 먹고 있었다. 커다란 김을 찢어서 뿌려 먹어도 되고, 직접 김에 말아먹어도 되는 요리다. 그리고 마무리 삼아 같이 나온 국을 덮밥에 부어서 국밥 형식으로 먹을 수도 있다. 마지막 한 숟가락까지 맛의 변화를 즐길 수 있는 인기 메뉴다.

　"나, 어디 변한 것 같아?"

　유마는 사쿠타와 비슷한 말을 하며 의문을 입에 담았다.

인간은 자기 자신의 변화에는 민감하지 못한 걸지도 모른다. 자기 모습은 매일 보니, 어쩔 수 없을지도 모른다.

"머리 모양, 얼굴, 몸집…… 꽤, 달라졌어."

리오가 담담하게 지적하자, 유마는 이해한 것처럼 「뭐, 그럴지도 몰라」 하고 말했다. 하지만 확 와닿지는 않는 것 같은 표정이었다.

"소방관은 평소에 어떤 생활을 해?"

소방관이란 존재는 물론 알고 있으며, 인근의 소방서도 얼추 파악하고 있다. 하지만 어떤 일을 하는지 세세하게 알지는 못했다.

"기본적으로 24시간 근무와 비번의 반복이야. 예를 들자면, 어제 아침에 출근해서 오늘 아침까지 소방서에서 근무했어. 교대 출근하는 대원에게 인수인계를 한 후, 종일 비번인 거지. 그리고 내일 아침에 출근해서 인수인계를 받는 거야."

"그러고 다음 날 아침까지 또 근무하는 거구나."

"맞아."

그건 매우 힘든 일일 테지만, 유마는 태연한 어조로 그렇게 답했다. 그러자 얼마나 힘든지 와닿지 않았다.

"즉, 쿠니미는 현재 야근 직후의 비번인 거네? 몸은 괜찮은 거야?"

"교대하고 잠시 눈을 붙였거든. 언제든 출근할 수 있도록, 제복을 입고 있지만 말이야."

"흐음. 하지만 하루 간격으로 출근과 비번이 반복된다면……
쉬는 날이 많아서 좋겠어."

실질적으로 하루걸러 하루를 쉬게 되는 것이니 말이다.

"비번은 단순히 쉬는 것과 다를걸?"

리오가 지적을 했다.

"후타바가 말한 것처럼, 호출을 받으면 바로 출동해야 해.
그리고 다음 날 근무를 위해 꼭 쉬어둬야 하는 날 같은 거야."

"쉬는 것도 업무인 거구나."

확실히 소방대원이 전날 실컷 논 바람에 여차할 때 능력
을 발휘하지 못한다면 문제가 될 것이다.

"뭐, 그런 거지."

소방관이 특수한 직업이라고는 해도, 무사태평한 대학생
과는 마음가짐이 매우 달랐다.

"쿠니미는 어엿한 사회인이 됐구나."

"뭐, 그래. 잔멸치 덮밥과 닭튀김을 같이 시킬 수 있을 정
도로 말이야."

그렇게 말한 유마는 젓가락 사이에 낀 닭튀김을 입에 집
어넣었다. 그리고 맛있게 씹어먹었다. 고등학생 시절의 금전
감각으로는 할 수 없는 주문이다. 애초에 셋이 만날 때 이
런 가게를 고르지도 않았다.

"부르주아 자식."

사쿠타는 테이블에 놓인 접시 위의 닭튀김을 하나 집어서

입에 넣었다.

"후타바도 먹어."

"그럼 하나만 먹을게."

사쿠타와 달리, 리오는 약간 머뭇거린 후에 가장 조그마한 닭튀김을 젓가락으로 집었다. 유마에 대한 배려, 그리고 칼로리가 신경 쓰여서 그렇게 한 걸까.

그런 생각을 하던 사쿠타는 옆에 있는 리오에게서 눈총을 샀다. 아직 아무 말도 하지 않았는데…….

"그것보다, 대학은 어때? 역시 즐겁지?"

유마의 질문 덕분에 리오의 시선에서 해방됐다.

"평범해. 평소와 다를 것 없는 하루하루를 보내고 있어."

"아즈사가와는 즐거워야 하는 거 아냐? 사쿠라지마 선배와 같이 다니잖아."

"학부가 달라서 점심때만 겨우 만나."

게다가 국민적 지명도를 자랑하는 인기인인 마이는 당연히 매우 바쁘기에, 학교에 오지 못하는 날도 많다.

"흐음, 그렇구나. 후타바는 어때?"

유마가 리오에게 묻자…….

"나는……."

리오는 생각에 잠기는 듯한 표정을 지었다. 그리고…….

"평범하네."

사쿠타와 같은 대답을 입에 담았다.

"대학생이니까 서클에 들어가서 어울리거나, 툭하면 미팅 하러 다니지 않아?"

꽤 편중된 인식이지만, 그런 일면이 존재하는 것도 사실이 다. 다양한 이들과의 교류를 생활의 중심으로 여기는 대학 생도 존재한다. 참가한 미팅의 숫자, 그리고 연락처를 교환 한 이성의 숫자로 인간의 가치가 결정되는 커뮤니티도 존재 하는 것이다.

"나 말고 다른 대학생은 그럴지도 몰라."

사쿠타는 서클 활동을 하느라 바쁘지도 않고, 미팅에 가 본 적도 없다.

"권유를 받은 적도 없다고."

"아즈사가와는 세상에서 가장 귀여운 애인이 있어서 그런 거야."

리오가 말했다시피, 같은 대학의 학생들은 사쿠타와 마이 가 사귀는 것을 알고 있다. 그러니 일부러 미팅에 부를 리가 없다.

"그러는 후타바는 어때? 미팅해본 적 있어?"

적어도 미오에게서 그런 이야기를 들은 적은 없다.

"있을 리가 없잖아."

리오는 딱 잘라 부정했다. 그 말에는 「나 따위가」라는 의 미가 담겨 있는 것처럼 느껴졌다.

"있어도 이상할 게 없거든?"

여전히…… 리오는 자기 자신을 낮게 평가했다. 만약 지금 가게 안에 있는 손님들을 상대로 리오의 외모에 대해 설문조사를 한다면, 8할 가량이 「미인이라고 생각한다」고 답할 것이다. 대학에 들어간 후로 옅은 화장을 하게 되면서, 숨겨져 있던 매력이 사람들의 눈길을 끌게 됐다. 리오는 「그건 아즈사가와의 착각이야」 하고 항상 말하지만…….

　"그래도, 권유를 받은 적은 있지 않아?"

　덮밥을 완전히 비운 후, 유마는 캐묻듯이 그렇게 물었다. 리오가 한 말의 이면에 숨겨진 무언가를, 유마는 놓치지 않은 것 같았다.

　"있긴, 한데……."

　리오는 어쩔 수 없다는 투로 자백했다.

　"나는 처음 듣는 이야기거든?"

　"내가 왜 아즈사가와한테 그런 이야기를 해야 하는데?"

　"친구잖아?"

　"그날은 학원 강사 아르바이트를 하는 날이었어."

　"그런 변명으로 거절했구나."

　"……."

　사쿠타가 괜한 소리를 하자, 리오는 당연한 듯이 또 노려보았다. 사쿠타는 도움을 청하듯 유마를 쳐다보았다. 하지만 돌아온 것은 국물을 마시는 소리였다. 일부러 모른 척하는 것이다.

그런 사쿠타를 구원한 것은 스마트폰의 진동음이었다.

"후타바 거 아냐?"

자신의 스마트폰을 확인한 유마가 리오에게 그렇게 말했다. 리오가 가방에서 꺼낸 스마트폰은 존재를 어필하듯 진동하고 있었다.

리오의 눈이 스마트폰의 화면을 향했다.

"같은 학교 애야."

"우리는 괜찮으니까, 받아."

유마가 전화를 받으라고 말하자, 리오는 「미안」하고 말하며 자리에서 일어났다. 그리고 「무슨 일이야?」하고 말하면서 가게 입구를 향해 걸어갔다.

"후타바도 대학생 느낌이 나네."

유마는 대학교 지인과 전화 중인 리오를 쳐다보면서 기쁜 듯한 어조로 그렇게 말했다.

"뭐, 엄연한 대학생이거든."

"그것도 그래."

유마는 대놓고 말하지 않았지만, 사쿠타는 그가 하고 싶은 말이 무엇인지 눈치챘다. 고등학생 시절 물리실험실에서 홀로 지내던 리오를 아는 이라면 유마와 같은 반응을 보일 것이다.

"후타바는 학원에서도 제자들에게 꽤 신뢰받고 있어."

사쿠타는 수업이 끝난 후에도 리오가 학생들에게 질문을

받는 모습을 자주 봤다. 수업이 끝나자마자 제자 두 명이 바로 돌아가 버리는 사쿠타와는 확연히 달랐다.

"그건 들었어."

"후타바한테 말이야?"

"후타바가 자기 입으로 말할 것 같아? 사쿠타도 아니고 말이야."

"나도 말 안 해."

"농구부 후배한테서야. 우리보다 두 살 어린 고2지. 후타바에게 수업을 받나 봐."

사쿠타와 유마가 3학년일 때의 1학년이었던 학생이다.

"나보다 덩치가 크니까 바로 알아볼 수 있을걸? 지난주에 역 앞에서 딱 마주쳤는데…… 키가 더 커서 놀랐어. 얼추 190은 될걸."

"아~ 학원에 그런 학생이 한 명 있어."

엘리베이터를 같이 타고 「되게 크네」 하고 생각했던 것이 기억났다.

"아무튼, 둘 다 건강한 것 같아 다행이야."

"반년 동안 훈련받으러 갔던 쿠니미가 할 소리는 아니라고."

건강한 것 같아 다행이라는 말은 사쿠타와 리오가 해야 할 말이다.

"왠지 즐거워 보이네."

그렇게 말한 유마는 입구 쪽에서 통화 중인 리오를 향했다. 우리에게 등을 보이며 서 있는 리오의 등이 희미하게 흔들렸다. 통화 상대에게서 재미있는 이야기를 들은 건지, 리오가 웃고 있었다. 아마 쓴웃음처럼 보일 듯한 어설픈 미소를 짓고 있으리라…….

"쿠니미도…… 대학에 진학하고 싶었던 거야?"

"뭐, 흥미는 있었어. 주위에도 진학하는 애들이 많았거든."

카나가와 현의 진학률은 약 6할이다. 학원 강사 아르바이트를 하는 만큼, 그런 지식이 자연스럽게 머릿속에 들어왔다.

하지만, 실제로 미네가하라 고등학교에 다닌 사쿠타의 체감상으로는 그보다 더 많은 학생이 대학 진학을 위해 수험 공부를 하는 것 같았다. 6할은 어디까지나 진학률이기에, 재수를 택한 학생은 그 숫자에 포함되지 않는다. 진학 희망자의 비율은 9할 이상이 아닐까. 유마처럼 취직한 이는 극히 일부이며, 반에 한 명 있을까 말까 했다. 그 외에는 전문학교에 들어갔다.

"그래도 지금은 취직한 덕분에 마음이 놓여."

그건 유마가 자신을 길러준 어머니의 부담을 드디어 줄여줄 수 있게 됐다고 생각하기 때문이리라. 유마는 사쿠타와 친구가 된 고등학교 1학년 때부터 진로를 취직으로 정해뒀었다. 유마 본인의 의지로 결정한 것이다. 그리고 그 목표는 무사히 달성했다. 그래서 지금은 마음이 놓이는 것이다. 유마의 마음을 정확하게 표현해줄 가장 적절한 말이다. 그리고 사쿠타 또한 그 말을 듣고 마음이 놓였다.

"이제 수면제 같은 수업을 안 들어도 되거든."

사쿠타가 아무 말도 하지 않자, 유마는 그런 농담을 입에 담았다.

"소방관도 공부할 게 있지 않아?"

"출근하지 않을 때는 과거에 발생했던 어려운 현장의 대응책 같은 걸 단체로 공부해. 그리고 훈련과 트레이닝도 많아."

"그게 즐거운 듯이 할 말이야?"

"근육은 배신하지 않거든."

사쿠타는 도저히 흉내 낼 자신이 없다.

"그럼 앞으로도 내가 사는 마을을 지켜줘."

"그럴게."

그렇게 대화가 끊어지자, 사쿠타와 유마는 잔에 담긴 물을 들이켰다.

"아, 맞다. 사쿠타."

"응?"

"나한테 할 말 없어?"

"반년 동안 훈련받느라 수고 많았어. 무사히 소속이 정해진 것도 축하해. 이걸로 됐어?"

"역시 아직 눈치 못 챘구나."

"뭘?"

"그냥 입 다물고 있을래. 그편이 재미있을 것 같거든."

"뭐?"

영문을 모르겠다. 대체 사쿠타가 뭘 눈치채지 못한 걸까. 사쿠타의 등에 「바보」라고 쓰인 종이를 붙이는 것 같은 애들 장난을 친 것도 아닐 테고 말이다.

유마의 의미심장한 태도가 신경 쓰였지만, 사쿠타가 추궁하기 전에 리오가 통화를 마치고 돌아왔다.

"미안해."

리오는 그렇게 말하며 자리에 앉았다.

"친구야?"

유마는 자연스러운 어조로 그렇게 말했다.

"응……. 대학에서 실험 후에 리포트를 제출하는 수업을 듣는데…… 그건 누군가와 조를 짜서 해야 하거든. 그래서 같이 실험을 하다 보니 자연스럽게 이야기를 나누게 된 애야……."

딱히 나쁜 짓을 한 것도 아닌데, 리오는 왠지 변명하는 투로 그렇게 말했다. 그리고 평소에는 논리정연하게 말을 하는데, 지금은 우물쭈물 말을 잇고 있었다.

"어떤 녀석이야?"

"홋카이도 출신이라고 들었어. 아직 도쿄의 전철이나 지리에 익숙하지 않아서 안내해달라는 부탁을 받았는데, 나도 잘 아는 편이 아니거든."

그런 이야기라면 사쿠타도 들은 적이 있었다.

"후타바에게 소개해달라고 전에 말했는데, 절대로 만나게 해주지 않아."

"대체 왜 아즈사가와에게 소개해줘야 하는데?"

"후타바를 잘 부탁한다는 인사를 해두고 싶거든."

"맞아."

유마도 동감한다는 듯이 고개를 끄덕였다.

"쿠니미까지 무슨 소리를 하는 거야?"

리오는 어이없어하며 차를 한 모금 마시더니, 땅이 꺼지게 한숨을 내쉬었다.

"다음에 한 번 물어보기는 할게."

"어, 정말?"

그 말에 한순간 기뻐했지만…….

"여친 있는 남자 두 명을 만나볼 생각이 있냐고 말이야."

리오는 평소처럼 담담한 어조로 그렇게 말했다.

"후타바, 만나게 해줄 생각이 없지?"

"너희가 괜한 소리를 할 것 같거든."

리오는 그렇게 말하며 자리에서 일어났다. 그리고…….

"가게 밖에서 다음 손님이 기다리고 있으니까, 슬슬 나가자."

리오는 입구 쪽을 쳐다보며 지갑을 꺼냈다.

10분 후, 가게를 나선 사쿠타 일행은 카타세 히가시야마 해안에 왔다. 이곳에 가자고 미리 정해둔 것도 아니며, 셋 중에 누군가가 「바다에 가자」 하고 말한 것도 아니다. 소화 삼아 걷다 보니, 자연스레 이곳에 오게 된 것이다.

해수욕 시즌인 한여름이라면, 에노시마를 볼 수 있는 이 넓은 모래사장이 수많은 사람과 노점으로 뒤덮여 있을 것이다.

하지만 가을이 깊어가는 이 계절에는 여름의 시끌벅적함이 환상이었던 것처럼 사람이 거의 없었다. 손을 맞잡고 물가를 걷고 있는 커플, 개를 산책시키는 부부, 모래사장과 도로 사이에 있는 돌층계에 걸터앉아서 담소 중인 대학생 커플만 보였다.

초승달 모양을 한 해안선은 파도도 잔잔했고, 밀물이 가장 높을 때인 오늘은 모래사장이 에노시마까지 이어져 있었다.

평소 바다인 장소를 걷던 사쿠타 일행은 에노시마로 다가갔다.

마찬가지로 모래사장을 걷던 여대생 두 사람은······.

"우와, 에노시마까지 걸어갈 수 있겠네."

"이래서야 섬이 아니라 육지잖아!"

······하고 힘찬 목소리로 말하더니, 경쟁하듯 「SNS 올리기 좋은」 사진을 찍었다. 전자 셔터음이 가을 하늘 아래에 울려 퍼졌다.

"우리도 찍을까."

거기에 편승하듯 유마가 스마트폰을 꺼냈다. 사쿠타와 리오도 찍히도록 손을 한껏 뻗으면서 사진을 몇 장 찍었다.

"제목은 『에노시마 도달』이야."

유마는 잘 찍힌 사진 한 장을 사쿠타와 리오에게 보여주며 그렇게 말했다.

"에노시마라면 몇 번 가본 적 있지 않아?"

"평소에는 다리 위로 말이지."

벤텐 다리를 아래에서 올려다보니, 꽤 신선했다. 다리 위를 걸을 때는 몰랐지만, 이렇게 올려다보니 거대한 건조물이라는 게 느껴졌다. 길이가 약 400미터나 되니, 당연할 것이다.

"너무 여유 부리다간, 이 근처가 바다로 변할 거야."

그렇게 충고한 리오는 앞장서서 해수욕장을 향해 걸어갔다. 리오의 말을 듣고 보니, 몇 분 전보다 바닷물이 다가온 듯한 느낌이 들었다.

조수간만이란 참 불가사의하단 생각이 들었다. 바다와 육지의 경계가 몇십, 몇백 미터나 달라지니 말이다.

사쿠타는 젖은 모래를 밟으며, 유마와 나란히 리오의 뒤를 쫓았다. 서로의 근황을 이야기하고, 고등학교 시절의 추억을 이야기하며, 「그런 일도 있었지」 하고 웃으면서 손뼉을 치고, 이야기가 괜히 탈선하며……. 바다 냄새를 온몸으로 느끼고……. 왠지 그리운 기분에 잠기면서……. 벤텐 다리의 아래편을 통해 돌아갔다.

그렇게 별다른 목적도 없이 느긋하게 보내는 사이, 시간이 흘러갔다. 어느새, 시계는 오후 두 시를 가리키고 있었다.

"세 시부터 아르바이트라고 했지?"

"그래."

"맞아."

사쿠타와 리오가 거의 동시에 답했다. 두 사람 다 개별지도 학원에서 강사 아르바이트를 하기로 되어 있었다.

"쿠니미도 비번이면 쉬어야 하잖아."

"하암~."

유마는 대답 삼아 하품을 했다.

"아직 24시간 근무에 익숙하지 않아서, 야근 직후에는 졸려."

유마는 또 하품을 하더니, 겸연쩍은 듯이 웃었다.

약속 장소였던 카타세 에노시마 역까지 돌아간 사쿠타 일행은 전철을 탔다. 그리고 세 정거장 거리에 있는 후지사와 역에서 내렸다.

유마에게 있어서는 집에서 가장 가까운 역이다. 그리고 사쿠타와 리오가 아르바이트를 하는 학원 또한 「역 앞」이라고 표현해도 될 만큼, 역에서 도보 몇 분 거리에 있다.

개찰구를 지난 후, 「그럼 다음에 봐」 하고 말한 유마는 손을 흔들며 돌아갔다. 그 모습은 길을 오가는 인파에 섞이며 시야에서 곧 사라졌다.

"소방관은 참 힘든 일 같네."

"쿠니미는 적성에 맞을걸?"

"아즈사가와한테는 무리지만 말이야."

그렇게 말한 리오는 학원이 있는 역 북쪽으로 걸어갔다. 사쿠타도 나란히 서며 걸음을 옮겼다.

　"뭐, 나는 산타클로스가 되는 게 꿈이거든."

　"그런 소리를 하는 걸 보면, 미니스커트 산타의 신기루라도 본 거 아냐?"

　"신기루면 좋겠는데 말이야."

　그편이 좋다. 아니, 제발 그랬으면 좋겠다.

　하지만 이번 주 월요일에 만났던 미니스커트 산타가 신기루일 거라고는 도저히 생각할 수 없었다.

　"아즈사가와한테만 보인 거지?"

　리오의 말이 옳다. 하지만, 그녀가 한 말은 귓속 깊은 곳에 남아 있었다. 음색 또한 기억한다. 숨결도 바로 앞에서 느꼈다. 바로 그때, 바로 그 장소에, 그녀는 존재했다. 틀림없이 말이다.

　그리고 그녀와 만난 바로 그날, 리오에게 전화를 걸어 이야기했다. 그래서, 리오의 입에서 방금 같은 말이 나온 것이다.

　"그게 대체 뭘까?"

　지금까지 그녀를 본 것은 그날 한 번뿐이다.

　"본인이 키리시마 토코라고 했다며? 그럼 키리시마 토코 아닐까?"

　리오는 귀찮다는 투로 그렇게 말했다.

　"후타바, 진지하게 생각하고 있긴 한 거야?"

"상황적으로 비슷한 건 사쿠라지마 선배의 케이스야."

주위로부터 존재가 인식되지 않게 되면서, 기억에서도 사라져갔던⋯⋯.

"하지만, 그건 아즈사가와도 알잖아?"

"그렇긴 해."

"나도 키리시마 토코에 관해 인터넷으로 좀 검색해봤는데⋯⋯ 그녀가 미니스커트 산타 차림을 했단 이야기는 못 봤어."

키리시마 토코는 동영상 사이트를 통해서만 활동한다. 실제 모습에 관한 정보는 전혀 없다. 때때로 영상 안에 실루엣이 비치기는 하지만, 그것만으로는 정체를 알아낼 수 없다. 애초에 그 실루엣이 키리시마 토코 본인이라는 증거도 없는 것이다⋯⋯.

"검색해서 나온 건, 하나같이 신빙성 없는 소문뿐이었어."

"그녀의 정체가 마이 씨다, 같은 것 말이야."

일전에 대학교에서 사귄 친구인 후쿠야마 타쿠미에게서 그런 이야기를 들었다.

"실은 AI다, 같은 것도 있어."

"다들 별의별 생각을 다 하나 보네."

"거꾸로 보자면, 요즘 같은 시대에 아무런 정보도 알 수 없다는 게 부자연스럽기는 해. 뉴스와 신문에서 밝혀지지 않은 범인의 본명도 인터넷을 통해 알 수 있는 세상이잖아."

누구든 간단히, 멋대로, 정보를 흩뿌릴 수 있는 편리하면서도 성가신 시대. 그렇기에 소문과 진실 또한 넘쳐나고 있다.

"하지만 마이 씨 때와 마찬가지로 키리시마 토코가 주위로부터 인식이 되지 않는 거라면, 이렇게 정체불명인 것도 설득력이 있지 않아?"

"그렇다면 그녀는 2년 넘게 유령처럼 살아왔다는 게 돼. 키리시마 토코가 활동을 시작한 건 그즈음이거든."

사쿠타는 고등학생 시절에 키리시마 토코란 이름을 처음 들었다. 아마 마이에게서 들었을 것이다. 사무소 후배가 추천해줬다면서, 마이가 동영상 사이트를 보여줬다.

그때는 미니스커트 산타 복장을 한 본인을 만나는 날이 올 거라고는 꿈에도 생각 못 했다. 「흐음, 이런 게 유행하는구나」 하고 생각했을 뿐이다.

"유령 생활을 2년이나 하는 건 힘들 거야."

사쿠타도 남에게 인식되지 않게 되는 현상을 경험한 적 있다. 모든 이들이 자신을 인식하지 못하며 그냥 지나쳤다. 말을 걸어도 반응이 없었다. 만져도 무시당했다.

겨우 몇 시간 만에 미쳐버릴 것만 같았다. 그런 생활을 2년이나…… 상상만 해도 등골이 오싹해졌다.

마이와 사쿠타가 겪었던 케이스와 다른 점을 꼽자면, 키리시마 토코는 동영상 사이트 안에 존재한다……는 점이다. 사람들은 그녀를 잊지 않았고, 지금도 인식하고 있다.

어쩌면 그것이 위안이 될지도 모른다.

"아즈사가와는 미니스커트 산타 차림으로 나타난 그녀가 뭐였으면 좋겠어?"

"나와 아무런 상관도 없는 타인이었으면 좋겠네."

그게 최고다.

얽히지도, 만나지도, 지금의 평온이 무너지는 일도 없이⋯⋯ 평범한 하루하루를 평범하게 보내고 싶다.

하지만, 유감스럽게도 사쿠타는 키리시마 토코를 자처하는 미니스커트 산타와 만나고 말았다.

게다가 그날, 사쿠타는 그녀에게서 믿기지 않는 말을 들었다⋯⋯.

사쿠타가 미니스커트 산타⋯⋯ 키리시마 토코를 만난 건, 엿새 전의 일이다.

10월 24일. 월요일.

대학 캠퍼스 안.

1교시가 시작되기 전의 이른 시간.

교실로 향하는 수많은 학생이 걷고 있는 은행나무 가로수 길의 한가운데.

누구보다 빠르게 졸업을 결심한 히로카와 우즈키를 배웅한 직후의 일이다⋯⋯.

"아아~ 아까워라. 모처럼 분위기를 살필 수 있게 해줬는데 말이야."

그렇게 말하며, 그녀는 사쿠타의 옆에 섰다.

미니스커트 산타 복장으로. 속눈썹이 긴 눈을 깜빡이며……. 사쿠타의 시선을 눈치채더니, 그를 쳐다보았다.

그리고, 몇 마디를 나눈 후…….

"나는 말이지? 키리시마 토코라고 해."

……하고, 자기를 소개했다.

거기까지는 평범한 인사에 지나지 않았다. 문제시할 일은, 그 후의 대화에 가득 담겨 있다 해도 과언이 아니다.

"방금…… 즛키의 사춘기 증후군은 『내 덕분』이라고 말한 것처럼 들렸는데요."

사쿠타가 그 의문을 던지면서, 그것은 시작됐다.

"그런 뜻으로 한 말인데?"

그녀는 「다르게 들렸어?」 하고 말하며 귀엽게 고개를 갸웃거렸다.

"진짜예요?"

확인 삼아 물었다.

"진짜야."

그녀는 미소를 머금으며 대답했다.

"어떻게요?"

"어, 모르는 거야? 산타클로스는 착한 아이에게 선물을 나눠줘."

"그럼 제가 착한 아이라서 이렇게 찾아온 거겠네요."

하지만, 크리스마스가 되려면 아직 이르다. 할로윈도 아직 안 됐다.

"산타의 정체를 캐내려고 눈을 말똥말똥 뜨고 있는 너는 나쁜 아이 아닐까?"

토코는 부츠의 굽으로 경쾌한 소리를 내면서 사쿠타의 주위를 빙글빙글 돌듯 걸었다. 일정한 리듬으로……. 사쿠타에게 시선을 고정한 채…….

그러는 사이에도, 이 가로수길에는 수많은 학생이 있었다. 1교시 수업에 늦지 않기 위해 강의실로 향하고 있었다.

누구도 이 매력적인 미니스커트 산타의 존재를 눈치채지 못했다. 가로수길 한가운데에 선 사쿠타를 이상하다는 듯이 힐끔 쳐다볼 뿐이다.

"부탁이 하나 있는데요."

사쿠타는 등 뒤에서 들려오는 발소리의 주인을 향해, 그렇게 말했다.

"뭔데~?"

"선물을 그만 나눠주면 안 될까요?"

사쿠타가 그렇게 말하자, 그의 왼편에서 나타난 그녀가 정면에서 멈춰 섰다. 그리고 사쿠타를 똑바로 바라보며…….

"좋아."

……하고 대답했다.

"어, 정말요?"

너무 순순히 승낙하니 약간 김이 새는 느낌이다.

"이미 선물이 바닥났거든."

토코는 들고 있던 흰색 자루 안을 보여줬다. 텅 비어 있었다. 아무것도 들어 있지 않았다.

"이 안에 몇 개나 들어 있었나요?"

다섯 개일까. 열 개일까. 혹은 그것보다 더 많을까.

"이 정도야."

토코는 검지 하나를 세운 손을 사쿠타 쪽으로 내밀었다.

"한 개?"

"그럴 리가 없잖아."

농담하지 마, 하고 말한 토코가 방울 소리 같은 웃음을 흘렸다.

"열 개?"

"땡~."

그것보다 자릿수가 더 늘어나는 건 개인적으로 바라지 않았다. 하지만, 틀렸다니 어쩔 수 없다.

"백 개인가……."

사쿠타는 입에 담고 싶지 않은 숫자를 쓰디쓴 어조로 말했다.

"그 정도로는 어림도 없어. 산타클로스를 얕보지 말아 줄래?"

"그럼 천 개?"

"응. 천만 개 정도야."

"……."

토코가 언급한 숫자는 상상을 초월할 정도인지라, 그것이 몇 개인지 바로 와닿지 않았다. 열 개도, 백 개도, 천 개도 아니라, 천만 개…….

"저 사람도, 저 사람도, 저 사람도, 저 사람도, 저 사람도, 저 사람한테도……."

토코는 지나가는 학생들을 차례차례 손가락으로 가리켰다. 그 후…….

"전원에게, 선물을 줬어."

……하고, 환한 표정으로 말했다.

방금 토코가 손가락으로 가리킨 이들 전원이 우즈키처럼 사춘기 증후군에 걸린 걸까. 이곳에 없는 천만 명이 사춘기 증후군에 걸린 걸까. 상상해보려 했지만, 이미지를 할 수가 없었다.

"산타는 크리스마스 때만 일해야 하는 거 아니었어요?"

사쿠타의 입에서 겨우겨우 나온 건, 그런 말이었다.

"선물을 원한 건 쟤들이거든. 저 애도 그중 한 명이야."

토코의 눈은 사쿠타를 향했다. 하지만, 사쿠타를 보고 있지 않았다. 사쿠타를 지나서, 그 너머를 응시하고 있었다.

대체, 저 애란 누구일까.

천천히 뒤를 돌아보았다.

그러자 가로수길의 가장자리를 걷고 있는 한 여학생이 눈에 들어왔다.

　사쿠타가 아는 인물이었다.

　중학생 시절의 클래스메이트…… 아카기 이쿠미였다.

　그 날, 그때…… 키리시마 토코에게 들은 이야기가 전부 사실인지는 알 수 없다.

　사춘기 증후군을 선물했다. 산타클로스니까. 그것도 천만 명에게……. 아카기 이쿠미도 그중 한 사람…….

　이런 바보 같은 이야기가 사실일까.

　사실이라면, 민폐 그 자체다.

　"후타바는 어떻게 생각해?"

　"사실인지 증명할 방법은 없고, 거짓이라는 걸 증명할 방법도 없다고 생각해."

　"뭐, 그럴 거야."

　그게 현실이다.

　"하지만 그게 사실이라면, 전에 후타바가 했던 말의 뒷받침이 되지 않을까? 즛키 일로 상의했을 때, 네가 말했잖아? 사춘기 증후군을 일으키는 건 분위기를 살피는 대학생 전원일지도 모른다고 말이야."

　처음 들었을 때는 엄청난 인원과 거대한 스케일 때문에 말도 안 된다고 생각했다. 리오 또한 자신의 말을 믿는 건 아니었으리라. 하지만, 천만 명에게 사춘기 증후군을 걸 수 있다면, 대학생 전원 정도의 규모는 소소한 수준이라 해도 과언이 아니다.

"그게 진짜라면, 아즈사가와는 어쩔 거야?"

"일단 놀라야 하지 않겠어?"

"정의의 사도처럼, 모든 사람을 사춘기 증후군으로부터 구원해주는 게 아니라?"

"천만 명을 말이야?"

"응, 천만 명."

"미안하지만, 나는 마이 씨와 러브러브하느라 바쁘거든."

게다가 정의의 사도 같은 건 어울리지도 않으며, 세상 또한 정의의 사도를 원하는 것 같지도 않다. 토코의 말을 듣고 며칠이 흘렀지만, 어제와 다름없는 평온한 나날이 오늘도 이어지고 있다. 사춘기 증후군 탓에 세상이 혼란에 빠지지도 않은 것이다.

누군가가 도움을 청하지도 않았고, 악의 조직이 날뛰고 있지도 않다. 이래서야 정의의 사도가 존재하더라도, 개점 휴업 중일 것이다.

"그래도 한 사람은 신경 쓰이지 않아? 아카기 이쿠미라고 했지?"

"신경 쓰인다고나 할까, 좀 걸리는 게 있긴 해."

"……뭐?"

리오의 시선에는 계속 말해보란 뜻이 어려 있었다.

"대학교 입학식 날, 그 녀석이 나한테 왜 말을 걸었나 싶어서 말이지."

—아즈사가와 군, 맞지?

—아카기, 맞지?

—응. 오래간만이야.

그 대화 이후에 이어졌어야 할 말이 있었던 것은 아닐까. 노도카가 우즈키를 데리고 나타나지 않았다면, 이쿠미는 무슨 말을 하지 않았을까.

"그 이유가 사춘기 증후군일지도 모른다고 아즈사가와는 이제 와서 생각하는구나."

리오가 사쿠타의 생각을 정확하게 짚었다.

아무도 믿어주지 않는 불가사의한 현상…… 사춘기 증후군. 하지만 중학생 시절, 사쿠타만은 그것이 사실이라고 주장했다. 같은 반이었던 이쿠미는 그것을 알고 있을 것이다.

만약 이쿠미가 이상한 현상에 휘말려서 곤란에 처했다면, 사쿠타에게 의지하자고 생각하는 것도 그렇게 부자연스러운 이야기는 아니라고 생각한다. 사쿠타 이외에는 누구도 믿어주지 않는다. 그것은 당사자 중 한 명인 이쿠미가 잘 알고 있을 테니까…….

"뭐, 지나친 생각일지도 모르지만 말이야."

"응. 지나친 생각이야. 내가 그녀라면, 아즈사가와한테는 절대 의지하지 않을 거야."

리오는 딱 잘라서 부정했다.

"왜?"

"자기는 아즈사가와를 도와주지 않았는데, 이제 와서 도와달라는 말을 할 수 있을 것 같아?"

"아하. 아직 체면을 지킬 여유가 있는 거라면, 안심해도 되겠네."

"내가 말하는 건 자존심 문제야."

그것은 사쿠타도 안다. 사쿠타가 아는 걸, 리오가 모를 리 없다. 그런데도, 일부러 말한 것이다. 주의를 주기 위해서 말이다.

"그 후로 그녀는 좀 어때?"

"아카기?"

"응."

"미니스커트 산타를 만난 날 이후로는 본 적 없어."

대학에는 왔겠지만, 사쿠타는 간호학과인 이쿠미와 접점이 거의 없다. 캠퍼스 안에서 보는 일도 드물었다. 그래서, 보게 되면 말을 걸어보자고 생각하면서도 지금까지 그럴 기회를 얻지 못했다.

"만나지 못했다면, 이대로 쭉 만나지 않는 편이 나을지도 몰라."

"뭐?"

"키리시마 토코와도, 아카기 이쿠미와도, 얽히지 않는 편이 아즈사가와에게는 좋을지도 모르잖아."

"역시 내 걱정을 해주는 친구가 있으니 좋네."

사쿠타가 그 말을 입에 담았을 때, 두 사람은 학원이 있는 빌딩 앞에 도착했다.

"상담 상대가 되어주는 게 귀찮을 뿐이야."

리오는 엘리베이터의 버튼을 눌렀다.

4층, 3층…… 엘리베이터가 내려오고 있다는 것을 램프의 불빛이 알려줬다.

"아즈사가와에게 이런 말을 해봤자 소용없겠지만 말이야."

"왜?"

"같은 일이 이렇게 반복되니, 영락없이 그거란 생각이 들거든."

"뭐?"

"어디에 가든, 살인사건에 휘말리는 명탐정."

벨 소리가 나더니, 엘리베이터가 1층에 도착했다.

"그런 나한테 해줄 조언은 없어?"

"일단 다음에 미니스커트 산타를 만난다면, 연락처를 물어보는 게 어때?"

리오는 대충 그렇게 말한 후, 엘리베이터에 탔다.

"애인이 있으면서, 다른 여자애한테 전화번호를 묻는 남자를 어떻게 생각해?"

리오에 이어, 사쿠타도 엘리베이터에 탔다.

"돼지 꿀꿀이라고 생각해."

닫힘 버튼을 누른 리오의 눈에는 농담 끼가 전혀 어려 있지 않았다.

2

오래간만에 유마와 만나고, 그 후에 학원 강사 아르바이트를 한 다음...... 밤에는 패밀리 레스토랑에서 일하면서 보낸 일요일이 끝나자, 당연한 듯이 월요일 아침이 찾아왔다.

약간 우울한 일주일이 시작된 것이다.

사쿠타는 평소처럼 집에서 기르는 고양이인 나스노에게 얼굴을 밟혀서 잠에서 깼고, 평소처럼 카에데의 아침을 만들었으며, 평소처럼 학교에 갈 준비를 마친 다음, 평소와 같은 시간에 집을 나섰다.

하지만, 평소와 마찬가지인 것은 거기까지다.

이날, 사쿠타의 통학 풍경은 평소와 달랐다.

반년 동안 익숙해진 창밖의 풍경이 보이지 않았다. 낯선 풍경이 출발한 후로 쭉 이어지고 있었다.

그것도 무리는 아니었다. 현재 사쿠타는 마이가 운전하는 차의 조수석에 앉아있었다. 경치가 다른 게 당연했다.

어젯밤, 아르바이트를 마치고 돌아온 사쿠타는 마이로부

터 전화를 받았다. 그리고 「내일은 도쿄의 방송국에서 촬영을 해. 차로 갈 거니까, 겸사겸사 대학까지 데려다줄게」라는 말을 들었다.

아침부터 마이와 드라이브 데이트를 할 수 있게 된 것이다. 거절할 이유가 전혀 없다.

게다가 차 안이라면 주위의 시선을 신경 쓰지 않아도 된다. 남들이 대화를 엿듣는 것을 걱정할 필요도 없다. 둘만의 달콤한 시간을 마음껏 즐길 수 있다.

"마이 씨. 오늘, 늦게 귀가해요?"

"아마 그럴 것 같아. 왜?"

"오늘은 아르바이트 안 하니까, 저녁을 만들어놓고 기다릴까 했거든요."

늦게 돌아온다면 어쩔 수 없이 포기해야겠다.

"사쿠타, 내일은 어느 쪽 아르바이트를 해?"

"학원요."

"그럼 아홉 시까지는 돌아올 수 있겠네?"

"눈썹 휘날리게 뛰어오면 여덟 시 반까지는 올 수 있어요."

"걸어와도 돼. 저녁 만들어주러 갈게. 뭐가 먹고 싶어?"

마이가 해주는 요리는 전부 맛있기에 고민이 됐다. 무엇을 만들어달라고 할지 사쿠타가 고민하고 있을 때…….

"카레."

등 뒤에서 누군가의 언짢은 목소리가 들려왔다.

사쿠타는 불만에 찬 눈동자로 뒷좌석을 돌아보았다. 그러
자, 사쿠타보다 더 불만에 찬 표정을 짓고 있는 노도카의
얼굴이 눈에 들어왔다.

"있었구나, 토요하마."

"처음부터 있었거든?!"

"배려심이라는 걸 좀 가져보는 게 어때?"

"조수석을 양보했잖아. 사쿠타는 나한테 더 고마워하란
말이야."

"아침 드라이브 데이트를 방해해줘서 참 고마워."

"그럼 메뉴는 카레로 결정된 거네."

어떻게 된 건지, 노도카의 제안이 채용됐다.

"어라? 내 의견은요?"

"꼴좋다~."

노도카가 으스대는 듯한 미소를 짓는 모습이, 백미러 너
머로 보였다. 정말 밉살스럽다.

"사쿠타, 어제는 후타바 양과 만났지?"

"네. 쿠니미와 셋이서 만났어요."

"뭐래?"

구체적인 내용은 언급하지 않았지만, 마이가 한 말의 의
미는 이해했다. 일부러 물어볼 필요도 없다. 사쿠타가 만난
미니스커트 산타…… 키리시마 토코에 관해 묻는 것이다.

주위로부터 인식되지 않는 상황은 마이가 걸렸던 사춘기

증후군과 흡사했다. 그래서 마이도 신경 쓰이는 것이리라.

"후타바는 다음에 만나면 연락처를 물어보라고 했어요."

"사쿠타는 여자 사람 친구를 만드는 걸 좋아하잖아."

마이의 말에는 은근슬쩍 가시가 돋쳐 있었다.

"내가 진짜로 좋아하는 건 마이 씨뿐이에요."

"뭐, 됐어. 확실히 키리시마 토코 본인에게 이야기를 들어보는 게 가장 좋을 거야."

"그건 사쿠타가 만났다던 미니스커트 산타 이야기지?"

뒷좌석에서 노도카가 대화에 끼어들었다. 스마트폰을 만지작거리고 있는 것을 보면, 이 대화에는 큰 관심이 없는 것 같았다.

"사쿠타의 망상 아냐? 보통 그런 꼴로 대학 안을 돌아다닐 리가 없어. 아무리 투명 인간이라도 말이야."

상식적으로 생각해서…… 라고, 노도카는 말하고 싶은 것 같았다.

"비상식적이라네요, 마이 씨."

마이의 경우, 미니스커트 산타가 아니라 더 과격한 바니걸이었지만……. 장소는 대학교가 아니라 정적이 감도는 도서관이었다.

차가 빨간 신호에 걸리자, 마이는 아무 말 없이 사쿠타의 볼을 꼬집었다.

"아야얏! 아파요, 마이 씨!"

마이는 온화한 표정을 지었지만, 사쿠타를 향한 그 눈에는 「괜한 소리 하지 마」라는 의미가 담겨 있었다.

"나와 마이 씨만의 비밀이니까…… 아야야! 마이 씨, 신호, 파란색, 파란색."

앞차가 출발하자, 마이는 사쿠타의 볼에서 손을 뗐다. 그리고 액셀을 밟아서 차를 발진시켰다.

"맞다. 토요하마."

사쿠타는 볼을 문지르면서 뒤편에 있는 노도카에게 말을 걸었다.

"왜?"

"히로카와 양은 키리시마 토코와 만난 적 있지 않아?"

우즈키가 인기를 얻는 계기가 된 와이어리스 이어폰의 CF에서는 키리시마 토코의 노래가 쓰였다. 우즈키가 아카펠라로 커버하면서 화제가 됐다.

게다가 사춘기 증후군이라는 선물을 받았다면, 만났을 가능성이 있다.

"인사를 나누고 싶었지만, 만나지 못했대."

"그랬구나."

"그 노래를 쓰기로 결정한 메이커 측에서도, 메일을 통해서만 연락을 주고받았나 봐."

이래서는 두 손 두 발 다 들 수밖에 없다. 찾을 단서 자체가 없다. 역시 직접 만나게 됐을 때, 물어볼 수밖에 없을 것 같았다. 어디까지나 또 만날 수 있다면 말이다…….

"우선 사쿠타와 같은 중학교 출신이라는 그 애에게 이야기를 들어볼 수밖에 없겠네."

"네."

그다지 내키지 않지만, 신기루 같은 미니스커트 산타를 찾는 것보다는 나으리라. 아카기 이쿠미는 같은 대학에 다니는 학생이니 말이다.

곧 창밖의 풍경이 눈에 익은 경치로 변해갔다. 정면에 보이는 것은 대학교에서 가장 가까운 역인 카나자와 핫케이역이다.

후지사와에서 출발해 약 40분 걸렸다. 마이와 보낸 시간은 순식간에 흘러갔다.

"수업 시간에 졸지 마."

마이는 그렇게 말하면서, 역 앞 로터리에서 사쿠타를 내려줬다.

"마이 씨를 꿈에서 볼 수 있다면 좋겠는데 말이에요."

사쿠타가 문을 닫으며 농담을 입에 담자, 마이는 입만 움직여 「바보~」 하고 말한 후에 미소를 머금으며 다시 차를 출발시켰다.

3

2교시가 끝난 후, ATM에 들른 사쿠타가 학생 식당에 가 보니 그곳에는 굶주린 학생들이 우글거리고 있었다.

언뜻 보니 빈자리가 없는 것 같았다.

그래도 인내심을 가지고 꼼꼼히 살펴봤다.

그러자, 낯익은 뒷모습이 눈에 들어왔다. 하프업 스타일의 저 경단 머리를 한 인물은 2학기 들어 사귄 지인인 미토 미오리가 틀림없다.

4인용 테이블에 홀로 앉아있었다. 뒤편에서 그녀에게 다가간 사쿠타는…….

"여기, 앉아도 될까요?"

……하고, 말을 건넸다.

미오리는 우동을 입에 넣은 채 고개를 들었다. 그리고 후루룩 면을 흡입하더니, 우물거렸다. 마지막으로 음식물을 삼킨 후…….

"안 돼요."

……하고 말하며 입술을 삐죽 내밀었다.

그런 미오리의 눈은 「처음 만났을 때의 복수야」 하고 말하는 것 같았다.

"뭐, 그래도 앉을 거지만요."

사쿠타도 미리 준비한 말로 응수한 후, 미오리의 맞은편에 앉았다.

"아즈사가와 군, 오늘은 혼자야?"

"보다시피, 미오리와 단둘이야."

"이 사람, 짜증나~."

사쿠타는 테이블 위에 도시락을 펼친 후, 먹기 시작했다. 식당에 온 것은 이곳에 오면 따뜻한 차를 마음껏 마실 수 있기 때문이다. 점심 도시락에 곁들이기 딱 좋다.

"미토도 오늘은 혼자야?"

평소 식당에서 보면, 같은 학부 여자애와 함께 식사를 하고 있었다.

"보다시피, 아즈사가와 군과 단둘이야."

"이 사람도, 짜증나~."

사쿠타는 미오리가 아까 한 말로 대꾸해줬다.

"마이 씨, 오늘은 일하는 날이야?"

"오늘도, 어제도, 그저께도, 일하는 날이었어."

그런데도 대학교 학점을 따는 게 정말 대단했다.

"그렇구나~. 그럼 마이 씨 몫도 같이 줄게."

미오리가 가방에서 천천히 꺼낸 것은 한 손에 쏙 들어올 만한 크기의 병 두 개였다. 병에 붙은 라벨에는 스트로베리 잼, 블루베리 잼이라고 적혀 있었다.

왜 갑자기 잼을 주는 걸까.

"오늘이 잼의 날이었어?"

밸런타인데이에 초콜릿을 주듯 잼을 주는 풍습이 존재하는 걸지도 모른다.

"잼의 날은 4월 20일이었을걸?"

"잼의 날…… 있긴 있구나."

다음에 그 유래를 조사해봐야겠다. 까먹지 않는다면 말이다.

"이건 선물이야. 마나미가 면허를 딴 기념으로, 어제 다 같이 드라이브를 갔거든."

"바다에는 같이 가잔 소리를 안 했으면서 말이야."

"이 사람, 진짜 짜증나~."

엄중 주의를 주듯, 미오리는 젓가락으로 사쿠타를 가리켰다.

"버릇이 나쁘네."

"어디 갔을 것 같아?"

미오리는 젓가락을 치우며 그렇게 말했다.

"글쎄~."

사쿠타는 대충 맞장구를 치면서 잼이 든 병을 향해 손을 뻗었다. 뒤편에 있는 성분 표시 스티커에는 정답이 당당히 적혀 있었다.

"나가노 현이구나."

제조회사의 주소는 카루이자와였다.

"정답은, 아즈사가와 서비스 에어리어입니다~."

미오리는 우쭐대듯 환한 미소를 지었다.

"딱히 재미있진 않네."

사쿠타는 병을 다시 테이블에 내려놨다. 딱히 우쭐대며 할 말은 아니란 생각이 들었다.

"이건 몰수하겠어요."

사쿠타의 손과 교대하듯, 미오리의 손이 블루베리 잼을 채갔다.

스트로베리 잼까지 빼앗길 수는 없다고 생각한 사쿠타는 그것을 가방에 집어넣었다. 또 말실수를 했다간 감점을 당할 가능성이 있는 것이다.

"잼, 잘 먹을게. 그런데 그 친구 이름이 미유키 씨였나……?"

"마나미야."

"그 애와는 지금도 잘 지내나 보네."

처음 만난 날에, 마나미가 노리는 남자가 미오리를 좋아해서 난처하단 이야기를 들었다. 정확하게는 사쿠타가 멋대로 그런 추측을 했고, 미오리는「대충 그런 느낌」이라며 자백한 거지만…….

"다들 대학생이니까 그런 쪽으로는 잘 지내. 남들과 다퉈 봤자 득 될 게 없는걸."

천연덕스러운 표정으로 그런 냉담한 발언을 한 미오리는 남은 우동을 소리 내서 먹었다.

"오늘은 미팅 권유도 받았어. 상대는 도쿄에 있는 고학력 대학에 다니는 미남이래."

미오리는 우동을 씹으면서 난처한 듯이 웃었다.

"전에 말했지? 바다에 갈 때 나만 따돌린 걸 사과하는 의미에서 미팅을 주선해주겠다는 소리를 했다고 말이야."

"그런 말, 들었던 것 같아."

"농담 삼아 한 말인 줄 알았다니깐."

미오리는 쓴웃음을 짓더니, 싫어하는 음식을 본 어린애 같은 표정으로 「나를 위해 마련한 자리라니 거절할 수 없었어」 하고 중얼거렸다. 먹고 싶지 않지만, 부모님이 억지로 먹이려 한다. 도망칠 곳이 없는 상황이다.

"대학생이니까 그런 쪽으로도 잘 지낼 수밖에 없다고. 남들과 다퉈봤자 득 될 게 없잖아."

"이 사람, 열받게 하네~."

아까 자기가 한 말이 부메랑이 되어 돌아오자, 미오리는 토라진 듯한 표정을 지으며 등받이에 몸을 맡겼다. 입가를 살짝 부풀리더니, 사쿠타를 슬며시 노려보았다.

사쿠타가 개의치 않으면서 도시락의 반찬을 먹자…….

"열받네~."

……하고 중얼거렸다. 표정에 애교가 어려 있어서 그런지, 이상하게도 호감이 갔다. 자기를 귀엽게 보이려 하는 것도 아닌데, 미오리의 행동과 태도는 그렇게 느껴졌다.

눈에 띄지 않을 만큼만 멋을 부리는 것도, 유행하는 화장을 하는 것도, 미오리는 아마 자기 자신을 위해서이리라. 그러는 것을 좋아하니까. 하고 싶으니까. 그래서, 꾸민 느낌이 들지 않는다. 주위 남자들은 미오리의 그런 부분에서 매력을 느끼고, 시선을 보내는 것이다.

미오리는 처음 만났을 때부터, 의도적으로 상대를 멀리하지 않았다. 그래서 남자들은 착각에 빠진다. 자신한테 관심이 있을지도 모른다는 착각을······.

그런 기대를 한 번 하게 되면, 중요한 것이 보이지 않게 된다. 처음 만난 날부터, 그녀의 마음이 자신에게 한 걸음도 다가오지 않았다는 것을······ 눈치채지 못한다.

친구 후보인 사쿠타는 이대로도 적당히 즐거우니 문제 될 것이 전혀 없다. 때때로 캠퍼스 안에서 만나 가볍게 대화를 나눈다. 그런 친구 사이면 충분하다.

바로 그때, 귀에 익은 목소리가 사쿠타의 생각을 방해했다.

"아, 저기 있네. 아즈사가와!"

식당의 명물 덮밥을 들고 나타난 이는 후쿠야마 타쿠미였다. 대학에 와서 알고 지내게 된, 학부 남학생이다.

"어, 미토 양······?!"

사쿠타에게 가려서 미오리가 보이지 않았던 건지, 타쿠미는 그녀를 보고 깜짝 놀랐다.

"으음······."

미오리는 사쿠타의 옆에 앉은 타쿠미를 쳐다보았다.

"아즈사가와와 마찬가지로 통계과학부의 1학년인 후쿠야마 타쿠미예요."

"국제상학부 1학년, 미토 미오리예요. 그러고 보니 기초 세미나를 같이 들었지? 친목회에서도 봤잖아."

그것은 사쿠타와 미오리가 알고 지내는 계기가 된 2학기 스타트 직후의 모임이다.

"응, 맞아!"

타쿠미는 흥분한 표정으로 몸을 쑥 내밀었다. 미오리가 자기를 기억해서 기쁜 것 같았다.

"그럼 젊은이들끼리 오붓하게 이야기를 나눠."

식사를 마친 사쿠타는 도시락통을 정리한 후에 자리에서 일어나려 했다. 미오리가 자기 때문에 열받은 것 같으니, 빨리 대피하는 편이 좋을 것 같았다.

하지만, 타쿠미가 그런 사쿠타의 어깨를 움켜잡았다.

"기다려. 아즈사가와한테 부탁이 있어서 찾아다녔다고."

"요코이치동을 주문하고 말이야?"

이 식당의 명물 덮밥이다. 게다가 타쿠미가 든 것은 곱빼기였다.

"배가 고프면 힘이 안 나거든."

"나와 싸울 것도 아니니까, 배고파도 괜찮지 않아?"

사쿠타가 일어설 타이밍을 놓치자, 그때를 기다린 것처럼 미오리가 자리에서 일어났다.

"그럼 젊은이들끼리 오붓하게 이야기를 나누세요."

미오리는 장난기 어린 미소를 머금더니, 식기를 들고 반환

구로 향했다.

"후쿠야마, 괜찮은 거야?"

"뭐가?"

"미토와 가까워질 기회였잖아."

"마음의 준비가 됐을 것 같아?"

"후쿠야마는 애인을 원하니까, 언제든 되어 있을 줄 알았어."

"그랬다면 나는 이미 애인이 생겼을걸?"

"그것도 그러네."

"그것보다 아즈사가와는 오늘 한가해?"

"4교시까지 수업이 있어."

"그건 알아. 그 후에 말이야."

"집에 돌아가서 나스노를 씻겨야 해서 바빠."

"한가하면 미팅하러 가자. 참가자 중 한 명이 감기에 걸려서 인원이 부족해."

"내 말, 듣긴 한 거야?"

슬슬 나스노를 씻기지 않으면, 야생의 냄새를 풍길 것이다.

"코다니 료헤이 씨, 기억해? 강의도 안 들으면서 기초 세미나의 친목회에 왔던, 국제상학부 한 학년 선배 말이야."

"전혀 기억 안 나."

그날, 요코하마 역 근처 선술집에서 새롭게 이름을 외운 이는 미오리 뿐이다. 미오리의 친구인 「마나미」는 기억에 남아 있었을지도 모른다. 아까 전까지 「미유키」로 알고 있었지만……

"아무튼, 코다니 씨와는 중국어 강의를 같이 들어. 그래서 미팅을 하고 싶다는 소리를 했었는데, 진짜로 주선해주지 뭐야."

"좋은 이야기에는 다른 꿍꿍이가 숨겨져 있을지도 모르니 조심하라고."

"게다가 여자애는 세 명 다 간호학과 애래."

타쿠미는 애원하는 듯한 표정으로 그렇게 말했다.

"간호학과, 라."

그건 조금 신경 쓰이는 말이었다.

"간호사야, 간호사. 텐션 업 프리즈~."

"미래의 간호사인 거잖아? 아직 학생이라고."

아직은 평범한 대학생과 별반 다르지 않을 것이다.

"혹시 간호사를 싫어하는 거야?"

그런 인간이 존재하는 거냐…… 라고 말하는 듯한 경악에 찬 눈길을 머금은 타쿠미가 사쿠타를 쳐다보았다.

"상대가 미니스커트 산타라면, 냉큼 참가했을 거야."

"그것도 괜찮네."

타쿠미는 힘차게 고개를 끄덕이며 동의했다.

하지만, 간호학과에 흥미가 없는 건 아니다. 굳이 따지자면, 있다. 아카기 이쿠미는 이 대학교의 의학부 간호학과에 다니는 것이다.

이번 미팅에 나오는 여자 멤버 중에 이쿠미가 있을 것 같지는 않지만, 같은 학과의 학생이라면 이쿠미가 평소 어떻게 지내는지 다소 알고 있을 것이다. 그런 이야기만 들을 수 있더라도 충분히 이득이다.

하지만, 마이와 사귀고 있는 사쿠타가 미팅에 참가해도 되는 걸까. 그럴 만한 이유가 있다고는 해도, 참가해선 안 된다는 생각이 들었다.

자, 어떻게 한다……

"아무튼 부탁해, 아즈사가와."

"애인 있는 남자가 그런 자리에 있으면, 분위기가 나빠지지 않을까?"

딱히 친구나 만들려고 미팅에 참여하지는 않을 것이다. 결과적으로 그렇게 될 때도 있겠지만, 기본적으로 미팅의 본분은 애인을 만드는 자리다.

"개인적으로는 라이벌이 한 명 줄어서 좋아."

"그리고 내가 여자들의 빈축을 한 몸에 받는 거야? 절대 싫어."

여자 쪽에서 보면 남자 참가자가 한 명 준 것이나 다름없다. 그런 자리에는 절대 가고 싶지 않다.

"나한테 간호사 애인이 안 생겨도 괜찮다는 거야?"

"괜찮지 않을 것도 없거든?"

"제발 부탁이야!"

타쿠미는 두 손을 맞대며 애원했다.

"애초에 마이 씨가 허락해줄 리가 없어."

"허락해준다면 괜찮은 거지?"

타쿠미는 물러설 마음이 없는 것 같았다. 다른 사람에게 권해보면 될 텐데 말이다. 아무튼, 이대로는 죽도 밥도 안 된다.

"좋아. 전화해서 물어만 볼게. 마이 씨가 안 된다고 하면 포기해."

"좋아."

이제 마이에게 전화를 해서 혼나기만 하면 된다.

사쿠타는 그렇게 생각했지만, 그 예상은 어긋났다.

마이가 뜻밖의 대답을 한 것이다…….

4

결론부터 말하자면, 마이는 놀라울 정도로 순순히 허락을 해줬다.

오후 수업이 시작되기 전…… 사쿠타는 캠퍼스 안의 시계탑 근처에 있는 공중전화에 들러서 마이에게 연락을 했다. 촬영 중일 테니, 연결되지 않을 것이다. 아마 받지 않으리라. 그렇게 생각했지만, 첫 신호음이 끝나기도 전에 바로 받았다.

"무슨 일이야?"

마이는 촬영 도중에 매니저에게서 온 메시지를 체크하고 있었던 것 같았다.

　마이가 의아하다는 투로 그렇게 묻자, 사쿠타는 자초지종을 세세하게 이야기했다.

　"실은 미팅 권유를 받았어요."

　"그래서?"

　"갑자기 결원이 생겼다는데, 미팅이 오늘이라네요."

　"그래서?"

　"상대는 우리 학교 간호학과 여학생이라는데…… 가면 안 되겠죠?"

　사쿠타는 머뭇거리며 마지막 말을 입에 담았지만…….

　"가지 그래?"

　마이는 남 일인 것처럼 가벼운 어조로 대답했다.

　"에이, 말려야 할 거 아니에요."

　무심코 사쿠타가 말리라는 말을 하고 말았다.

　"사쿠타는 이번 기회를 놓치면 미팅과 평생 인연이 없을 것 같거든."

　"그래도 마이 씨는 말려야 할 거 아니에요. 내 애인이니까요."

　"이번만 특별히 허락해준다는 말이야."

　"하지만……."

　사쿠타가 계속 난색을 표하자…….

　"먼저 말을 꺼낸 건 사쿠타잖아?"

마이는 어이없다는 투로 그렇게 말했다.

"왜 사쿠타가 말려달라는 소리를 하는 거야?"

확실히, 두 사람의 태도가 바뀐 것 같았다.

"정말, 괜찮겠어요?"

"그렇게 내켜 하지 않으니까 허락해주는 거야."

마이 씨의 목소리는 왠지 즐거워 보였다.

"혹시 내켜 했다면요?"

"지금 바로 만나러 와달라고, 억지를 부렸을지도 몰라."

장난기 섞인 웃음소리가 사쿠타의 귀를 간지럽혔다.

"그쪽이 훨씬 좋은데~."

"촬영에 방해되니까, 오지 마."

"너무해~."

"뭔가 알아냈으면 좋겠네."

마이는 장난기가 사라진 목소리로 그렇게 덧붙여 말했다. 그 「뭔가」란 물론 아카기 이쿠미에 관한 것이다. 사쿠타가 「간호학과」란 말을 한 순간, 마이는 그가 미팅 이야기를 꺼 낸 의도를 눈치챘을 것이다. 그런데도 바로 본론에 들어가 지 않고, 사쿠타를 놀리며 즐긴 것이다.

"그럼 너무 기대는 하지 않으며 다녀올게요."

같은 간호학과 학생이라고 해도, 이쿠미에 대해 잘 알 거 란 보장은 없다. 같은 학과라 해도 그녀의 이름과 얼굴을 아는 학생이 대부분일 것이다. 설령 이쿠미와 친한 여자애가 우연히 참가하더라도, 그 자리에 없는 사람의 이야기를 미팅 자리에서 늘어놓지는 않으리라.

아마 「그러고 보니 간호학과에 아카기 이쿠미란 애가 있지? 나, 그 애와 같은 중학교에 다녔어」 같은 식으로 이야기를 꺼내 보는 게 한계 아닐까.

"너무 기대하지 않는 것도 상대방 여자애에게 무례한 행동 아닐까?"

"역시 기대 좀 해볼까요."

"귀여운 애가 있으면 좋겠네."

마이가 사쿠타의 대꾸에 그런 식으로 답했다.

"후쿠야마의 말에 따르면, 전부 귀여운 여자애래요."

"나보다 말이야?"

"그러면 어쩌죠?"

"아, 옷 갈아입어야겠네. 이만 끊을게."

갑자기 목소리가 일할 때의 톤으로 바뀐 마이의 뒤편에서 여성의 목소리가 들려왔다. 스타일리스트와 메이크업 아티스트가 대기실에 들어온 걸까.

"일, 힘내세요."

"고마워. 그럼 안녕."

그렇게, 통화는 끝났다.

그리하여 사쿠타는 전혀 혼나지 않고, 무사히 미팅 참가 허락을 받아냈다.

그래서 4교시 기초 수학 강의가 끝난 후, 사쿠타는 옆자리에 앉아있던 타쿠미와 함께 교실을 나섰다. 학생들로 북적이는 복도를 지나, 계단을 내려간 그들은 학교 건물을 나섰다.

은행나무 가로수길은 4교시를 마치고 귀가하는 학생들로 북적이고 있었다. 정문 밖으로 이어진 그 행렬은 선로 옆길을 따라 카나자와 핫케이 역까지 이어져 있었다.

석양이 드리워진 플랫폼에 도착한 직후에 하네다 공항으로 향하는 급행 전철이 도착했기에, 사쿠타와 타쿠미는 아슬아슬하게 그 전철에 탔다.

문 옆에 선 두 사람은 그대로 창밖을 쳐다보았다.

"나, 긴장돼."

전철이 다음 역인 카나자와 분코 역에 도착했을 때, 타쿠미가 진지한 표정으로 사쿠타를 쳐다보았다.

"긴장을 풀어주는 방법이 있어."

"오, 어떤 거야?"

타쿠미가 관심을 보였다.

"우선, 두 손의 검지를 입가에 집어넣어."

"이렇게?"

"그대로, 바깥쪽으로…… 좌우로 벌리듯 당기는 거야."

"이렇게?"

타쿠미는 사쿠타가 시키는 대로 자신의 입을 옆으로 당겼다.

"그 상태에서 카나자와 분코라고 말해봐."

"까나짜아 운꼬."

입을 양쪽으로 당기는 있어서 입술을 다물 수 없기에, 발음을 제대로 할 수 없었다.

문이 닫히자, 전철은 카나자와 분코 역을 벗어났다.

"……."

입에서 손가락을 뺀 타쿠미는 설명을 요구하는 듯한 눈길로 사쿠타를 쳐다보았다.

"이상하네. 우리 동네 초등학생은 좋아하던데 말이야."

"나는 대학생이거든?"

"오늘 미팅에서 이야깃거리가 떨어지면 써먹어 봐."

"안 써먹어도 되도록, 최선을 다하겠어."

그 후, 두 사람은 요코하마 역에 도착할 때까지 전철 안에서 조용히 있었다.

사람들로 북적이는 요코하마 역에서 JR네기시 선으로 갈아탔다. 사쿠타와 타쿠미가 차례로 전철에서 내린 곳은 바로 옆 역인 사쿠라기쵸 역이었다.

개찰구를 통과한 후, 역의 동쪽 출입구를 통해 밖으로 나갔다. 그러자 빛을 두른 랜드마크 타워를 비롯한 임해 에어리어의 상업 시설이 가장 먼저 눈에 들어왔다. 그리고 화려한 불빛에 감싸인 거대한 관람차도 보였다. 요코하마를 대표하는 경치 중 하나다. 여기까지는 평소의 사쿠라기쵸 역과 다를 게 없다.

하지만, 오늘은 10월 31일이다.

역 앞 광장은 분장을 한 사람들에 의해, 불가사의한 나라로 변해 있었다. 호박 축제의 파도는 젊은이가 모이는 이 마을까지 밀려온 것 같았다.

사쿠타는 지금까지 할로윈을 의식한 적이 없었기에, 오늘이 그 날인 줄 몰랐다.

마법사, 드라큘라, 빨간 두건, 그리고 영화와 만화에 나오는 인기 캐릭터로 분장한 사람도 있었다. 개그를 노리는 건지 유명 정치가 가면을 쓴 사람도 섞여 있었다.

스마트폰으로 사진을 찍는 그룹도 있는가 하면, 동영상을 촬영하는 그룹도 있었다. 들뜬 기분에 몸을 맡긴 채, 옆에 있는 이성에게 말을 거는 집단도 있었다.

"아즈사가와, 떨어지지 않게 조심하라고."

"만약 너와 떨어진다면, 그대로 돌아갈 거야."

미팅을 하는 가게도 모르고, 연락을 취할 수단도 없으니 돌아갈 수밖에 없었다.

"그래서 조심하라는 거야."

"그럼 손이라도 잡을까?"

"싫어."

타쿠미는 진심으로 싫어하는 듯한 표정을 짓더니, 광장을 벗어나기 위해 걸음을 옮겼다. 사쿠타는 그 뒤를 따랐다. 사람들로 붐비고 있는데도 혼잡하게 느껴지지 않는 건, 사람들 대부분이 멈춰 서 있기 때문일까.

의외로 여유롭게 나아갈 수 있었다.

하지만 방심한 순간, 옆에서 튀어나온 간호사 코스프레를 한 여성과 하마터면 부딪칠 뻔했다.

서로가 그걸 눈치채고, 부딪치기 직전에 멈춰 섰다.

그녀의 의상은 이 근처 병원에서 볼 수 있는 세련한 디자인의 백의의 천사가 아니라, 건조한 계절에 신세를 지는 제품의 마스코트 캐릭터가 입고 있는 간호복이다. 할로윈답게, 코와 눈가에 핏자국이 그려져 있었다.

시선이 마주치자, 그녀의 눈동자에 경악이 어린 것 같았다.

사쿠타는 그 이유를 알 수 없었다. 그녀가 코스프레를 하고 있었던 데다, 지금 이 자리에 『그녀』가 있을 거라고는 생각도 못 했으니까…….

하지만, 가볍게 고개를 숙인 그녀가 돌아선 순간…….

"아카기……?"

사쿠타는 머릿속에 떠오른 이름을 입에 담았다.

그 순간, 간호사가 그대로 움직임을 멈췄다.

그녀는 사쿠타를 향해 몸을 반쯤 돌렸다.

당황한 시선이 좌우로 흔들리고 있었다.

설마, 이런 곳에서 사쿠타와 만날 거라고는 생각도 못 했

으리라. 그것은 사쿠타도 마찬가지다. 아무런 준비도 하지 않았기에, 다음 말이 입에서 나오지 않았다.

그러는 사이…….

"미안해. 가볼게."

이쿠미는 작은 목소리로 그렇게 중얼거린 후, 걸음을 옮겼다.

사쿠타는 그녀를 불러세우고 싶었지만, 그럴 이유가 생각나지 않았다.

이쿠미의 발은 목적을 가지고 나아가는 것처럼 보였다. 광장 한가운데에 있는 가로등을 향해 곧장 나아가고 있었으니까…….

저기서 누군가를 만나기로 한 것일까.

처음에는 그렇게 생각했다. 하지만, 이쿠미를 보고, 그렇지 않다는 느낌을 받았다. 가로등 옆에 선 이쿠미는 할로윈에 맞춰 추가된 유리 호박 랜턴을 잠시 올려다봤다. 그리고 때때로 스마트폰을 쳐다봤다. 시간을 확인하는 걸까.

또한 뭔가를 찾듯, 분장을 한 이들을 살피고 있었다. 그것도 진지한 표정으로 말이다.

그녀에게는 주위와 다른 분위기가 감돌고 있었다. 축제를 즐기고 있는 듯한 표정이 아니었다.

그런 이쿠미의 옆을 지나치며, 호박 랜턴 가로등에 다가가는 조그마한 이가 있었다. 빨간 두건으로 분장을 한 저학년 여자애였다.

"사진! 호박과 사진 찍을래!"

그 여자애는 랜턴을 손가락으로 가리키며, 뒤편에 있는 부모님을 향해 미소 지었다.

여자애의 발이 가로등에 다가가려던 순간이었다.

"가면 안 돼!"

이쿠미가 여자애의 어깨를 잡았다.

그러자 여자애는 깜짝 놀라며 멈춰 섰다.

그 직후였다.

가로등에서 떨어진 호박 랜턴이, 그대로 낙하한 것이다…….

지면에 떨어진 호박 랜턴이 쨍그랑하는 소리를 냈다. 잘게 부서진 유리 파편이 사방으로 튀었다.

여자애와 호박 랜턴이 떨어진 곳 사이의 거리는 1미터도 되지 않았다.

이쿠미가 말리지 않았다면, 빨간 두건 분장을 한 여자애가 호박 랜턴에 맞았을 것이다. 목숨을 잃지는 않더라도, 분명 다쳤으리라.

주위에 있던 마법사와 드라큘라는 대화 혹은 촬영을 멈추더니, 「뭐야?」, 「무슨 일이지?」 하면서 떨어진 랜턴과 빨간 두건 여자애, 그리고 이쿠미를 쳐다보았다.

그런 이쿠미가 여자애의 앞에서 몸을 웅크리더니…….

"괜찮니?"

……하고, 상냥한 표정으로 말을 건넸다.

"응."

잠시 후, 여자애의 부모님이 뛰어왔다.

"미유, 다치진 않았니?"

"아무렇지 않아."

"감사합니다."

아버지가 이쿠미를 향해 고개를 숙였다.

"아뇨."

"자, 미유도 이 언니한테 인사하렴."

"언니, 고마워."

"괜찮아."

여자애와 눈높이를 맞춘 이쿠미가 빙그레 미소 지었다.

바로 그때, 이 광장의 안전요원으로 보이는 남성이 와서 다친 사람이 없는지 물어보고 다녔다. 완장에는 『요코하마 시』라고 적혀 있었다. 시청 직원일까.

다친 사람이 없다는 걸 확인하자, 「위험하니 물러나 주세요」 하고 말하면서 떨어진 랜턴 파편을 회수했다.

다른 직원이 삼각콘을 가지고 왔다. 가로등 주위에 능숙히 그것을 깔더니, 출입 금지 테이프를 주위에 둘렀다. 작업을 하던 사람은 그 자리에 남아서, 다가오려 하는 이들을 물러나게 했다.

그러는 사이, 구경꾼들은 다시 원래 하던 일을 하기 시작했다.

랜턴이 떨어졌을 뿐이다.

다친 사람은 없다.

그러니, 아무런 문제도 없다.

내일이 되면, 대부분의 사람이 잊을 일이다.

그런 분위기였다.

하지만, 사쿠타만은 강렬한 위화감을 느끼고 있었다.

명백하게 이상했다. 부자연스러웠다.

왜, 이쿠미는 랜턴이 떨어지기 전에 빨간 두건 분장을 한 여자애를 제지한 것일까.

마치, 랜턴이 떨어질 것을 알고 있었던 듯한 타이밍이었다.

"……"

사쿠타가 아무 말 없이 이쿠미를 멀찍이서 쳐다보자, 그 시선을 눈치챈 이쿠미가 사쿠타를 응시했다.

또 시선이 마주쳤다.

하지만, 그것은 한순간에 지나지 않았다.

이쿠미는 도망치듯 시선을 돌리더니, 할로윈 가장행렬에 섞였다. 그녀는 좀비 분장을 정성 들여서 한 그룹의 뒤편으로 사라지더니, 다시는 사쿠타의 눈에 들어오지 않았다.

"저 녀석, 뭐 하는 거야……?"

그것이 사쿠타의 솔직한 감상이었다. 진짜로 뭘 하는 걸까. 그리고, 뭘 했던 걸까. 머릿속이 의문으로 가득 찼다.

"그건 내가 할 말이야."

그 목소리가 들려온 순간, 누군가가 사쿠타의 어깨에 손을 얹었다. 고개를 돌려보니, 초조한 표정의 타쿠미가 눈에 들어왔다.

"진짜로 떨어진 줄 알았잖아."

　타쿠미는 사쿠타의 어깨를 잡더니, 그대로 방향 전환을 시켰다.

"이대로 쭉 가면 돼."

　가방의 벨트를 고삐 삼으며, 타쿠미는 사쿠타를 조종했다. 물론, 두 사람이 향하는 건 미래의 간호사가 기다리고 있는 미팅 장소였다.

5

　타쿠미가 데려온 곳은 시끌벅적한 광장에서 5분 정도 거리에 있는 상업 빌딩 앞이었다.

"여기네."

　스마트폰 화면과 가게 간판을 번갈아 쳐다본 타쿠미는 사쿠타를 엘리베이터 쪽으로 끌고 갔다. 사람들로 북적이는 곳을 벗어났으니, 이제 떨어질 일은 없을 것이다. 하지만, 타쿠미는 가방 벨트를 놓지 않았다.

　두 사람은 엘리베이터로 음식점이 있는 4층에 올라갔다. 가게 배치도 앞에 선 타쿠미는 창작 일본식 선술집 패널을 보고 있었다. 아무래도 저기가 미팅 장소 같았다.

가게 앞으로 이동한 후에야 벨트를 놓은 타쿠미의 뒤를 따르며, 사쿠타도 모던한 디자인의 천막을 지나며 안으로 들어갔다.

"어서 오십시오."

곧 젊은 남성 직원이 다가오더니, 정중한 태도로 두 사람을 맞이했다.

그 뒤편에서……

"아, 일행이에요."

스마트폰을 한 손에 쥔 안경 낀 남학생이 얼굴을 보였다.

"코다니 씨, 기다리게 했네요."

타쿠미는 가볍게 손을 들었다. 아무래도 이 인물이 코다니 료헤이 같았다.

"우리 자리는 이쪽이야."

마찬가지로 손을 들며 답한 료헤이가 사쿠타와 타쿠미를 가게 안쪽으로 안내했다. 가게 안에는 손님이 꽤 있었으며, 화려하고 깨끗한 느낌의 요즘 유행하는 술집 분위기였다.

"여기야."

료헤이가 멈춰 선 곳은 가게 가장 안쪽이었다. 자리에 앉으면 다른 테이블이 보이지 않고, 걸터앉는 형식으로 된 좌석이다. 꽤 넓어서 여섯 명은 앉을 수 있을 것 같았다.

유리 너머로 야경이 살짝 보였다. 유감스럽게도 관람차는 보이지 않지만, 상업 시설의 불빛을 반사하는 깊은 바다가 보였다. 꽤 경관이 괜찮은 자리였다.

"안쪽부터 앉아. 그리고 여자애들은 방금 역 앞에 도착했다는 연락을 받았어."

사쿠타는 료헤이가 권하는 대로 가장 안쪽에 앉았고, 그 옆에 타쿠미, 료헤이 순서로 나란히 앉았다.

"한 명은 늦게 온다니까, 두 명이 도착하면 시작하자."

료헤이는 스마트폰을 조작하면서 익숙한 듯이 미팅 주선자로서의 소임을 다했다. 그 후, 사쿠타와 시선이 마주친 그는 일부러 다리를 모으고 반듯하게 앉으면서 입을 열었다.

"기초 세미나의 친목회에서 한 번 만나긴 했지만, 이참에 다시 인사를 나누도록 할까. 나는 코다니 료헤이. 국제상학부 2학년이야."

그렇게 말하면서 조그마한 종이를 내밀었다. 명함이었다. 『소셜 이콜로지 서클 이콜로인 임원 코다니 료헤이』

······라고 적혀 있었다.

"안녕하세요. 통계과학부 1학년, 아즈사가와 사쿠타예요. 명함은 없어요."

"괜찮아. 그것보다 반말 써도 되지?"

"아, 오케이예요."

"그런데 왜 존댓말 쓰는데?"

료헤이 혼자만 과장되게 웃었다.

"이 소셜 이콜로지 서클은 뭐죠?"

명함에 적힌 단어 하나하나는 사쿠타도 눈에 익지만, 세 개가 나란히 적혀 있는 건 처음 봤다.

"아, 흥미 있어?"

료헤이는 기다렸다는 듯이 안경을 고쳐 썼다. 그 후, 소셜 이콜로지 서클이 무엇인지 이야기하기 시작했다.

"도쿄의 여러 대학과의 합동 서클인데, 환경 문제는 인간 사회의 지배 시스템과 관련이 있다는 사상에 관해 정기적으로 논의하며 의견 교환을 하는 모임이야. 멤버 중에는 요즘 코멘테이터로 텔레비전에 나오는 유명한 사회학자도 있어. 그저께 회합에서는 경제, 지배, 지배 제도와 최근 화제가 되는 서스테이너블과 SDGs, ESG 투자의 가능성에 관해 아침까지 토론했다니깐."

료헤이의 입에서 미지의 단어가 술술 튀어나왔다. 결국, 어떤 서클인지 도통 알 수 없었기에…….

"그렇군요."

……하고, 사쿠타는 맞장구를 쳤다.

"좀 더 자세하게 알고 싶다면, 다음에 명함의 거기로 연락 달라고."

료헤이가 명함에 적힌 QR코드를 손가락으로 가리켰다.

"아무튼, 아즈사가와가 와줘서 정말 다행이야."

료헤이는 다시 편한 자세로 앉더니, 진지한 목소리로 그렇게 말했다.

"개인적으로 한번 이야기를 나눠보고 싶었거든."

"저를 노리는 건가요?"

"그럴 리 없잖아!"

텐션이 높은 료헤이가 또 소리 내서 웃었다. 바로 그때…….

"아, 여기네. 미안해. 1분 지각했어."

"1분 정도는 아슬아슬 세이프 아냐?"

그런 말을 하면서 여자애 두 명이 나타났다. 한 사람은 아담한 체구에 롱헤어였고, 다른 한 사람은 평균적인 키에 단발머리였다.

"실례할게요~."

부츠를 벗고 먼저 자리로 올라온 것은 작은 체구의 여자애였다. 원피스 위에 카디건을 걸치고 있었다. 다른 사람은 롱스커트에 니트 차림이었으며, 데님 재킷을 어깨에 걸치고 있었다.

두 사람이 자리에 앉고, 주문한 음료가 나오자, 사쿠타의 인생 첫 미팅이 시작됐다.

"오늘 이렇게 와줘서 고마워. 땡큐."

료헤이의 말에 맞춰 건배를 했다.

그 후, 료헤이가 먼저 자기소개를 했다. 이름과 소속 학부, 학년, 그리고 지금 빠져 있는 것을 간결하게 이야기했다. 다음은 타쿠미 차례였고, 그 다음이 사쿠타의 차례였다.

자기소개가 끝날 때마다, 박수를 치며 분위기를 띄웠다. 템포가 좋고, 텐션도 높았다. 료헤이도, 타쿠미도, 여자애 둘도 즐거운 듯이 웃고 있었다.

사쿠타도 적당히 대화에 끼고 있었지만, 사실 대화의 절반도 머리에 들어오지 않았다. 더 신경 쓰이는 일이 그의 머릿속을 점거하고 있었던 것이다.

아까 역 앞 광장에서 본 것.

아카기 이쿠미의 행동은 무엇을 의미하는 것일까.

그것이 마음에 걸렸다.

그래서, 자기소개를 마친 후에도 두 여자애의 이름이 머릿속에 남아 있지 않았다. 일단 서로를 「치하루」, 「아스카」라 부르는 것만 확인해뒀다.

체구가 작은 쪽이 치하루, 평균인 쪽이 아스카다.

화제는 자기소개를 통해, 자연스럽게 각자의 고향에 대한 것으로 바뀌었다. 고등학교가 의외로 가까웠다, 활동하던 부의 시합 때문에 거기에 가봤다, 「그럼 마주쳤을지도 모르겠네」, 「에이, 말도 안 돼」…….

시립대학이라 그런지 요코하마 시 출신의 학생이 많고, 카나가와 현 출신도 많다. 이 자리에 있는 다섯 명 중에 거기에 속하지 않는 건 타쿠미 뿐이다.

그 후에도 「알아」, 「거기 가봤어」 같은 말을 반복하며 공통점을 파악했다. 타쿠미도 이해가 되도록, 치하루와 아스카가 스마트폰으로 고등학생 시절의 사진을 보여줬고……
그러는 사이 30분이 훌쩍 지나갔다.

다들 두 번째 음료를 주문했을 때, 다음에 보여줄 사진을
찾던 치하루의 스마트폰이 진동했다.

"아, 아직 안 온 애가 역에 도착했나 봐."

지금 사쿠라기쵸 역의 플랫폼에 내렸다면, 10분 후에는
도착할까. 역 앞은 지금도 할로윈 분장을 한 이들로 혼잡할
것이다.

"아, 맞다. 이거 봐."

말을 하며 스마트폰을 조작하던 치하루가, 남자들 전원에
게 화면을 보여줬다.

그 화면에 표시된 것은 SNS였다.

—10월 31일, 사쿠라기쵸에서 미팅 참가할 것 같아! 어쩌면
이 날, 운명의 만남을 가질지도 몰라! #꿈꾸다

……라고, 적혀 있었다.

"『#꿈꾸다』의 트윗, 잘 맞는 것 같아."

방금 들은 「해시태그 꿈꾸다」는 코멘트 끝에 파란색 문자
로 첨부된 『#꿈꾸다』를 가리키는 것 같았다.

"너는 매주 미팅을 하니까, 맞는 게 당연하잖아."

옆에서 닭고기꼬치를 먹던 아스카가 그렇게 말했다.

"이건 한 달 전에 쓴 거야. 아직도 기억할 리가 없잖아."

"거짓말~."

료헤이가 미심쩍어하듯 그렇게 말했다.

"진짜라니까 그러네."

그러자, 치하루는 발끈하며 료헤이의 얼굴을 향해 스마트폰을 내밀었다. 날짜를 잘 보라는 듯이 말이다.

옆에서 그 모습을 본 타쿠미는 웃음을 터뜨렸다.

사쿠타만 영문을 모르는 것 같았다.

"그 『#꿈꾸다』가 뭐야?"

이 타이밍에 물어보지 않았다간 대화에 끼지 못할 거라고 생각한 사쿠타가 솔직하게 질문을 던지자, 치하루, 아스카, 료헤이가 놀란 표정으로 그를 쳐다보았다.

"모르는 거야?!"

"아즈사가와는 스마트폰이 없어서 그런 쪽에 어두워."

타쿠미가 아즈사가와를 대신해 그렇게 말했다.

"진짜?"

"제정신이야?"

치하루와 아스카는 아까보다 눈을 더 크게 떴다. 이 세상에 존재하지 않는 것을 처음으로 본 듯한 표정이었다.

사쿠타는 물론 제정신이지만······.

"그런 말, 자주 들으니까 괜찮아."

"우리는 처음 말했거든?"

치하루가 사쿠타의 농담에 웃음을 터뜨렸다. 말투는 아기자기한 편이지만, 머리 회전이 빨랐다. 즐겁게 이야기를 나눌 수 있는 타입이다.

"그건 그렇고, 『#꿈꾸다』는 대체 뭐야?"

사쿠타가 다시 묻자, 치하루보다 료헤이가 먼저 입을 열었다.

"원래는 그날 꿈의 내용을 올리는 태그였지."

"태그라는 건 그 화제에 관해 이야기하고 있다는 표식 같은 거야."

타쿠미는 잔을 기울이면서 가르쳐줬다.

"그런데 요즘 들어 그 태그를 붙여서 올린 꿈의 내용의 현실이 된다는 소문이 퍼지고 있어."

타쿠미의 말을 들은 료헤이가 고개를 끄덕이며 이어서 설명을 해줬다.

"나도 리서치해봤는데, 연예인의 스캔들이 적중하거나, 호우 재해가 진짜로 일어났대. 마치 예지몽처럼 말이지."

"그리고 내 미팅 꿈도 그래!"

치하루는 료헤이를 향해 스마트폰을 쑥 내밀더니, 자기도 사례에 추가해 달라고 응석을 부렸다.

"현실이 되는 예지몽이구나."

반신반의하며 그렇게 이해한 사쿠타는 방금 나온 우롱차를 마셨다. 하지만, 말도 안 되는 일이라고 생각하지는 않았다. 사쿠타는 몇 달 후의 미래까지 꿈속에서 시뮬레이션한 여고생을 안다. 그 소악마라면 그 정도는 식은 죽 먹기일 것이다.

"치하루, 네 말을 믿어주지 않는 것 같아."

"너무해~."

치하루는 너무하다고 말하면서도 환하게 웃고 있었다. 그녀가 진짜로 그 소문을 믿는 것 같지는 않았다. 미팅의 분위기를 띄울 이야깃거리 중 하나…… 그 정도로만 인식하고 있는 것 같았다. 그것은 『#꿈꾸다』에 관해 가르쳐준 료헤이도 마찬가지이며, 타쿠미와 아스카도 마찬가지다. 흔한 도시 괴담. 지금은 분위기에 휩쓸려 믿는 척했을 뿐. 그런 어처구니없는 이야기를 진실이라고 여길 리가 없다.

평소 같으면 사쿠타도 개의치 않으며 흘려넘겼을 것이다.

가능하면 오늘도 그러고 싶었다.

하지만 그럴 수가 없는 건, 이곳에 오는 길에 역 앞 광장에서 아카기 이쿠미의 행동을 봤기 때문이다.

어떤 가능성에 생각이 미쳐버린 만큼, 모른 척 한다면 찜찜할 것이다.

"저기, 오늘 사쿠라기쵸 광장에서 무슨 일이 벌어진다는 글은 없어?"

"뭐야~. 아즈사가와 군은 이런 이야기를 좋아하는구나. 잠시만 기다려."

사쿠타를 제외한 네 사람은 재미 삼아 일제히 스마트폰을 조작했다. 그리고 10초 정도 기다리자, 「있네」 하는 목소리가 네 사람의 입에서 동시에 나왔다.

"—호박 랜턴이 떨어져서 빨간 두건 분장을 한 여자애가 다치는 꿈을 꿨어. 최악이야……라고 되어 있어."

타쿠미가 대표로 그 문장을 읽었다. 옆에서 화면을 보니, 그 글이 올라온 날짜는 9월 30일이었다. 한 달 전의 일이다.

가능하면 이런 건 알고 싶지 않았다.

호박 랜턴이 떨어지기 전에, 이쿠미가 여자애를 제지할 수 있었던 걸까.

그 수수께끼가 풀리고 말았으니까…….

단순한 소문, 도시괴담. 이쿠미는 그런 것을 믿고, 빨간 두건 분장을 한 여자애가 다치지 않도록 지킨 것이다.

마치, 정의의 사도처럼…….

일단 트릭은 알아냈다. 하지만, 아직 모르는 점이 있다.

아니, 사쿠라의 내면에서는 의문이 점점 커지고 있었다.

왜, 이쿠미는 그런 짓을 하는 것일까.

우연히 SNS의 그 글을 보고, 신경이 쓰인 것일까.

미니스커트 산타는 이쿠미에게도 선물을 줬다고 말했다. 그것과 연관이 있는 걸까.

사쿠타가 생각을 정리하기 전에…….

"아즈사가와 군, 다음에는 뭘 마실래?"

치하루가 메뉴를 내밀었다. 우롱차가 절반 정도 남아 있지만, 다음 음료가 나오기 전에 비울 것 같았기에 석 잔째 우롱차를 주문했다.

메뉴를 치하루에게 돌려줬다.

치하루는 그것을 받더니, 약간 발그레해진 얼굴로 사쿠타를 응시했다. 눈동자에는 강렬한 호기심이 어려 있었다. 그 모습을 본 사쿠타는 「그 이야기를 꺼내려나 보네」 하고 생각했다.

"아, 풋콩 먹을래?"

사쿠타는 가능하면 피하고 싶은 이야기이기에, 화제를 돌리려고 했다.

"고마워."

치하루는 사쿠타가 내민 접시의 풋콩을 쥐더니, 입가로 가져갔다. 그리고 한 알씩 까먹으면서 「맛있어」 하고 말했다.

"아니, 그게 아니라……."

빈 껍질을 버릴 즈음, 치하루는 사쿠타의 작전을 눈치챈 것 같았다. 이렇게 되면, 그 화제를 피하는 건 무리다.

"아즈사가와 군은 진짜로 사쿠라지마 마이와 사귀고 있는 거야?"

어느새 아스카와 료헤이도 사쿠타를 쳐다보고 있었다.

타쿠미만은 토마토를 먹으면서 「이 가게 음식은 맛있네」 하고 중얼거렸다.

"사귀지 않아."

일단 당당히 거짓말을 했다. 이 멤버라면 이런 농담이 통할 것이다.

"그럴 거야."

치하루가 그 농담에 걸려줬다.

"아니, 사귀는 거 맞잖아."

사쿠타에게 태클을 건 것은 타쿠미였다.

"뭐……."

어쩔 수 없이 애매모호하게 답했다. 괜한 말을 했다가 연예인인 마이의 스캔들로 이어져서, 그녀에게 폐를 끼칠 수는 없다.

"대체 어떻게 하면, 연예인과 사귈 수 있는 거야?"

아스카가 이어서 물었다.

"같은 고등학교에 다닌다거나?"

"그것만으로는 무리잖아요~. 계기 같은 건 없나요?"

치하루는 마이크를 쥔 것처럼 말아쥔 손을 사쿠타의 입가로 내밀었다. 말투 또한 리포터 같았다.

"중간고사 도중에 교실을 뛰쳐나가서……."

"뛰쳐나가서?"

치하루와 아스카가 한 목소리로 그렇게 말했다.

"아무도 없는 운동장에 선 다음……."

"선 다음?"

이번에는 료헤이까지 가세했다.

"전교생에게 들리도록 『사랑해~』하고 고백했어."

"정말?"

치하루는 믿기지 않는다는 눈길로 사쿠타를 쳐다보았다.

아스카와 료헤이도 마찬가지였다.

"전부 사실이야. 나, 교실에서 봤거든."

그렇게 긍정하는 여자의 목소리가 들려왔다. 하지만, 치하루와 아스카의 목소리가 아니었다. 물론 사쿠타도 아니다.

왠지 귀에 익은 목소리였다.

하지만 상대방의 얼굴을 볼 때까지, 누구인지 생각나지 않았다.

사쿠타가 고개를 들자, 방금 이 자리에 온 또 한 명의 여대생이 눈에 들어왔다.

"어?"

처음 입에서 나온 건, 얼빠진 소리였다. 말이 입에서 나오지 않았다. 벌어진 입에서는 숨소리만이 흘러나왔다.

사쿠타가 그런 상태인 가운데, 뒤늦게 온 세 명째 여자애는 구두를 벗으면서 자리에 앉았다. 그리고…….

"늦어서 죄송해요. 간호학과 1학년, 카미사토 사키예요."

……하고 말했다.

사쿠타의 뇌리에, 유마가 어제 했던 말이 떠올랐다.

─나한테 할 말 없어?

─역시 아직 눈치 못 챘구나.

─그냥 입 다물고 있을래. 그편이 재미있을 것 같거든.

그 발언이 이 일을 가리킨다는 것을, 사쿠타는 순식간에 이해했다.

제2장

불협화음

1

3교시 컴퓨터 실습수업이 끝났지만, 사쿠타는 컴퓨터가 놓여 있던 정보교육 실습실에 남아 있었다. 묵묵히 키보드를 두드리며, 표 계산 소프트에 숫자를 입력하고 있다. 방금 받은 과제를 하고 있었다.

"어제 미팅, 재미있었어."

옆자리에 앉은 타쿠미가 혼잣말을 하는 투로 그렇게 중얼거렸다. 컴퓨터용 의자를 빙글빙글 돌리며, 스마트폰을 만지작거리고 있었다.

다른 학생은 종이 치자마자 나갔기에, 실내에는 사쿠타와 타쿠미 뿐이다.

"나와 카미사토 말고는 즐거웠겠지."

사쿠타는 과제에 집중하면서, 그렇게 대꾸했다.

어제 미팅에서의 『그것』은, 정말 예상치 못한 일이었다. 진짜로 놀랐다.

사쿠타와 같은 고등학교…… 미네가하라 고교에 다녔던 동급생, 카미사토 사키. 그녀는 유마의 애인이기도 했다. 그런 사키가, 같은 대학에 다니는 학생으로서 미팅 자리에 나타난 것이다…….

그런 이야기는 유마한테서 듣지도 못했고, 반년 동안 눈치채지도 못했다.

게다가, 그녀는 간호학과다.

사쿠타가 아는 사키란 여자애는 남을 치료해주는 것과는 담쌓은 존재이기에, 너무 의외였다.

그렇게 뜻밖의 형태로 재회한 사쿠타와 사키를, 타쿠미, 료헤이, 치하루, 아스카는 재미있어했다. 그 후에는 두 사람의 고등학교 시절을 이야깃거리로 삼았고, 질문 공세가 이어졌다. 그것은 미팅이 끝날 때까지 계속됐다.

학교에서는 바다가 보이고, 해안선을 달리는 에노전 전철을 타고 통학하며, 에노시마뿐만 아니라 카마쿠라와도 가까운 고등학교. 게다가 『사쿠라지마 마이』가 다녔다는 사실까지 더해졌으니, 이야깃거리가 끊이지 않았다.

"에노전 통학은 부럽네. 하루하루가 청춘 그 자체였겠어."

"나는 충분히 통학 가능한 거리에 살았으니까, 그걸 알았으면 꼭 거기 수험을 쳤을 거야."

"나도 그래."

통학권 안에 살았다는 치하루와 아스카는 특히 흥미를 보였다.

"그런데, 사키는 왜 입 다물고 있었던 거야?"

치하루는 그렇게 말하면서 사키의 어깨를 흔들었다.

사키는 자기가 어느 학교 출신인지를 어제까지 밝히지 않았던 것 같았다. 이유는 상상이 됐다. 미네가하라 고교에 다녔다고 말하면, 『사쿠라지마 마이』에 관해 물을 게 뻔한 것이다. 소개해달라는 말이 나올지도 모른다. 그런 성가신 상황을 피하고 싶었으리라.

"영 짐작이 안 되어서 물어보는 건데 말이야. 아즈사가와는 왜 카미사토 양과 사이가 나쁜 거야?"

타쿠미는 스마트폰을 만지작거리면서 그런 질문을 던졌다.

"그나마 친해진 편이야."

어제는 같은 테이블에 둘러앉아서, 한 시간 반이나 같이 있었다. 고등학생 때라면 상상도 못 했을 일이다.

"정말?"

"정말."

예전처럼 확연히 드러내지 않았지만, 다들 사키가 사쿠타에게 혐오감을 품고 있다는 것을 눈치챘을 것이다. 그렇다고 미팅 분위기가 나빠지지는 않았다.

미오리가 한 말을 빌리자면, 사쿠타와 사키는 그런 쪽으로 잘 지내고 있는 것이다. 두 사람 다 대학생이니 말이다.

다른 이들도 분위기를 살핀 건지, 괜히 캐묻지는 않았다.

"실제로 아즈사가와는 카미사토 양을 어떻게 생각해?"

"미움받는 것 같다고 생각해."

대충 대꾸하면서, 입력한 과제 데이터를 저장했다. 그것을 컴퓨터 실습을 담당하는 대학 강사의 메일 주소로 보냈다.

그것을 마친 사쿠타는 『#꿈꾸다』를 검색해봤다. 눈앞에 있는 컴퓨터를 이용하자고 생각한 것이다.

"두 사람 사이에 있는 소방관 남친은 어떻게 생각하려나?"

"친해졌으면 좋겠다고 생각하고 있지 않으려나?"

유마도 친구와 애인에게서 서로에 대한 험담을 듣는 게 좋지는 않을 것이다. 유마에게 사키에 대한 험담을 자주 한 건 아니지만, 그렇다고 아예 안 한 것도 아니다.

아마 사키가 사쿠타에 관한 험담을 유마에게 훨씬 많이 했을 것이다. 고등학생 때는 사키한테서 「유마와 붙어 다니지 마」라는 말도 들었으니 말이다.

"뭐, 그럼 됐어."

타쿠미는 납득한 것처럼 그렇게 말했다.

"뭐가?"

일단 되물어보기는 했지만, 사쿠타는 컴퓨터 화면에 집중하고 있었다. 『#꿈꾸다』의 태그가 붙은 SNS가 무수히 존재했다. 전부 읽는 건 무리였다. 일단 오늘 올라온 것만으로 한정하니 300개 정도로 줄었지만, 그래도 많았다.

사쿠타는 전부 읽을 마음이 들지 않았기에, 대답이 없는 타쿠미를 쳐다보았다.

"후쿠야마?"

타쿠미는 지금도 스마트폰을 조작하고 있었다.

"뭐, 곧 알게 될 거야."

그제야 고개를 타쿠미가 「헷헷헷」 하고 웃었다.

그 웃음의 의미를 묻기도 전에, 누군가가 이 교실에 들어오는 발소리가 들렸다.

　그 발소리는 꽤 거칠게 느껴졌다.

　그 소리가 들려온 입구 쪽을 쳐다보니, 방금 언급됐던 인물…… 카미사토 사키가 눈에 들어왔다.

　사쿠타를 발견하더니, 성큼성큼 다가왔다. 그리고 도중에 타쿠미를 돌아보며…….

　"후쿠야마 군, 고마워."

　……하고, 짤막하게 말했다.

　"별말씀을요."

　타쿠미는 빙글빙글 돌리던 의자에서 일어서더니, 스마트폰을 가방에 넣었다. 사쿠타의 현재 위치를 흘렸다는 물적 증거를 숨기려는 것처럼…….

　"그럼 먼저 간다."

　밀고자인 타쿠미는 손을 흔들면서 교실에서 나갔다.

　이곳에 남겨진 건, 사쿠타와 사키 뿐이다.

　"……."

　"……."

　두 사람 사이에서는 거북한 침묵이 흘렀다.

　하지만, 그것은 오랫동안 이어지지 않았다.

　"유마한테 괜한 소리 하지 마."

　먼저 입을 연 건 사키였다.

　"그건 무리야."

"뭐?"

"어제 부재중 전화로 엄청 불평을 해뒀거든. 늦게 나타난 걸로 모자라, 미남 소방관과 러브러브 중이라고 자기소개를 해서 내 첫 미팅을 박살냈다고 말이야."

게다가 사키는 「애인이 있다」고 말하면서, 타쿠미와 료헤이의 연락처를 받지 않았다. 그 바람에 분위기가 한순간 나빠진 것은 말할 필요도 없으리라.

그러니 치하루 혹은 아스카를 통해 타쿠미에게 연락을 해서, 사쿠타의 연락처를 알아냈을 것이다.

"……."

사키는 울컥한 듯한 표정으로 사쿠타의 말을 듣고 있었다. 불평을 하지는 않았다.

"사람 수가 안 맞다고 해서 어쩔 수 없이 그 두 사람에게 어울려줬을 뿐이야."

"그런 말은 쿠니미한테 해."

"할 거야. 오늘 만나기로 했거든."

"할 이야기는 그게 전부야?"

그 외에 할 말이 있을 것 같지는 않았다. 하지만 사키는 묘한 말을 입에 담았다.

"나는 말이지."

"나는?"

사키 말고도 사쿠타에게 볼일이 있는 인간이 있는 듯한

말이었다. 그리고, 그 해석은 틀리지 않았다.

사키는 사쿠타의 대꾸를 무시하더니…….

"내 볼일은 끝났으니까 들어와도 돼."

……하고, 복도 쪽을 향해 말했다.

사키와 교대하듯 교실에 들어온 것은, 뜻밖의 인물……
놀랍게도, 아카기 이쿠미였다.

"고마워, 사키."

"이쿠미, 내일 봐."

그런 짤막한 대화를 나눈 후, 사키만 밖으로 나갔다.

한동안 복도를 향해 손을 흔들던 이쿠미는 사키의 발소리
가 들리지 않게 되자, 사쿠타를 조용히 돌아보았다.

책상 사이로 나아가며 천천히 다가왔다. 하지만, 사쿠타
의 바로 옆으로 오지는 않았다. 세 자리 정도 떨어진 곳에
멈춰 섰다.

"아즈사가와 군은 사키와 같은 고등학교 출신이었구나."

"그러는 아카기는 카미사토와 친구구나."

저 두 사람은 방금 서로를 「사키」, 「이쿠미」 하고 이름으로
불렀다. 그리고 그 대화에서는 서먹함이 느껴지지 않았다.

"응. 대학에서 처음으로 이야기를 나눈 사람이 사키야. 내
가 만든 봉사 단체의 일도 때때로 도와줘."

"학습 지원 말이지?"

"아즈사가와 군, 알고 있구나."

"봉사자를 모집하는 모습을 몇 번 본 적 있거든."

"그랬구나."

별것 아닌 대화에서도, 서로 간의 거리를 살피는 듯한 신중함과 긴장감이 느껴졌다. 두 사람 다 말을 고르며 이야기를 나누고 있었다.

중학생 시절의 클래스메이트라고 해도, 당시에는 거의 이야기를 나누지 않았다. 어떤 느낌으로 대화를 나누면 될지, 사쿠타와 이쿠미는 알 수 없었다.

"카미사토가 자원봉사를 한다는 게 좀 의외야."

"그래? 나는 사키답다고 생각해."

"그래?"

"간호사가 되려는 것도, 소방관이 된 남친의 버팀목이 되고 싶어서래. 귀엽지 않아?"

"나 이외의 사람들에게는 상냥하고, 쿠니미 앞에선 귀여운 걸지도 모르겠는걸."

다른 사람도 아니고 쿠니미 유마의 『애인』이니 말이다.

"아, 방금 이야기는 사키에게 하지 마."

"아마 할 기회가 없을 테니 안심해도 돼."

앞으로 캠퍼스 안에서 마주치는 일이 있더라도, 일부러 사키에게 말을 걸 일은 없을 것이다. 그리고 사키 또한 같은 생각이리라.

"아카기는 왜 간호학과로 진학한 거야?"

"간호사가 되면, 도움이 필요한 사람들에게 힘이 될 수 있잖아."

보통 이런 질문을 받는다면 얼버무리거나 대충 넘어가려고 하겠지만, 이쿠미는 자연스럽게 본심을 털어놨다. 상대가 저런 태도를 보이니, 장난스러운 반응을 보일 수가 없었다.

하지만, 사쿠타는 잘 됐다고 생각했다. 서로의 속내를 캐는 것에도 질린 참이니 말이다.

"그럼 『#꿈꾸다』를 믿으며 정의의 사도 행세를 하는 것도 그런 이유에서야? 간호사 코스프레까지 하면서 말이야."

사쿠타는 방금과 같은 가벼운 텐션으로, 과감하게 본론에 들어갔다.

"항상 코스프레를 하는 건 아냐. 어제는 자원봉사 교실에 모인 중학생 애들과 할로윈 분장을 했던 거야."

느닷없이 본론에 들어갔는데도, 이쿠미는 전혀 동요하지 않았다. 코스프레를 한 모습을 사쿠타가 본 것 때문에, 약간 멋쩍어할 뿐이다.

"정의의 사도 활동은, 항상 하는 거야?"

방금 이쿠미는 코스프레만 부정했다.

"그러면 안 돼?"

이쿠미는 얼버무리긴커녕, 의견을 구했다.

"아카기는 그런 오컬트를 믿지 않는 줄 알았어."

적어도 중학생 시절, 이쿠미는 사춘기 증후군을 믿지 않았다. 사쿠타의 호소를 이해해주지 않았던 클래스메이트 중 한 명이다.

"……."

사쿠타가 빙빙 돌리지 않고 그렇게 말하자, 이쿠미는 진지한 표정을 지으며 입을 다물었다. 그녀의 눈동자는 다음에 무슨 말을 하면 좋을지 몰라 망설이고 있었다.

"아즈사가와 군……."

몇 초 후, 이쿠미의 입술이 희미하게 벌어졌다. 그 뒤에 이어질 말이 짐작됐기에…….

"미안하단 말은 하지 마. 어떤 반응을 보이면 좋을지 모르겠거든."

사쿠타는 딱 잘라 그렇게 말했다.

이미 끝난 일이며, 이쿠미가 사과할 일도 아니다. 상대방이 죄책감을 느껴봤자, 이제 와서는 짜증이 날 뿐이다.

"그럼 사과하지 않겠어."

이쿠미의 표정이 부드러워졌다.

"그런데, 아카기는 무슨 일로 나를 찾아온 거야?"

이제까지의 대화를 보면, 이쿠미가 어떤 목적이 있는 것이 아닐까. 어제 목격한 일에 대해 사쿠타가 어떻게 생각하는지 알고 싶어서 찾아온 것이라고 생각했다.

"아즈사가와 군은 절대 안 오겠지만…… 이번 달 말에 동창회를 하자는 이야기가 나왔어."

그것은, 꿈에도 생각하지 못한 말이었다.

"……."

물론, 이쿠미가 말하는 동창회란 초등학교도, 고등학교도 아니다.

"중학교 동창회야."

이쿠미는 작은 목소리로 덧붙여 말했다.

"뭐, 갈 생각 없어."

평범하게 대답했다고 생각했지만, 사쿠타는 자신의 목소리가 약간 멀게 느껴졌다. 아직 자신이 그 일을 신경 쓰고 있다는 것을 깨닫고, 자기 자신을 내심 비웃었다.

"이렇게 재회했으니까, 일단 안내장이라도 건네줄까 해서 말이야."

이쿠미는 눈앞까지 걸어오더니, 두 번 접힌 쪽지를 건네줬다. 거부하는 것도 귀찮기에, 사쿠타는 그것을 받았다. 펼쳐 보니 『동창회 안내』라고 적혀 있었다.

11월 27일 일요일. 오후 네 시부터. 장소는 야마시타 공원 인근의 가게 같았다.

"나는 신경 쓰지 말고, 즐겁게 놀아."

"아마 나도 안 갈 거야."

"왜?"

딱히 이유가 알고 싶었던 것은 아니다. 대화의 흐름 상, 물어봤을 뿐이다.

"애인 있는 여자애들이 으스댈 게 뻔하거든."

"『내 남친, 명문대학에 다니는 미남이야』 하고?"

"『이쿠미도 빨리 애인 만들어』 하고 말이야."

"동창회는 그러는 모임이구나."

사쿠타는 이제까지 기회가 없어서 동창회에 참가해본 적이 없다. 딱히 참가하고 싶다는 생각을 한 적도 없지만 말이다.

"자랑거리가 있는 사람이라면 아마 즐거울 거야."

사쿠타라면 거기에 해당한다는 듯한 어조였다.

"뭐, 나는 마이 씨와 사귀고 있으니 말이야."

"아즈사가와 군이 동창회에 간다면, 다들 꿀 먹은 벙어리가 될걸?"

"나는 그러려고 마이 씨와 사귀는 게 아냐."

"그럼 뭘 위해서 사귀는 건데?"

"둘이서 행복해지기 위해서야."

사쿠타는 이쿠미를 웃길 생각으로, 농담 투로 본심을 입에 담았다.

"……."

하지만, 이쿠미는 웃지 않았다. 깜짝 놀란 표정으로 눈을 깜빡이고 있었다. 그리고 벌게진 자신의 얼굴에 오른손으로 부채질을 했다.

"그만해. 듣는 나까지 부끄럽단 말이야."

"아카기는 없는 거야?"

"뭐가 말이야?"

"남들한테 말할 자랑거리."

"글쎄."

이쿠미는 애매모호하게 답하더니, 모호하게 미소 지었다. 무난하게 넘어갈 생각으로 거짓말을 하면 될 텐데, 이쿠미는 그러지 않았다.

그렇기에, 가고 싶지 않은 명확한 이유가 있는 것처럼 느껴졌다. 사쿠타는 모르지만, 누군가와 크게 싸워서 얼굴도 마주하고 싶지 않은 걸까.

그런 이쿠미의 눈이 시계를 향했다.

"그만 가봐야겠어."

「볼일이라도 있어?」하고 일부러 물어보지는 않았다. 물어보지 않더라도, 이쿠미의 얼굴을 보니 그녀가 뭘 하러 가는지 알 수 있었다.

이쿠미의 시선이 사쿠타의 앞에 있는 모니터를 향했으니까……. 거기에는 지금도 『#꿈꾸다』의 검색 결과가 표시되어 있었다.

그러니, 어제와 마찬가지일 것이다. 『#꿈꾸다』에 올라온 예지몽을 통해, 이쿠미는 누군가를 불행에서 구해주러 가리라.

"그럼 가볼게."

가방을 걸친 이쿠미가 돌아가려 하자, 사쿠타는 그녀의 등을 쳐다보며 이렇게 말했다.

"남을 돕는 것도 웬만큼만 해."

이쿠미는 그 말을 듣고 멈춰 섰다. 그리고 사쿠타를 향해 「왜?」라는 의미가 담긴 시선을 보냈다.

"미래를 바꾸려고 한 결과, 더 나쁜 일이 벌어질 가능성도 있거든."

최악의 사태가 벌어지는 경우도 있다. 사쿠타는 그것을 알고 있다.

"응. 조심할게."

이쿠미는 그렇게 말하며 미소 짓더니, 이번에야말로 교실을 나섰다.

홀로 남겨진 사쿠타는 마우스를 조작하더니…….

"아무것도 모르네."

……하고 중얼거리면서 『시스템 종료』를 클릭했다.

이제 학원 강사 아르바이트를 하러 갈 시간이다. 남만 신경 쓰고 있을 수는 없다. 사쿠타에게는 사쿠타의 생활이 있는 것이다.

2

사쿠타가 아르바이트를 하는 학원에 가보니, 교무실 앞 자유 공간에 리오가 있었다. 이미 학원 강사용 외투를 걸치고 있었다. 흰색 가운 느낌의 블레이저다.

그런 리오는 미네가하라 고교의 교복을 입은 남학생과 이야기를 나누고 있었다. 키가 꽤 컸다. 리오보다 머리 하나는 커 보였다. 그래서 누구인지 금방 짐작할 수 있었다.

"쿠니미가 말한 후배구나."

사쿠타보다 두 살 연하. 지금은 고등학교 2학년. 농구부 소속.

문제를 푸는 방법을 설명해주는 리오를, 진지한 표정으로 응시하고 있다.

"여기서는, 우선 운동량을 계산하고……."

리오는 테이블에 펼쳐놓은 공책에 계산식을 적었다. 몸을 내민 만큼, 남학생과의 거리 또한 가까워졌다. 그걸 신경 쓰는 건지, 남학생은 커다란 몸을 젖히며 일정 거리를 유지했다.

그런 남학생의 입가에는 이성에 대한 긴장감이 어려 있었다. 하지만 이유는 그것만이 아닌 것 같았다. 그의 눈은 공책 위를 달리는 펜의 끝이 아니라, 리오의 얼굴을 향하고 있었다.

"여기서부터는 공식대로 풀면 되니까, 해봐."

리오는 손을 멈추며 고개를 들었다. 그런 리오와 시선이 마주치자, 그는 자판기를 향해 고개를 돌렸다.

풋풋한 반응이었다. 아무래도 틀림없어 보였다.

"듣고 있어?"

리오가 그에게 물었다.

"듣고 있어요."

그의 목소리는 낮고 차분했다.

"이해했어?"

"이해 못 했어요."

"안 들은 거지?"

"죄송합니다."

그 모습을 지켜보고 있을 때, 두 사람은 거의 동시에 사쿠타의 시선을 눈치챘다.

"저기, 감사합니다. 한 번 더 혼자서 풀어볼게요."

몸집이 큰 학생은 허둥지둥 공책을 덮더니, 자습실로 향했다.

"이해가 안 되면 또 물어봐."

리오가 그 학생의 등을 쳐다보며 그렇게 말하자, 「네」 하고 대답한 그는 돌아보며 고개를 숙였다. 그리고, 자습실로 들어갔다.

"쿠니미의 후배 같은걸."

"그런 것 같아."

"이름이 뭐야?"

"카사이 토라노스케라고 하는데……."

리오는 왜 그런 것을 묻는지 신경 쓰는 눈치였다.

"좀 재미있는 일이 벌어질 것 같거든."

"……뭐?"

리오는 사쿠타가 무슨 말을 하는 건지 모르는 것 같았다. 눈치 빠른 리오답지 않았다. 하지만, 사람은 자신을 향한 호의에 의외로 둔감하다. 오히려 제삼자가 그것을 눈치채기 쉽다.

　"난 수업 준비를 해야 해."

　"아. 기다려, 후타바."

　"왜?"

　"『#꿈꾸다』라는 걸 알아?"

　"아는데, 왜?"

　"진짜로 유행하는구나."

　일상적으로 스마트폰을 이용하다 보면, 접하게 되는 정보일지도 모른다.

　"그것과 키리시마 토코가 연관이 있어?"

　"아카기가 『#꿈꾸다』를 이용해서, 정의의 사도 같은 짓을 했어."

　정확하게는 「하고 있어」일 것이다. 아까 헤어질 때의 태도로 볼 때, 오늘도 누군가를 구하러 가는 것 같았다.

　"뭘 위해서?"

　"그런 걸 그냥 두고 볼 수 없는 것 아닐까? 자원봉사 단체도 만들어서, 적극적으로 남을 도우니 말이야."

　"중학생 때도 그랬던 거야?"

　"학급 반장이었나, 선도위원이었나…… 그런 걸 맡았던 것도 같아."

하지만, 거의 생각이 나지 않았다.

한 반의 학생이 서른 명쯤 되면, 1년 동안 한 마디도 나누지 않는 클래스메이트도 있을 수 있다. 사쿠타에게 있어, 아카기 이쿠미란 그런 존재였다.

"하지만, 그것 자체가 그녀의 사춘기 증후군인 건 아니잖아? 그녀가 사춘기 증후군에 걸렸다는 걸 전제조건으로 본다면 말이야."

"뭐, 그렇겠지."

이쿠미가 하는 건 『#꿈꾸다』를 이용해 남을 돕는 것이다. 『#꿈꾸다』가 달린 SNS의 글은 일면식도 없는 타인이 쓴 것이리라.

그것을 본 이쿠미는 어제, 추락하는 랜턴으로부터 빨간 두건 분장을 한 여자애를 구했다. 그게 전부다.

이 일과 이쿠미가 걸린 사춘기 증후군의 연관점은 밝혀지지 않았다. 밝히기도 전에, 사건은 막을 내린 것이다.

"후타바는 이게 어떻게 된 거라고 생각해?"

"그녀가 곤란에 처한 게 아니라면, 그냥 내버려 두면 되지 않아?"

확실히, 리오의 말이 옳다.

"정의의 사도 활동을 할 뿐만 아니라 자원봉사 단체까지 만든 그녀가 사춘기 증후군에 걸렸다고는 아직 볼 수 없잖아."

"그건 그래."

솔직히 말해, 이쿠미는 여유가 있었다.

그에 반해, 사쿠타가 이제까지 본 사춘기 증후군은 당사자에게 훨씬 심각한 영향을 줬다. 그 안에는 강렬한 감정이 어려 있었다.

그런 것이, 이쿠미에게서는 아직 느껴지지 않았다.

유일하게 상황이 달랐던 건 우즈키의 사춘기 증후군일까. 극적인 변화는 발생하지 않았고, 서서히 그렇게 되어갔다. 그리고 정신을 차려보니 달라져 있었다.

"정의의 사도 역할을 대신 맡아줄 사람이 나타나서 다행이네."

리오는 들고 있던 파일로 사쿠타의 어깨를 두드렸다. 지금까지의 노고를 치하하듯 말이다. 그리고 리오는 학습 스페이스로 향했다.

"확실히 사춘기에서 졸업할 때가 된 것 같네."

사쿠타는 그렇게 생각하면서, 옷을 갈아입기 위해 라커룸에 들어갔다.

중간고사에 대비한 복습 삼아 2차 함수를 푸는 법을 가르쳐주기 시작하고 약 50분이 흘렀다.

"사쿠타 선생님~ 스톱~. 좀 쉬자."

학생 중 한 명인 야마다 켄토가 책상이 넙죽 엎드렸다. 그가 앉은 의자의 등받이에는 교복 상의가 걸려 있었다. 그것은 사쿠타도 다녔던 미네가하라 고교의 교복이었다.

다른 한 명의 제자인 요시와 쥬리도 같은 학교의 여학생 교복을 입고 있었다.

두 사람은 3인용 벤치 책상을 이용하고 있었다. 한가운데 자리를 비우고 앉아있었다. 정면의 벽에는 화이트보드가 있었고, 그 앞이 사쿠타의 자리다. 보드에 필기하면서 가르치기도 하고, 학생의 공책에 적으며 가르쳐주기도 한다.

지금은 문제를 푸는 법을 설명한 후에 연습 문제를 풀게 시켰다. 하지만 켄토는 모든 문제를 다 풀기도 전에 집중력이 바닥났다.

"야마다 군, 아직 수업 시간이 30분 남았어요."

이 학원의 수업은 80분으로 구성되어 있다.

"너무 길어~."

고등학교 수업에 비하면 확실히 길 것이다. 하지만 가르치는 입장이 되어 보니, 80분은 의외로 순식간에 지나간다.

"학생의 열의를 컨트롤하는 것도 선생님이 할 일이잖아."

켄토는 책상에 턱을 얹은 채, 약아빠진 소리를 늘어놨다.

진지하게 문제를 풀고 있는 옆자리의 쥬리를 쳐다보니, 그녀도 몰래 하품을 하고 있었다. 켄토처럼 노골적이지는 않지만, 쥬리의 집중력도 바닥이 난 것 같았다.

"그럼 5분만 쉬자."

"만세~."

이 5분 동안에도 급료는 발생하고 있는 만큼, 죄책감이 살짝 느껴졌다. 하지만 학생이 휴식을 바라니 어쩔 수 없다. 하지만 5분 동안 조용히 있다간 두 사람 다 잠들어버릴 것 같았기에……

"너희는 『#꿈꾸다』를 아니?"

사쿠타는 잡담을 나누기로 했다.

"사쿠타 선생님은 그걸 믿어? 골 때리네."

"골 때린 건 야마다 군의 중간고사 점수라고 생각하는데 말이지."

30점짜리 답안지를 봤을 때는 예상했던 것보다 더 충격을 받았다. 자신이 가르치는 학생이 좋은 점수를 받았으면 하는 마음이 컸다.

"저는 꿈이 진짜로 현실이 된 적 있어요."

지금까지 입 다물고 있던 쥬리가 그렇게 말했다.

"한 달쯤 전에 서비스 에이스로 결승점을 따는 꿈을 꿨어요."

그것은 비치발리볼 시합에서……란 의미다. 쥬리는 히라츠카의 클럽팀에 속해 있다. 11월인 지금도 여름에 까맣게 탔던 쥬리의 얼굴에는 그 흔적이 남아 있었기에, 「비치발리볼을 한다」라고 그녀가 말하면 대부분의 이가 납득했다.

"『#꿈꾸다』에 적었더니, 일요일 시합에서 그 꿈대로 됐어요."

"그건 네가 열심히 연습해서, 이미지대로 서브를 성공시켰을 뿐이잖아."

책상에 엎드린 켄토가 재미없다는 투로 그렇게 분석했다.

"……."

쥬리는 그런 켄토를 진지한 표정으로 쳐다보았다. 뜻밖의 말이었던 걸까.

그것을 눈치채지 못한 채…….

"오컬트가 아니라, 자기 자신을 믿으라고."

……하고, 켄토는 이어서 말했다.

"너무 정색하니 뭐라 대꾸하면 좋을지 모르겠네."

켄토에게서 시선을 뗀 쥬리는 평소 톤으로 그렇게 말했다.

"저, 정색한 거 아니거든?!"

지적을 받고 부끄러워진 건지, 켄토는 몸을 일으키며 쥬리에게 변명했다. 하지만, 쥬리는 여전히 사쿠타를 쳐다보고 있었다.

"그래도, 방금 한 말은 기분 나빠."

"인마, 기분 나쁘다는 건 좀……."

"인마라고 부르지 마."

켄토가 말을 끝까지 잇기도 전에, 쥬리가 또 입을 열었다.

그 말에 켄토는 말문이 막힌 것 같았다.

켄토는 입을 뻐끔거리며, 도움을 청하듯 사쿠타를 쳐다보았다.

"좀 조용히 하자. 이러다가 옆 반에서 수업 중인 후타바 선생님한테 내가 또 혼날지도 몰라."

그렇게 말한 순간, 학습 스페이스의 벽을 누군가가 노크를 했다.

"거봐."

사쿠타는 혼날 것을 각오하며 입구를 쳐다보았다.

하지만 칸막이 뒤편에서 모습을 드러낸 이는 언짢은 표정을 지은 리오가 아니었다.

미네가하라 고교의 교복을 입은 여학생이었다.

또한, 사쿠타가 아는 사람이기도 했다.

일전에 이야기를 나눈 적이 있는 히메지 사라다. 그녀는 약간 볼륨 있는 머리카락을 흔들면서 살짝 고개를 숙였다.

"잠시 실례해도 될까요? 잡담 중인 것 같은데……."

"어라, 히메지 양?"

사라를 쳐다보며 그렇게 말한 켄토의 목소리는 명백하게 상기되어 있었다.

"여섯 시간만이네."

사라는 살짝 손을 흔들었다. 그러자 켄토는 헤벌쭉 웃었다. 마주 손을 흔드는 것도 부끄럽고, 어떤 태도를 취하면 좋을지 몰라서, 난처해하는 것 같았다.

"……."

쥬리는 그런 두 사람을 아무 말 없이 힐끔 쳐다보기만 했다.

"히메지 양, 무슨 일이지?"

사쿠타의 학생이 아닌 그녀가 사쿠타에게 볼일이 있을 것 같지는 않았다.

"아즈사가와 선생님의 수업을 견학해도 될까요?"

"수학을 제대로 이해하고 싶다면, 후타바 선생님이 나을 거라고 일전에 말했잖아?"

"시험에서 좋은 점수를 받고 싶을 뿐이라면, 아즈사가와 선생님이 괜찮을 거라고도 말했고요."

사라는 장난기 섞인 미소를 지었다.

"그렇긴 한데, 지금은 자신이 없어."

"무슨 일 있었어요?"

속눈썹이 긴 눈을 껌뻑인 사라가 흥미롭다는 듯한 표정을 지으며 물어보았다.

"야마다 군이 30점을 받았거든."

"사쿠타 선생님, 그건 개인정보잖아!"

"바보 같아."

바로 그때, 쥬리가 불쑥 그렇게 중얼거렸다. 심심하다는 듯이 턱을 괴고 있었다.

"뭐야?"

켄토가 발끈하려고 하자, 사라는 비어 있는 한가운데 자리에 앉았다.

"아, 진짜로 30점이네."

사라는 답안지를 보더니 웃음을 터뜨렸다. 그러자, 켄토는 아무 말도 하지 못했다.

켄토는 앞을 바라보았다. 등을 쭉 펴면서……

남자는 왜 이렇게 알기 쉬운 반응을 보이는 걸까.

그런 켄토를 더욱 궁지로 몰듯……

"교재 보여줘."

……하고 말한 사라가 그와 몸을 밀착시켰다.

"내가?"

"같은 반이잖아."

"으, 응."

필사적으로 아무렇지 않은 척하는 켄토를 보니, 사쿠타는 웃음이 날 것만 같았다. 하지만 개인정보를 더 흘릴 수는 없다. 그렇게 생각한 사쿠타는 휴식 시간이 끝났다는 것을 알리며 수업을 재개했다.

3

오후 일곱 시에 시작한 학원 수업은 딱 80분 후인 오후 8시 20분에 끝났다. 화이트보드에 적힌 수식을 지운 후, 마지막으로 학습 스페이스를 나섰다.

평소 켄토가 정리하지 않고 나가던 의자는 사라가 깔끔하게 원위치로 되돌려 놓았다.

교무실에서 오늘 가르친 내용을 일지에 정리하는데 약 10

분. 학원장에게 잡혀서 사라에 관한 질문에 답하는 데 약 5분. 그 후에 라커룸에서 옷을 갈아입고, 아직 교무실에 있던 리오에게 「먼저 갈게」 하고 말을 건넸을 때는 수업이 끝나고 20분이 지난 8시 40분경이었다.

아무래도 9시 전에 귀가할 수 있을 것 같았다.

오늘은 마이가 저녁을 만들어주러 오기로 했으니, 1분 1초라도 빨리 돌아가고 싶다.

도착한 엘리베이터에 탄 후, 사쿠타는 즉시 「닫힘」 버튼을 눌렀다.

"아, 기다려주세요."

닫히는 문틈 사이로 허둥지둥 들어온 이는 바로 사라였다.

"세이프네요."

"아웃이야."

반사적으로 「열림」으로 향했던 사쿠타의 손가락이 다시 「닫힘」으로 향했다.

이번에야말로 문이 닫히더니 엘리베이터가 내려가기 시작했다.

"아즈사가와 선생님은 기니까, 사쿠타 선생님이라고 불러도 될까요? 야마다 군처럼요."

"야마다 군보다 경의를 담아서 불러준다면 말이야."

켄토의 「사쿠타 선생님」은 친구를 부르는 어조처럼 들렸다.

"그럴게요, 사쿠타 선생님."

사라는 그렇게 말하더니, 웃음을 흘렸다.

"나는 의외로 친밀감을 가지기 쉬운 편인가 보네."

"좋은 의미에서, 선생님 같지 않아요."

"좋은 의미라……."

엘리베이터가 1층에 도착했다.

사라의 뒤를 이어, 사쿠타도 건물을 나섰다. 두 사람은 자연스럽게 역으로 향했다.

"히메지 양은 전철을 타는 거야?"

"집이 카타세야마 쪽이라서, 엄마가 차로 데리러 와줘요. 아마 곧 연락이……."

사라는 그렇게 말하면서, 가방에 달린 호주머니에서 스마트폰을 꺼냈다. 그러자, 같이 들어 있던 핸드타월이 떨어졌다.

"떨어뜨렸어."

사쿠타는 그것을 주워주려고 몸을 웅크렸다.

"아, 괜찮아요."

곧이어 사라도 힘차게 몸을 굽히며 손을 뻗었다.

위험하다고 생각했을 때는 이미 늦었다.

쿵 하는 묵직한 소리가 머릿속에 울려 퍼졌다. 머릿속까지 뒤흔들렸다. 사쿠타와 사라가 거의 동시에 몸을 웅크린 탓에, 그대로 박치기를 하고 만 것이다.

"아야~."

사라는 부딪친 이마를 두 손으로 감싸 쥐었다.

사쿠타도 이마가 얼얼했다.

"사쿠타 선생님, 괜찮아요? 저는 돌머리거든요."

"깔끔하게 쪼개졌을지도 모르겠네."

"큰일이네요! 보여주세요!"

사라는 사쿠타의 두 어깨에 손을 얹더니, 몸을 쑥 내밀었다. 옆에서 보면, 남들이 오해할 수도 있는 자세다.

"에이, 멀쩡하잖아요."

사라는 화난 척한 후, 재미있다는 듯이 웃음을 터뜨렸다.

"자, 받아."

사쿠타는 주운 핸드타월을 사라에게 건네줬다.

"고마워요. 아, 엄마한테서 전화 왔네요."

스마트폰의 착신음을 들은 사라가 전화를 받았다. 「응, 밖이야. 금방 갈게」 하고 전화 너머의 상대를 향해 말했다.

"그럼 사쿠타 선생님, 이만 실례할게요."

사라는 고개를 꾸벅 숙인 후, 로터리 쪽으로 향했다. 남은 것은 희미하게 열기를 머금은 이마에서 느껴지는 아픔뿐이다.

"진짜, 돌머리인걸……."

부딪친 곳을 만져보니, 조그마하게 혹이 나 있었다.

사라와 헤어진 후, 사쿠타는 평소보다 빠른 페이스로 집을 향해 걸어갔다. 가을밤의 바람은 서늘해서, 땀이 날 정도로 서두르는 사쿠타는 바람이 무척 기분 좋게 느껴졌다.

사카이 강에 걸린 다리를 건너고, 신호를 기다린 후, 완만한 언덕을 올라갔다. 공원을 지나자, 사쿠타가 사는 맨션 근처에 도착했다.

거기서부터는 숨을 고르며 돌아갔다.

입구 옆의 우편함을 살핀 후, 엘리베이터를 타고 5층으로 올라갔다.

열쇠를 꽂아 넣었을 때, 안쪽에서 누군가의 목소리가 들려왔다.

"다녀왔어."

문을 열며, 집안을 향해 그렇게 말했다.

현관에는 평소보다 많은 신발이 놓여 있었다. 발 디딜 곳이 없을 지경이었다. 겨우 비어 있는 좁은 공간에 신발을 벗어뒀을 때, 거실 쪽에서 앞치마를 한 여자애가 나타났다.

"어서 와, 오빠 분. 밥 먹을래? 목욕할래? 아, 니, 면~."

"여기서 뭐 하는 거야, 즛키."

사쿠타는 상대방의 농담을 깔끔하게 무시하며, 평소 텐션으로 태클을 걸었다. 국자를 한 손에 들고 현관에서 사쿠타를 맞이한 이는 바로 히로카와 우즈키였던 것이다.

"오늘은 카레라고 해서, 따라왔어요~."

우즈키는 그녀다운 독특한 이유를 입에 담았다. 하지만 「그렇구나」 하고 납득하진 않았다. 하지만 납득이 될 때까지 대화를 이어가다간, 사쿠타는 한동안 현관에 계속 서 있어야 할 것이다. 그것은 싫다. 여기는 사쿠타의 집이니까…….

"즛키, 지금은 중요한 시기니까 스캔들 조심해."

그렇게 말하며, 안으로 들어갔다.

"오늘 파파라치한테 사진을 찍힌다면, 제목은 『히로카와 우즈키의 카레 나이트』겠네!"

"그 덕분에 카레 CF를 따게 된다면 좋겠는걸."

사쿠타는 대충 대답하면서 거실에 얼굴을 비췄다.

"다녀왔어."

"어서 와, 사쿠타."

그 말에 가장 먼저 답한 이는 부엌에 있는 마이였다. 허리 위까지 오는 품이 낙낙한 바지, 그리고 어깨가 드러날 듯 드러나지 않는 니트를 입고 있었다. 그리고 그 위에 앞치마를 걸쳤다.

"오빠, 어서 와."

"어서 와~ 사쿠타."

그 뒤를 이어, 텔레비전 앞에 앉아있는 카에데와 노도카가 고개를 돌리며 그렇게 말했다. 텔레비전 화면에는 원래라면 일요일 아침에 하는 특수촬영 히어로 방송이 나오고 있었다. 화면 안에서 새된 웃음을 흘리는 악역 간부는 눈에 익었다. 스위트 불릿의 멤버 중 한 명인 그녀의 이름은 오카자키 호타루다.

녹화해둔 방송을 노도카와 카에데가 함께 보고 있는 것

같았다.

"어서 와, 오빠 분!"

뒤편에서 쫓아온 우즈키가 힘차게 사쿠타의 어깨를 두드렸다.

사쿠타는 손님들로 우글거리는 집안을 둘러보았다.

"사람, 많네……"

그것이 솔직한 감상이었다.

"사쿠타 말고는 다들 식사 했으니까, 빨리 손 씻고 양치질한 후에 자리에 앉아."

"어~ 마이 씨는 기다려줄 줄 알았는데~."

사쿠타는 마이가 시키는 대로 세면장에 가서 씻었다.

"밥 먹을 때는 같이 있어 줄게."

사쿠타는 그 말을 믿으며 테이블에 앉았다.

"자, 여기 있어."

마이는 타원형 카레 접시를 사쿠타의 앞에 내려놨다.

국물이 많은 카레였다.

흔히 수프 카레라고 부르는 요리다.

스파이스 향기가 식욕을 자극했다.

건더기는 심플했다. 닭고기와 튀김옷 없이 튀긴 채소……
감자, 가지, 주키니다.

"다들 채소를 써는 걸 도와줬어."

마이는 앞치마를 벗더니, 사쿠타의 맞은편에 앉았다. 약속대로, 사쿠타가 식사를 하는 동안 같이 있어 주려는 것 같았다.

우선 감자를 스푼으로 떴다. 묘하게 각진 감자였다.

"감자를 썬 건 토요하마구나."

"불평하지 말고 먹어."

"아직 불평 안 했다고."

형태가 어떻든 간에, 스파이스가 들어가서 약간 매콤한 수프와 익힌 감자는 궁합이 좋다. 노도카가 썰었다고 해도, 맛에는 차이가 없는 것이다.

다음으로 떠먹은 것은 가지다. 꼭지를 자르고 4등분했을 뿐이다. 하지만 튀기는 과정에서 머금은 기름 덕분에 무척 맛있었다.

"가지는 카에데가 썰었나 보네."

"불평하지 말고 먹으란 말이야."

"아직 불평 안 했다고."

가을가지는 마누라한테도 주지 말라는 말이 있는 만큼, 채소인데도 육즙을 가득 머금고 있었다.

마지막 채소는 주키니이다. 갈색 수프에 아름다운 녹색을 더해주고 있었다.

"주키니는 히로카와 양이 썰었나 보네. 즛키답게 말이야."

"딩동댕!"

우즈키는 사쿠타를 칭찬하듯 손뼉을 쳤다.

수프와 채소를 즐겼으니, 다음으로 닭고기를 맛보기로 했다. 다리 살은 잘 삶아져서 스푼으로 쪼갤 수 있을 만큼 부드러웠다. 그리고 그 단면이 수프와 섞이면서, 스파이스의 자극과 고기의 감칠맛이 입안을 행복하게 해줬다. 덕분에 밥이 술술 넘어갔다.

"마이 씨, 진짜 맛있어요."

"다행이야."

마이가 턱을 괴더니, 빙긋 웃었다.

"나의 마이 씨는 오늘도 정말 귀엽네."

거기에 단둘이 있다면 더할 나위 없을 것이다. 하지만, 오늘은 방해꾼이 너무 많다.

"맞다. 오빠 분에게 줄 게 있어."

바로 그때, 우즈키의 목소리가 두 사람의 대화에 끼어들었다.

우즈키는 소파 뒤편에 둔 가방을 뒤지고 있었다. 「어라, 없네」 하고 말하더니, 가방 안에 든 것을 대부분 꺼냈다.

"찾았다!"

겨우 찾아낸 것은 종이 두 장이었다. 그것을 들더니, 환하게 웃으며 테이블 쪽으로 다가왔다.

"이번 주 일요일에 학교 축제에서 라이브를 해. 마이 씨도 보러 와."

우즈키가 그렇게 말하면서 테이블에 둔 것은 라이브 티켓

이었다.

"어느 학교 축제?"

"우리 학교~."

노도카가 소파에 몸을 묻은 채 나른한 목소리로 그렇게 말했다. 자기 집에 있는 것처럼 편해 보인다.

티켓을 유심히 보니, 사쿠타가 다니는 대학교의 이름이 적혀 있었다.

"올해 학교 축제에는 스위트 불릿이 게스트로 초대됐어요~."

우즈키는 V사인을 날렸다.

"꽤나 이른 개선 라이브가 되겠는걸."

우즈키가 자기 의지로 대학을 떠난 것이 겨우 일주일 전일이다. 당연히 우즈키가 대학을 떠나기 전에 결정된 일이겠지만……. 갑작스러운 퇴학으로 관계자들은 간담이 서늘해졌을 것이다.

"오빠 분은 왜 모르는 거야?"

"아무도 안 가르쳐줬거든."

"나는 우즈키가 말했을 줄 알았어."

"나도 말한 줄 알았네."

노도카와 우즈키가 그런 변명을 늘어놓았다. 하지만, 우즈키의 말은 변명이라 할 수 없다. 범인의 자백에 가깝다.

"티켓은 감사히 받겠는데…… 마이 씨, 이번 주 일요일에 일해요?"

그것이 최초의 난관이자, 최대의 문제다.

"사쿠타와 같이 학교 축제를 돌아볼 생각이라서, 비워뒀어."

"그 이야기, 처음 듣는데요."

"급하게 일이 들어와서 데이트를 취소하게 되면, 사과 삼아서 사쿠타의 억지를 들어줘야 하잖아? 그래서 말 안 한 거야. 사쿠타야말로 일요일에 괜찮겠어?"

"카에데, 패밀리 레스토랑 알바 좀 바꿔주라."

"나도 코미와 라이브에 가기로 되어 있어서 무리야."

카에데는 의기양양하게 티켓 두 장을 보여줬다. 아무래도 카에데도 티켓을 받은 것 같았다.

"나중에 코가한테 부탁해야겠네."

"지금 물어봐 줄까?"

카에데가 스마트폰을 향해 손을 뻗었다.

"부탁해."

"잠깐만 기다려."

카에데는 그렇게 말하며 스마트폰을 조작했다. 아마 메시지 앱으로 토모에게 연락을 하는 것이리라.

"아, 답장 왔어."

"역시 빠르네."

요즘 여고생인 토모에는 역시 스마트폰을 한시도 손에서 놓지 않는 것 같았다.

"『역에서 파는 슈크림 먹고 싶어』라고 하네."

"다음에 열 개 사준다고 전해줘."

"『한 개면 된다고 전해줘』라네."

사쿠타가 무슨 말을 할지 예측한 건가. 역시 라플라스의 소악마다.

"마이 씨와의 학교 축제 데이트, 벌써 기대되네."

"라이브를 기대하란 말이야~."

노도카는 그렇게 말하더니, 힘차게 소파에서 일어났다.

"언니, 나는 우즈키와 먼저 돌아가서 목욕물 받아둘게."

"그럴래? 부탁할게."

어느새 시곗바늘은 곧 열 시를 가리키려 하고 있었다. 「그럼 가볼게」 하고 말하며 손을 흔든 노도카가 현관으로 향했다.

"카에데 양, 오빠 분, 실례했어요. 마이 씨, 실례했어요."

우즈키가 노도카를 쫓아갔다.

"즛키는 마이 씨 집에서 자고 가는 거야?"

현관까지 배웅하러 간 사쿠타가 신발을 신는 우즈키의 등을 쳐다보며 그렇게 물었다.

"홋홋홋."

우즈키는 그 말에 의미심장한 웃음으로 답했다. 그런 그녀의 얼굴에는 「부럽지?」 하고 말하고 있었다.

"욕실에서, 노도카가 얼마나 성장했는지 확인해둘게."

"우즈키와는 같이 목욕 안 할 거야."

노도카는 퉁명한 태도를 보이며 밖으로 나갔다.

"에이~ 같이 목욕하자."

우즈키는 뒤편에서 노도카를 끌어안으며 함께 집을 나섰다.

"아, 카에데 양. 다음에 또 봐."

우즈키가 문틈으로 손을 흔들었다.

"아, 네."

카에데가 마주 손을 흔든 후, 문은 완전히 닫혔다.

두 사람이 돌아가자, 집안이 갑자기 조용해졌다.

드디어 일상이 되돌아온 듯한 느낌이다.

사쿠타는 문을 잠근 후, 거실로 돌아왔다.

마이는 이미 식기를 치우고 있었다.

"마이 씨, 내가 할게요."

"사쿠타는 커피를 끓여주겠어?"

"알겠어요. 카에데도 마실래?"

"나는 목욕할 거야."

카에데는 등 너머로 그렇게 말하더니, 자기 방으로 들어
갔다. 그리고 잠옷을 들고 나왔다.

"맞다. 카에데."

"왜?"

"나중에 노트북 컴퓨터 좀 빌려줘."

"이상한데 쓰지 마."

"좀 조사해보고 싶은 게 있을 뿐이야."

지금은 카에데가 사쿠타보다 컴퓨터를 훨씬 잘 다룬다. 통

신제 고교에 다니는 카에데로서는 당연한 듯이 매일 이용하는 도구이며, 컴퓨터 안에 학교가 있다 해도 과언이 아니다.

"알았어."

투덜거리면서 승낙한 카에데의 기척은 그대로 세면장 너머로 사라졌다. 문을 닫더니, 꼭 잠갔다. 카에데도 이것저것 신경 쓰는 나이였다.

"혹시 『#꿈꾸다』를 조사하려는 거야?"

사쿠타는 커피가 담긴 머그컵 두 개를 들고, 마이와 함께 부엌을 나섰다. 동물이 그려진 커플 머그컵이다. 마이의 컵에는 토끼가, 사쿠타의 컵에는 너구리가 그려져 있다. 눈매가 비슷하다는 이유로 마이가 골라준 것이다.

식기 선반에는 같은 종류의 머그컵 두 개 더 있으며, 판다는 카에데가, 사자는 노도카가 쓴다. 올해 봄에 다 같이 동물원에 판다를 보러 갔을 때 산 것이다.

토끼와 너구리 머그컵을 테이블에 내려둔 사쿠타는 텔레비전 앞의 소파에 앉았다. 그리고 소파 테이블 위에 카에데의 노트북 컴퓨터를 뒀다.

그리고 노트북의 전원 버튼에 손을 댔을 때……

"맞다. 사쿠타, 받아."

마이가 하늘색 봉투를 내밀었다.

"카에데 양 말로는 오늘 온 거래."

건네받은 봉투의 겉면에는 『아즈사가와 사쿠타 님』이라고 적혀 있었다. 누가 보낸 건지는 정성 들여 적혀 있는 손글씨만 봐도 알 수 있었다. 애초에 사쿠타에게 편지를 보낼 인물은 한 명뿐이다.

사쿠타는 봉투 안에 든 편지를 꺼냈다. 그리고 천천히 펼쳤다.

—그곳은 완연한 가을일까요?

—여기는 아직 여름이 이어지고 있어요.

—이게, 쇼코가 보내는 증거 사진이에요.

그렇게, 짤막하게 적혀 있었다.

"사진?"

"봉투에 들어 있었어."

사쿠타가 소파 테이블에 둔 봉투에서 마이가 사진을 꺼냈다.

"자, 봐."

마이는 그렇게 말하면서 사쿠타에게 사진을 보여줬다.

푸른 하늘. 거기에 드리워진 산맥 같은 구름. 투명한 느낌이 감도는 남쪽 바다는 손으로 빚어낸 것처럼 아름답다. 푸근한 모래사장에 맨발로 선 쇼코가 환하게 웃고 있었다. 티셔츠 자락을 허리 쪽에서 동여매고, 퀼로트 스커트 아래로는 건강미 넘치는 맨발이 드러나 있었다. 바다에 떠 있는 하트 모양 바위에 두 손을 얹는 듯한 포즈를 취하고 있었다.

카메라의 위치와 각도로 볼 때, 그런 식으로 보이도록 일부러 신경 쓴 것 같았다. 그 하트 옆에는 「좋아해요!」 하고 손으로 쓴 코멘트가 놓여 있었다.

"쇼코 양은 점점 쇼코 씨를 닮아가는 것 같네."

"네……."

행동거지도 그렇지만, 오키나와로 이사한 후로 키도 큰 것 같았다. 얼굴 또한 『마키노하라 양』에서 『쇼코 씨』에게 점점 다가서고 있었다. 처음 만났을 때는 중학교 1학년이었던 그녀도 지금은 중학교 3학년이다. 세월은 흐르고 있다. 당연한 듯이 나이를 먹으며, 성장하고 있다……. 쇼코가 그런 시간을 보내고 있다고 생각하니 가슴이 뭉클해졌다.

"나도, 마음 놓고 있을 때가 아닌 것 같네."

사진을 소파 테이블에 내려놓은 마이가 테이블에 놓인 머그컵을 향해 손을 뻗었다.

"네?"

사쿠타가 그 말의 의도를 몰라서 되묻자, 마이는 약간 언짢은 표정을 지었다.

"언젠가, 사쿠타의 첫사랑인 쇼코 씨가 될 거잖아."

사진 속 쇼코의 얼굴은 『쇼코 씨』를 확연히 닮아가고 있었다.

"아~."

사쿠타는 그제야 이해했다.

"사쿠타는 기뻐?"

마이는 사쿠타의 옆자리에 앉았다.

"당연히 기쁘죠. 봄이 되면, 마키노하라 양은 그렇게 바라던 고등학생이 될 테니까요."

중학교를 졸업할 때까지 살 수 없을지도 모른다.

의사에게 그런 말을 들으며 살아온 그녀도, 다음 봄에는 고등학생이 된다. 그것은 건강한 몸으로 태어난 사쿠타가 고등학생이 되고, 대학생이 되는 것과는 의미가 다르다.

쇼코의 인생이 미래로 이어졌다. 미래로 이어져간다.

그것이, 기쁘지 않을 리 없다.

"내가 악당 같잖아."

마이는 일부러 퉁명한 표정을 짓더니, 양손으로 쥔 머그잔에 입을 댔다. 「분말을 너무 많이 넣어서 쓰네」 하고, 또 불평을 입에 담았다.

그게 왠지 우습게 느껴진 사쿠타는 무심코 웃음을 터뜨렸다. 이런 대화를 나눌 수 있는 것도 두 사람에게 지금이 존재하기 때문이다. 그 행복을 실감하며, 사쿠타는 편지와 사진을 봉투에 넣었다. 그 후, 아까 켜둔 노트북 컴퓨터를 쳐다보았다.

『#꿈꾸다』에 관해 검색해보기 위해서다.

태그를 클릭하자, 여러 글이 나열됐다.

대충 훑어보니 내용 자체에는 이상한 점이 없었다. 어렴풋한 꿈에 관해 이야기하는 게 대부분이다. 내용도 비현실적이며, 스토리에 연관성이 없는 것도 많았다. 어제 꾼 꿈의 내용을 대충 적어둔 것에 지나지 않았다.

하지만 그런 코멘트 중에는 날짜와 시간, 그리고 단편적인 내용이 묘하게 명확한 것이 몇 개 있다.

내용이 너무 구체적이라는 점에서 위화감이 느껴졌다.

보통, 꿈속에서는 오늘이 몇월 며칠인지 알 수 없다.

사쿠타의 경험 속에서 그것을 이해하고 있었던 꿈은, 토모에의 미래 시뮬레이션에 휘말렸을 때뿐이다. 현실로 착각했을 정도니까…….

이쿠미는 이 점에 주목한 것일지도 모른다.

"사쿠타는 당시의 클래스메이트를 어떻게 생각해?"

소파 위에서 무릎을 끌어안고 앉은 마이가 커피를 홀짝였다.

"어떻게 생각하냐니……."

너무 느닷없는 질문이었기에, 사쿠타는 뭐라고 답하면 될지 알 수 없었다.

"중학생 시절의…… 이야기는 거의 하지 않았잖아."

"아무렇게도 생각하지 않는데요."

어느 시기를 기점으로 해서 중학생 시절을 떠올리지 않게 된 듯한 느낌이 들었다. 그러니, 방금 한 말은 본심에서 우러나온 것이다. 사쿠타는 진심으로 그렇게 생각했다.

"예의 그 사건을 계기로, 너무 많은 일이 있었거든요."

"첫사랑과도 만났고 말이야."

마이는 태연한 표정으로 그런 심술궂은 말을 입에 담았다.

"야생의 바니걸과도 마주쳤고요."

"그 일은 그만 잊어줘."

"그것 말고도, 뭐, 참 많은 일이 있었어요."

"그래."

"미네가하라 고교에 입학하면서 쿠니미와 후타바라는 친구가 생겼고, 마이 씨와도 만났으며, 카에데도 건강해졌죠…….
그래서 신경 쓰지 않았다는 게 정확할 거예요."

중학생 때의 일을 전부 잊은 건 아니다. 당시에 맛본, 누구에게도 이해받지 못하는 고독과 절망을 잊을 수 있을 리 없다.

하지만, 사쿠타는 그것을 계기로 소중한 이들과 만났다. 소중한 나날을 손에 넣었다. 과거에 집착할 이유가 옛날옛적에 사라졌을 뿐이다.

새로운 만남과 쌓아온 시간이 시꺼멓던 기억을 점점 흐릿하게 만들어주더니…… 많은 것들이 뒤섞여 탄생한 잿빛으로 바꿔줬다고 생각한다.

"그럼 사쿠타는 아카기 이쿠미란 애를 용서한 거야?"

"용서하고 말고도 없어요……."

애초부터 이쿠미에게는 아무런 감정이 없다.

그렇게 말할 생각이었다.

하지만, 어째서인지 그 말이 입에서 나오지 않았다.

"……."

자신의 내면에 조그마한 응어리가 존재한다는 것을 눈치

챘다. 과거에 대한 뒤틀린 감정이 마음속 깊은 곳에 아직 잠들어 있는 듯한 느낌이 들었다.

"⋯⋯."

사쿠타가 아무 말도 하지 않자, 마이도 아무 말도 하지 않았다. 아무 말도 하지 않으며 그의 어깨에 살며시 기댔다. 마이가 옆에 있어 주는 것만으로도, 사쿠타는 안도감을 느낄 수 있었다. 마이라는 존재를 강렬하게 느낄 수 있었다.

"누군가를 용서한다는 건, 참 어려운 거야."

"마이 씨도 그래요?"

"사쿠타가 새로운 여자애와 친해질 때마다, 엄청 고생하고 있거든?"

농담하는 듯한 말투였다. 하지만 눈을 보니, 진심이 어려 있었다. 부드러운 어조 안에 뾰족한 가시가 숨겨져 있었다.

"앞으로는 조심할게요."

"기대는 안 할게."

"너무해요~."

"그렇게 자신이 있다면, 새로운 여성과 친해질 때마다, 나한테 뭐라도 해주는 건 어때?"

"예를 들자면요?"

"어느 유명한 여배우의 남편은 말이지? 약속을 깰 때마다 별장을 하나 지어줬다고 해."

"목공기술을 배워야겠네요."

"바람을 피우지 마."

마이는 사쿠타의 어깨에 체중을 실었다.

"그리고 직접 별장을 지어줬다는 의미도 아냐."

사쿠타도 그 정도는 물론 알고 있다.

"바람은 절대 피우지 않을 거니까, 걱정마세요."

"아카기 이쿠미란 애에 대한 생각으로 머릿속이 가득 차 있으면서……."

마이는 심술궂은 소리를 하더니, 사쿠타에게서 떨어졌다.

"아니면, 키리시마 토코에 관한 생각이야?"

할로윈 이후로는 이쿠미 쪽으로 저울이 기울고 있었다.

"왠지, 아카기가 계속 신경이 쓰여요."

"흐음~."

"이상한 의미는 아니거든요?"

"그럼 어떤 의미야?"

이유는 전부 세 가지다.

"아카기도 사춘기 증후군에 걸렸다고, 키리시마 토코가 말했어요."

그것이 첫 번째 이유다.

"그리고, 또 다른 가능성의 세계에서 아카기와 만났거든요."

그것이 두 번째 이유다. 그 세계에서는 이쿠미도 사쿠타와 마찬가지로 미네가하라 고교에 다니고 있었다. 그때 만나지 않았다면, 대학 입학식에서 말을 걸어왔을 때도 중학교 때 같은 반이었던 『아카기 이쿠미』를 알아보지 못했을 것이다. 이름도 떠올리지 못했으리라.

"마지막 하나는 같은 중학교였다는 거지만요."

세 번째 이유는 흔하고 애매모호했다. 그저 그뿐이다. 두 사람 사이에 특별한 무언가가 있었던 건 아니다. 아무 일도 없었다. 정말 아무 일도 없었으며, 같은 중학교에 다니지 않았다면 사쿠타는 이쿠미를 의식하지도 않았을 것이다. 키리시마 토코에게서 이쿠미가 사춘기 증후군에 걸렸다는 말을 듣더라도, 개의치 않았으리라.

가장 별것 아닌 이유지만, 그것이 가장 마음에 걸렸다.

같은 중학교에 다녔다.

입에 담아서 말해보면, 그뿐인 관계성이다.

그러나 견해를 바꿔보자면 근원이 되는 부분이 겹친다고 할 수 있을지도 모른다.

공립 초등학교, 중학교를 다닌 사쿠타에게는 학교를 둘러싼 환경이야말로 처음으로 접한 세상이었다.

그 마을에서 성장한 동급생 중 대부분은 같은 공원에서 놀았고, 같은 슈퍼마켓에서 어머니에게 과자를 사달라고 졸랐으며, 근처에 사는 무서운 아저씨에게 혼나기도 했을 것이다.

지금은 후지사와야말로 사쿠타에게 친근한 마을이 됐다. 하지만 요코하마 시의 외곽에 있는, 사쿠타가 태어나서 자란 그 마을의 풍경이 그의 머릿속에서 사라질 일은 아마 없으리라. 그것이, 아무리 평범한 주택가일지라도……

그 장소가, 사쿠타에게 있어 시작의 장소다.

그리고 그 풍경의 일부에, 이쿠미가 존재했다. 15년 동안이나 존재했다. 그 숫자는 사쿠타의 인생 대부분을 점하고 있다.

그러니 같은 고등학교에 다녔다는 것보다도, 같은 대학에 다닌다는 것보다도, 같은 중학교에 다녔다는 사실이 말 이상의 의미를 무자각적으로 자아내는 걸지도 모른다.

"생판 남이라고, 딱 잘라 말할 수는 없다고나 할까요."

실제로 사쿠타는 그렇게 느끼고 있었다. 어제 미팅에서도, 원래 살던 곳이 화제가 됐다. 「그 중학교, 알아」, 「역 앞의 그 가게, 가본 적 있어」, 그렇게 지역을 공유하는 기억은 타인을 가까운 존재로 탈바꿈시켜준다.

"사쿠타의 말이니까, 그럴지도 몰라. 나는 당시 동급생을 전혀 기억하지 못하거든."

마이에게 있어서는 인기 아역 배우로서 일을 우선하던 시기다. 학교에도 거의 가지 않았다는 이야기를 들었다.

"그녀도, 사쿠타에게서 비슷한 걸 느끼고 있을지도 몰라."

"그건……."

사쿠타는 그렇지 않다고 말하려 했다. 중학생 시절에는 사쿠타가 처한 상황이 워낙 특수했던 것이다. 그러나 보는 각도가 다르긴 했지만, 이쿠미도 그 자리에 있었다. 그 마을에. 그 학교에. 그 반에.

이렇게 마이가 지적해주지 않았다면 평생 생각해보지 않았을지도 모른다.

카에데가 괴롭힘을 당했을 때, 사쿠타가 사춘기 증후군이 진짜로 있다고 주장했을 때…… 클래스메이트가 무슨 생각을 했을지 같은 건……

사쿠타에게 있어서는 자신만이 당사자이며, 주위 사람들의 기분 같은 건 생각조차 하지 않았다. 그런 것은 자신이 안고 있는 문제 앞에서는 사소한 것이라 여겼다.

자신만이 불행하다고 생각했다.

하지만, 그렇다고 단정할 수는 없다. 서른 몇 명의 클래스메이트 전원은 감정을 지녔다. 그리고, 그 순간 그들이 느낀 것은 즐겁다, 유쾌하다…… 같은 감정이 아니었으리라.

중학교 때 반의 분위기는 솔직히 말해 최악이었다.

예전에 카에데의 친구인 카노 코토미에게서 들은 적이 있다. 사쿠타 가족이 이사를 간 후, 카에데를 괴롭혔던 애들이 이번에는 마녀사냥을 당했다고 한다. 그 결과, 그녀들은 등교 거부를 하게 된 끝에 전원이 이사를 했다고 한다.

그렇게 악당을 해치운 것으로 여기며, 그 일에 뚜껑을 덮었다.

전부 잊어버린 척하며, 남은 중학교 생활을 이어갔다고…….

사쿠타의 클래스메이트들은 그 이전에 졸업해서 중학교를

떠났다. 3학년이었으니까…….

진학한 고등학교에서 다들 어떤 생활을 했는지는 알 수 없다. 고등학교에서의 3년 동안, 마음속으로 그 일을 청산한 클래스메이트는 있을까. 사쿠타처럼 깨끗하게 잊어버린 이들이 대부분일까. 아마, 그럴 것이다.

유일하게 아카기 이쿠미만이 사쿠타와 재회하고 말았다.

그런 이쿠미의 심정은 솔직히 말해 상상조차 할 수가 없다.

하지만, 영향은 받았을 것이다.

사쿠타조차도, 지금은 이쿠미를 『중학교 때 클래스메이트』로 인식하고 있다. 그런 라벨이 붙은 특별한 상대가 되고 말았다.

그것은 『연인』인 마이보다도, 『친구』인 유마와 리오보다도, 그리고, 『첫사랑』인 『쇼코 씨』보다도 먼저 붙은 라벨이다.

이쿠미에게는 잠재적인 친근감 같은 것을 느끼고 있다. 아니, 친근감과 흡사하게 생긴 혐오감일지라도 모른다.

마이의 말을 듣고서야, 이쿠미를 의식하는 이유를 조금이나마 알 것 같았다.

"사쿠타와의 재회가, 그녀가 하는 일과 연관이 있는지는 모르겠지만……."

머그컵 안을 응시하는 마이의 눈빛은 뭔가를 떠올리고 있는 것처럼 보였다.

"나와 사쿠타는 알고 있잖아?"

"그래요."

마이가 하고 싶은 말이 뭔지는 안다. 처절할 정도로 말이다.

"미래를 바꾸는 것이 얼마나 잔혹하고, 힘든 일인지. 그것이 소중한 누군가를 위한 거라면, 관두라고 말하지 않겠어. 아니, 말할 수 없어."

그 말을 하려면, 사쿠타와 마이가 해온 일을 부정해야만 한다. 오키나와의 하늘 아래에서 환하게 웃고 있는 그녀의 노력을 부정해야만 한다.

"하지만, 마이 씨도 정의의 사도 같은 것을 반대하는군요."

"누군가의 행복이 누군가의 불행일지도 모른다는 걸, 나와 사쿠타는 알잖아."

"맞아요."

그렇게 울고, 괴로워하면서도, 발버둥치고, 발버둥치고, 발버둥쳤지만…… 결국 전부 망쳐버린 끝에, 겨우 거머쥔 것이 지금의 현재다.

그렇기에, 말로 전부 표현하지 않더라도 사쿠타와 마이는 서로의 마음을 이해할 수 있었다.

이쿠미의 행동은 잘못되지 않았다. 빨간 두건 분장을 한 여자아이를 구해준 건 칭찬받을 행동이다. 하지만 그것을 막은 탓에 며칠 후, 몇 년 후, 빨간 두건 분장을 한 여자애에게 예기치 못한 일이 벌어질 수 있는 것이다.

이쿠미에게 어떤 영향을 끼칠지는 알 수 없다.

그 아이를 구해준 바람에 바뀐 미래가 원래의 미래보다 더 나쁠 가능성은 누구도 부정할 수 없다.

"이런 소리를 하니, 정의의 사도를 방해하는 악당이 된 것 같네."

마이의 시선은 텔레비전을 향했다. 지금도 특수촬영 히어로 방송이 나오고 있었다. 악의 조직의 새로운 간부로 등장한 오카자키 호타루가 「자, 해치워버려!」 하면서 괴인들에게 히어로들을 해치우라는 지시를 내리고 있었다.

"그럼 악당은 악당답게, 악의 조직을 만들도록 할까요."

마이의 말을 듣고 괜한 짓을 할 마음이 든 사쿠타가 노트북 컴퓨터를 향해 두 손을 뻗었다. 화면에 표시된 것은 SNS의 사이트다. ID와 패스워드를 대충 정한 후, 계정을 만들었다. 아이콘은 하품을 하는 나스노의 사진으로 골랐다.

"우두머리는 나스노야."

사쿠타가 그렇게 말하자, 나스노는 졸린 듯한 목소리로 「냐옹~」 하고 울었다.

4

마이와 함께 가기로 약속한 학교 축제가 열리는 11월 6일은 딱히 설레기도 전에 찾아왔다.

그 사이, 사쿠타가 대학교에 간 것은 11월 2일뿐이다. 수

요일인 그날에 일어난 특이한 일은 미오리에게 미팅의 결과를 들은 것 정도다.

"미남과의 미팅은 어떠셨는지요?"

"만나기로 되어 있는 가게로 가는 도중에 할로윈 행렬에 휘말려서, 마나미와 떨어진 끝에 미아가 되고 말았어요. 그래서, 진짜로 미남이었는지도 몰라요."

"앞 좀 보며 걸어."

스마트폰이 없는 사쿠타는 마찬가지로 스마트폰이 없는 미오리에게 그런 조언을 했다.

"나도 고기 먹고 싶었어~. 고기고기한 고기~."

다음날인 3일은 경축일이라 대학교가 쉬었다. 4일은 학교 축제 준비를 이유로 모든 수업이 휴강했다.

학교 축제 첫날인 5일은 아르바이트를 하다 보니 끝났다.

그리하여 며칠 만에 대학에 와보니, 축제가 한창인 캠퍼스는 평소와 분위기가 딴판이었다.

멋지게 장식된 정문을 지나자, 가로수길을 따라 사람들의 열기가 밀려왔다. 수많은 노점이 좌우에 줄지어 있었다.

놀러 온 사람, 가게를 차린 학생, 손님을 부르는 목소리가 곳곳에서 들려왔으며, 간판을 든 인형탈 같은 것도 활보하고 있었다. 아침 통학 시간대보다 사람들로 붐비고 있었다.

그야말로, 『축제』란 말에 걸맞게 성황이었다.

활기로 가득 찬 가로수길은 지나다니는 것도 힘들 정도였다.

그런 와중에, 스위트 불릿의 게스트 라이브는 메인 행사장인 야외 스테이지에서 열렸다.

선보인 노래는 앙코르를 포함해 총 일곱 곡이다. 여섯 곡은 스위트 불릿의 오리지널이며, 한 곡은 우즈키가 CF에서 불렀던 『Social World』라는 키리시마 토코의 대표곡이다.

진행을 맡은 학생이 오버하면서 멋대로 질문 코너를 하거나 예정에도 없는 앙코르를 부추기는 등의 애드리브가 벌어지기는 했지만, 노도카를 비롯한 멤버들은 당황하지 않으며 평소 같은 콤비네이션으로 분위기를 띄웠다.

라이브가 끝난 후에 사쿠타가 대기실로 쓰이는 교실로 가보니, 「아까 그 진행자, 되게 오버하더라니깐~」 하고 나카고 란코가 말하며 입술을 삐죽 내밀었지만…….

노도카를 비롯한 다른 이들은 그 말을 듣고 웃었다.

그런 스위트 불릿 멤버들은 잠시 쉰 후, 이번에는 강당으로 이동해야만 했다. 미스터·미스 콘테스트에서 꽃다발과 축하의 말을 건네는 역할을 부탁받은 것이다.

라이브 시간이 늘어난 탓에 식사를 할 시간도 없이, 다섯 사람은 교실을 나섰다. 그리고 사쿠타는 쇼핑 목록 메모를 넘겨받았다.

다섯 멤버의 리퀘스트가 거기에 적혀 있었다. 야키소바, 타피오카, 타코야키, 초코 바나나, 그리고 타코였다.

꽃다발 증정을 마칠 때까지 사 오라는 지령이었다.

그리하여 노점을 돌게 된 사쿠타는 현재 타코를 사기 위에 줄을 서 있었다. 옆에는 야키소바를 든 마이가 있었다.

타피오카와 초코 바나나는 같이 온 카에데, 그리고 그녀의 친구인 카노 코토미가 맡아줬다. 두 사람도 이 노점 거리 어딘가에서 줄 서 있을 것이다.

"고등학교 문화제와는 규모가 다르네."

마이는 깊게 눌러쓴 모자의 챙 너머로 신기한 듯이 주위를 둘러보고 있었다. 오늘은 파카와 데님, 그리고 스니커로 러프하면서도 보이시한 스타일을 자아내고 있었다.

이러면 텔레비전과 잡지에서 흔히 볼 수 있는『사쿠라지마 마이』와 갭이 있기 때문에, 의외로 정체가 들통나는 일이 적었다.

게다가 현재 캠퍼스 안에는 간판을 든 인형탈이 잔뜩 있는데다, 노점 앞에는 분장을 한 호객꾼이 우글거리고 있었다.

마이보다 눈에 띄는 사람이 잔뜩 있는 것이다.

이 상황에서는 평범한 옷차림을 하고 있으면 이목을 모으기 어렵다.

게다가 사쿠타와 마이 앞에는 유도복을 입은 거구의 남성이 서 있는데, 그가 압도적으로 주목을 끌고 있었다. 자기가 속한 운동부를 선전하려고 저런 옷차림을 한 걸까.

그 남성이 계산을 마치고 옆으로 빠졌다.

"어서 오세요."

한 걸음 앞으로 나아간 사쿠타와 마이를 미소 띤 얼굴로 맞이한 이는 간호복 차림의 여학생이었다. 할로윈 때 이쿠미가 입은 것과 같은 디자인이었다.

이 노점의 점원은 사쿠타의 얼굴을 보자마자 미소를 지웠다. 그 대신, 짜증 섞인 시선을 보내온 이는 바로 카미사토 사키였다.

"타코 주세요."

사쿠타는 일단 주눅 들지 않고 주문을 했다.

"아즈사가와 군이잖아."

"아, 진짜네."

사키의 뒤편에는 일전의 미팅에서 만났던 치하루와 아스카가 있었다. 사키와 마찬가지로 간호사 코스프레를 하고 있었다. 두 사람의 시선은 사쿠타와 같이 있는 마이를 향했다.

"전에 미팅을 했던 사람들이에요. 그리고 이미 눈치챘겠지만, 이쪽은 내 애인이에요."

사쿠타는 양쪽을 간략하게 소개했다.

"지, 진짜야."

치하루가 입을 벌리며 깜짝 놀랐다. 그러자, 마이는 미소를 지으며 인사를 건넸다.

"저기? 봤어? 나, 인사받았어."

치하루는 흥분한 표정으로 아스카의 팔에 매달렸다.

"나한테 한 거야."

그런 아스카의 뒤편에서 「자, 받아」 하면서 타코를 내미는 남학생이 두 명 있었다. 양쪽 다 아는 얼굴이었다. 가게 안쪽에서 타코를 싸고 있었던 것은 후쿠야마 타쿠미와 코다니 료헤이였다.

"두 사람은 코스프레를 안 했네."

"간호사복을 입은 내가 보고 싶냐?"

"내가 스마트폰을 가졌다면, 사진을 찍었을걸?"

"있지도 않으면서 그딴 소리 말라고."

타쿠미는 불평을 늘어놓으면서, 타코에 살사 소스를 마무리 삼아서 뿌렸다.

계산은 사쿠타가 했고, 타코 중 절반은 마이가 들었다. 이것으로 마이는 양손이 가득 찼다.

남은 타코를 사쿠타가 넘겨받았을 때, 노점 안쪽에서 간호사가 한 명 더 나타났다.

"이쪽은 괜찮아?"

사키에게 그런 말을 건넨 이도 사쿠타가 아는 얼굴이었다. 바로 이쿠미였다.

우연히 마주친 사쿠타를 발견하고, 그녀는 멋쩍은 듯이 고개를 돌렸다.

반대로 사쿠타의 시선은 이쿠미의 오른팔로 향했다. 목에 삼각건을 걸고 있었다. 혹시 저것도 코스프레의 일부……는 아닌 것 같았다. 붕대로 손목을 고정한 오른손으로는 도울 수 있는 일이 한정되니 말이다.

"이쿠미, 마침 잘 왔어. 예비 살사 소스는 어디 있어?"

아스카가 접객을 하면서 이쿠미를 돌아보았다.

"아이스 박스에 들어 있어."

"아, 이쿠미! 마요네즈도 바닥나기 직전이야!"

이쿠미를 보고 생각난 건지, 치하루도 도움을 청했다.

"그건 뒤편에서 가져왔어."

이쿠미는 업소용 마요네즈를 조리 스페이스에 쿵 소리가
나게 뒀다.

"양배추도 바닥나려고 하네."

이번에는 타쿠미가 한마디 했다.

"야키소바 점포에서 나눠준다고 했으니까……."

이쿠미가 그렇게 말하고 있을 때, 노점 뒤편에서 양배추
두 덩어리를 든 여학생이 나타났다. 「이거, 부탁했던 양배추
야」 하고 말하며, 타쿠미와 료헤이에게 하나씩 넘겨준 후에
사라졌다.

"그리고 또 부족한 건 없어?"

"이제 됐어. 이쿠미는 벼룩시장에 가봐도 돼."

모두를 대표해서, 사키가 대답했다.

"이 두 사람이 와준 덕분에, 인원은 충분하거든."

타쿠미와 료헤이를 두고 하는 말 같았다.

그 말을 들은 이쿠미가 「급하게 부탁한 건데, 들어줘서 고

마워요」 하고 말하며 정중히 고개를 숙인 후, 사키가 말한 대로 벼룩시장 쪽으로 향했다.

"아카기, 손은 어쩌다 다친 거야?"

이쿠미의 뒷모습을 응시하던 사쿠타가 사키에게 물었다.

"역 계단에서 비틀거리는 사람을 부축해주려고 했대."

"언제?"

"화요일쯤……?"

그것이 사실이라면, 사쿠타와 이야기를 나눈 후……인 것이 된다. 그때는 아직 오른손이 멀쩡했다.

좀 더 자세한 이야기를 듣고 싶지만, 사키는 다음 손님을 상대하느라 이야기를 나눌 상황이 아니었다.

방해가 되지 않도록 노점 앞에서 벗어났다. 가로수길을 빠져나가자…….

"사쿠타, 가봐도 돼."

마이가 그렇게 말했다.

물론 「이쿠미한테」라는 의미일 것이다.

"음식은 내가 가져다줄게."

"그건 고맙지만……."

사쿠타의 시선은 자신의 손을 향했다. 마이와 함께 먹으려고 산 타코를 손에 들고 있었던 것이다.

"이 타코는 어떻게 하죠?"

이걸 들고 이쿠미를 쫓아가는 것도 좀 그랬다.

"그럼, 이렇게 하자."

마이는 「아~」 하며 입을 벌렸다. 먹여달라는 것 같았다.

사쿠타는 주저 없이 마이의 입에 만두 사이즈의 타코를 넣어줬다.

"응, 맛있어."

마이는 우물우물 씹어먹으면서, 만족한 것처럼 미소 지었다.

"그럼, 다녀올게요."

자기 몫은 직접 먹었다.

"음, 맛있네."

타코를 맛보며, 사쿠타는 이쿠미를 쫓아갔다.

캠퍼스 안에 있는 벼룩시장 인근에서, 사쿠타는 이쿠미를 발견했다. 학교 축제를 즐기는 이들 사이에서 벗어나, 나무 그늘에 놓인 벤치에 홀로 앉아서 쉬고 있었다.

뒤편에서 다가온 사쿠타는 그녀의 옆자리에 앉았다. 한 사람이 앉을 거리를 비워두며 말이다.

"......"

이쿠미는 별다른 반응을 보이지 않았다. 사쿠타가 오리라는 것을 예상했던 것이리라. 이쿠미가 다친 오른손을 이유 삼아서……

"부상자는 한가하네."

이쿠미는 벼룩시장 쪽을 쳐다보며, 혼잣말을 하듯 그렇게 중얼거렸다.

"이쪽도 도와줄 필요 없다는 말을 들었어."

이쿠미는 장난스러운 어조로 그렇게 말하며 웃음을 흘렸다.

"다들, 부상자한테 일을 시키는 극악한 놈이 되고 싶지 않은 거겠지."

"다들, 나를 걱정해주는 게 아니구나."

유감이야, 하고 말한 이쿠미는 사쿠타의 말을 웃어넘겼다.

"그렇게 생각하면 마음이 편하잖아."

"그래도 인간적으로 좀 그렇지 않아?"

말은 부정적이지만, 이쿠미의 표정을 보니 질색하는 것 같지는 않았다. 그런 그녀의 얼굴을 지그시 응시하자, 시선을 느낀 이쿠미가 거북한 듯이 사쿠타를 쳐다보았다.

"할로윈 때 사진을 보여줬더니, 치하루가 이 옷차림으로 타코 가게를 하자고 하더라니깐."

이쿠미는 왼손으로 앞치마 부분을 들어 보였다.

"나와 사키는 반대했는데 말이야."

"내가 듣고 싶은 건 그 멋진 복장이 아니라, 팔에 대해서야."

이렇게 가까이에서 보니 이쿠미의 오른팔은 삼각건에 걸려 있었으며, 손목의 움직임을 억제하려는 듯이 붕대가 감겨 있었다.

이야기를 돌리는 데 실패한 이쿠미는 약간 난처한 듯이 웃었다. 그리고 다시 벼룩시장 쪽을 쳐다보았다.

가을 바람이 두 사람 사이를 가르며 지나가자, 나뭇잎이 부스스 떨어졌다. 노랗게 물든 은행잎이다. 이쿠미는 그것을 주워들더니, 또 입을 열었다.

"모처럼 해준 충고도 안 듣는 바보 같은 여자라고 생각해?"

"너, 오른손잡이지? 괜찮아?"

여러모로 불편할 것이다.

"역시 사쿠라지마 마이를 사로잡은 사람은 다르네."

이쿠미는 쓴웃음을 흘리더니, 낙엽의 줄기 부분을 잡고 빙글빙글 돌렸다.

"내가 모처럼 충고해줬는데 말이야. 아카기는 의외로 바보인걸."

"필기는 사키가 해주니까 괜찮아. 겉보기에는 심각한 것 같지만, 단순히 삐었을 뿐이야. 일주일 정도면 나을 테고, 주위에는 예비 간호사들이 잔뜩 있어."

이쿠미는 농담하듯 그렇게 말했다.

아까부터 미묘하게 핀트가 어긋난 대화가 이어졌다. 서로가 일부러 어긋나는 대화를 이어가고 있다. 대화의 주도권을 상대방에게 넘겨주고 싶지 않은 것이다.

"역 계단에서, 비틀거리는 사람을 부축했다며?"

"……."

사쿠타가 단도직입적으로 묻자, 이쿠미는 대답하지 않았다. 은행잎을 프로펠러처럼 빙글빙글 돌리며 놀 뿐이다.

"아즈사가와 군은 자기가 중학교 졸업 문집에 뭐라고 적었는지, 기억해?"

이쿠미는 입을 여나 싶더니, 이번에는 뜬금없는 질문을 사쿠타에게 던졌다.

"기억 안 나. 이사하면서 졸업 앨범을 버렸거든."

받고 나서 한 번도 펼쳐보지 않았다. 방을 정리할 때, 쓰레기와 함께 내놨다. 소각장에서 재가 된 후, 지금은 미나미 혼모쿠의 폐기물 최종 처분장에 잠들어 있을 것이다. 몇 년 혹은 몇십 년 후에는 매립지의 일부가 되리라.

"나는 기억해."

이쿠미의 얼굴에서는 한 줌의 그리움도 찾아볼 수 없었다.

"……."

"내가 적은 것도, 아즈사가와 군이 적은 것도……."

이번에도, 이쿠미는 아까와 다름없는 표정으로 말을 이었다.

"내 건 제발 잊어줘. 변변찮은 소리를 적었을 것 같거든."

"그렇지 않아."

"과연 그럴까?"

"응. 『언젠가, 상냥함에 도달하고 싶다』고 적혀 있었거든."

"……."

"어때? 아즈사가와 군은 이미 도달했어?"

이쿠미는 말 뿐만 아니라 눈빛으로도 사쿠타에게 묻고 있었다.

"아카기는 어때?"

"······."

"중학교 때 꿈꿨던 이상적인 자기 자신이 된 것 같아?"

"그런 건 어릴 적의 헛소리라며 웃어넘기지 않는구나."

"어른이 됐다고 여기기엔 아직 일러. 우린 아직 학생인걸."

사쿠타도, 이쿠미도, 서로가 건넨 말에 단 한 번도 제대로 답하지 않았다. 쭉 엇갈리고 있었다. 대화를 이어가고 있지만, 제대로 맞물리지 않았다.

"우리는 이제 대학생이야. 더는 어리다고 할 수 없어."

"정의의 사도 같은 건, 어른이 꿈꿀 게 아니잖아?"

"빨간 두건 분장을 했던 그 어린애가 다치는 편이 좋았을 거란 거야?"

"아카기가 다치지 않았으면 좋았을 거라고 생각해."

"······."

이쿠미는 입을 다물더니 자신의 오른팔을 쳐다보았다.

이쿠미의 말은 옳다.

사쿠타의 주장도 틀리지는 않았다.

하지만, 두 사람의 의견은 정반대다.

"앞으로는 조심할 거야."

"관둘 생각은 없구나."

"······."

그 말에, 이쿠미는 답하지 않았다. 아니, 침묵으로 답했다. 무엇이 이쿠미를 이렇게 고집불통으로 만드는 것일까. 역시, 그것을 알 수가 없었다. 그래야만 하는 이유가 있는 걸까. 단순한 선의일지라도 동기가 있을 것이다.

"저기 좀 봐."

이쿠미가 왼손을 뻗어서 벼룩시장 한편을 가리켰다.

"자원봉사 단체에서 가르치는 중학교 애들과 하는 거야."

이쿠미의 새하얗고 아름다운 손가락은 중학생 정도로 보이는 남녀를 가리키고 있었다. 남자 둘, 여자 하나, 그렇게 셋에서 가게를 보고 있었다.

"다들, 학교에 가지 못하게 된 애들이야."

셋에서 뭔가 이야기를 나누고 있었다. 남자애가 무슨 말을 하자 다른 한 남자애가 웃었고, 여자애는 화를 냈다. 그 모습이 너무 즐거워 보여서, 등교 거부를 한 아이들 같아 보이지 않았다. 하지만 그것도 당연했다. 별것 아닌 계기로, 학교에 향하려는 발걸음이 지면에서 뗄 수 없게 되는 것이다. 사쿠타는 그것을 알고 있다.

"함께 만든 도자기 같은 걸 팔고 있으니까, 보고 가."

고개를 돌려보니 이쿠미가 자리에서 일어나 있었다.

"난 갈 곳이 있어."

이쿠미는 그렇게 말하더니, 가로수길로 향하고 있었다. 그녀가 어디로 향하려는 건지 사쿠타는 알고 있다.

머릿속에 떠오른 것은 SNS에 올라온 코멘트다.

—이상한 꿈을 꿨어. 시계탑 앞에서 넘어진 남자애가 울고 있더라고. 아마 학교 축제 때 같아. 카나자와 핫케이 캠퍼스 쪽의 축제. 세 시 정각에 일어난 건데, 이게 그 소문의 꿈꾸다, 라는 걸까? #꿈꾸다

　이쿠미도 그것을 본 것이다.

　"시계탑이라면, 가봤자 소용없어."

　사쿠타는 멀어져가는 이쿠미를 향해, 그렇게 말했다.

　"아무 일도 안 일어나거든."

　"……."

　이쿠미는 걸음을 멈췄다. 하지만 사쿠타를 돌아보지는 않았다.

　"남자애가 넘어져서 운다는 건, 내가 올린 거짓말이야."

　"……."

　이쿠미의 등은 아무 말도 하지 않았다.

　화가 났을까.

　짜증이 났을까.

　부아가 치밀었을지도 모른다.

　아니, 어쩌면 어처구니없어할 가능성도 있다.

　하지만, 사쿠타를 돌아본 이쿠미가 보인 반응은 그 무엇과도 달랐다.

　"우는 남자애는 없는 거구나. 다행이야."

　그렇게 말하며, 미소 지은 것이다.

"……."

이번에는 사쿠타가 말문이 막힐 차례였다.

이쿠미가 보인 반응은 이상적인 정의의 사도 그 자체였으니까…….

속았다는 사실에 화내지 않았다.

사쿠타를 비난하지도 않았다.

아무 일도 일어나지 않았다는 사실에, 아무도 다치지 않았다는 사실에, 그저 안도할 뿐이다.

예상이 완전히 어긋났다.

사쿠타는 이쿠미를 함정에 빠뜨려서 그녀의 본심을 조금이라도 알아내려 했다. 남을 도우려 하는 그 이유를 알 수 있을지도 모른다고 기대했다.

그러기 위해 『#꿈꾸다』를 이용해서 이쿠미를 속인 것이다.

하지만, 결과는 예상과 달랐다.

이쿠미의 본심은 전혀 알 수가 없었다.

그녀의 태도는 정의의 사도로서 완벽 그 자체였다.

하지만 그렇기에, 사쿠타는 위화감을 느끼고 있었다.

대체 어떤 삶을 살면, 거짓말에 속은 것보다 아무도 다치지 않았다는 사실에 안도할 수 있는 걸까.

"앞으로는 이런 짓 하지 마."

이쿠미는 장난을 친 어린애를 꾸짖듯 상냥한 어조로 그렇게 말했다.

"이제, 대학생이잖아."

"그래. 이제 대학생이지."

사쿠타는 이쿠미의 말을 되새기며, 몇 살까지 정의의 사도가 있다고 믿어도 될지 생각해봤다.

사쿠타의 위화감이 예상외의 형태로 나타난 것은…… 바로 그때였다.

"따라하지 마."

이쿠미는 웃음을 흘렸다. 그런 그녀의 몸이 갑자기 부르르 떨렸다.

"윽!"

옆구리를 찔린 것처럼, 소리 없는 비명을 질렀다. 그런 이쿠미는 입술을 꾹 깨물더니 그 자리에서 몸을 웅크렸다.

"아카기?"

사쿠타는 그녀에게 다가가서 말을 걸었다. 곁에서 몸을 웅크리며 얼굴을 들여다보니, 이쿠미의 볼이 붉게 달아올라 있었다. 몸의 떨림을 억누르려는 듯이, 이쿠미는 멀쩡한 왼손으로 자신의 몸을 감싸 안았다. 그 뒤로 이어진 숨결은 시간이 흐를수록 열기를 머금는 것처럼 느껴졌다.

"갑자기 왜 그러는 거야?"

발작이라도 일어난 걸까? 처음에는 그렇게 생각했다. 하지만 이쿠미가 답하기 전에, 더 이상한 현상이 벌어졌다.

"괜찮아. 아무것도 아냐……."

이쿠미가 억지로 미소를 지은 순간, 그녀가 쓴 간호사 모자가 뭔가에 부딪힌 것처럼 허공을 갈랐다.

바람이 불지도 않았는데.

둥실거리며.

이쿠미도, 사쿠타도 만지지 않았다.

경악과 의문이 머릿속을 가득 채웠다. 그런 사쿠타의 시야 안에서, 간호사 모자는 소리 없이 지면에 떨어졌다.

머리카락과 간호사 모자를 고정해주던 머리핀도 빠지자, 이쿠미의 머리카락이 흘러내렸다. 그러자, 그 머리카락이 뭔가에 닿은 것처럼 파도쳤다. 모였다가 흘러내리더니, 흘러내린 머리카락이 보이지 않는 힘에 의해서 다시 모여들었다. 바람이 불고 있더라도, 명백하게 부자연스러운 움직임이었다…….

그런 보이지 않는 힘이 옷깃 사이로 들어가더니, 목덜미를 휘감고, 가슴 언저리를 희롱한 후, 하복부 쪽으로 내려갔다. 아무것도 보이지 않는데, 뭔가가 간호사복에 주름을 만들었다. 그것은 치마 아래로 보이는 하얀 스타킹을 찢더니, 주먹만 한 동그란 구멍을 만들었다.

"……."

아무 말도 할 수 없었다.

사쿠타는 이쿠미의 몸에 손가락 하나 대지 않았다. 아무 짓도 하지 않았다.

이쿠미도 마찬가지다.

그런데, 보이지 않는 힘이 작용했다.

"정말, 괜찮아……."

이런 영문 모를 상황이 벌어졌지만, 젖은 숨결을 토하며 목소리를 쥐어 짜내는 이쿠미의 얼굴은 어째선지 요염해 보였다.

제3장

기억영역의 너와 나

1

 양호실의 문이 열리더니, 언짢은 표정을 지은 카미사토 사키가 복도로 나왔다.

 이쿠미를 덮친 불가사의한 현상이 잦아든 후, 사쿠타는 그녀를 양호실로 데려갔다. 그리고 이쿠미는 거부하지 않았다. 사키에게는 이쿠미의 짐과 갈아입을 옷을 가져와달라고 부탁했다.

 "아카기는 어때?"

 "지금, 이 학교의 의사 선생님이 봐주고 있어."

 "그렇구나."

 "……."

 사쿠타에게서 고개를 돌린 사키는 양호실 문을 쳐다보았다. 사쿠타와 사키 말고는 아무도 없는 조용한 복도. 양호실이라고 적힌 하얀 팻말. 사키는 지금도 간호사 코스프레를 하고 있었기에, 이곳이 병원인 듯한 착각이 들었다.

 묵묵히 기다리기만 하다간 숨이 막힐 것 같았기에, 사쿠타는 사키에게 말을 건넸다.

 "지금 모습, 쿠니미한테도 보여줬어?"

 "아직이야."

 사키는 고개를 돌린 채, 불만 어린 목소리로 대꾸했다. 지금의 모습을 남에게 보여주고 싶지 않은 것 같았다. 그런 분위기가 사키의 태도에서 느껴졌다.

"그 녀석이라면 기뻐할 거야. 바니걸도, 미니스커트 산타도 좋아하거든. 아마 간호사도 환장할걸?"

"너, 유마를 대체 어떻게 생각하는 거야?"

사키는 사쿠타를 향해 고개를 돌리더니, 날카롭게 노려보았다.

"취향이 잘 맞는 친구라고 생각해."

"……"

더 언짢은 표정을 지었다.

"카미사토야말로 어때?"

"뭐가 말이야?"

"친구를 어떻게 생각하는지 묻는 거야."

사쿠타는 그렇게 말하더니, 사키의 등 뒤에 있는 양호실을 쳐다보았다. 이쿠미는 아직도 진찰을 받고 있는 걸까.

"뜬금없이 무슨 소리야?"

"아카기는 좀 걱정이 될 정도로 성실하잖아? 누군가의 힘이 되고 싶어서 간호사가 되려 하고, 봉사 활동에도 적극적이야."

게다가 『#꿈꾸다』를 통해 위험에 처한 사람도 구하고 있다.

사쿠타가 그렇게 말하자, 사키는 「그래」 하고 대꾸하며 고개를 끄덕였다. 그리고 잠시 침묵에 잠긴 후…….

"이상적인 우등생."

······하고 중얼거렸다.

"그래."

확실히, 맞는 말이었다.

"처음에는 전부 연기라고 생각했어."

"연기?"

"그런 애, 있잖아? 자기를 꾸미기 위해 이런저런 짓을 일부러 하는 사람 말이야. 어떤 단체에 속해 있다거나, 거기에 있는 유명인과 아는 사이라거나, 내일도 모임이 있어서 바쁘다거나······. 결국 본인은 속 빈 강정이면서, 그걸 숨기기 위해 자랑을 해대며 명함을 나눠주는 사람."

무심코 쓴웃음을 지은 건, 얼마 전에 그런 인물을 만났기 때문이다.

"하지만, 이쿠미는 달랐어. 과시하기 위해서도, 잘난 척을 하기 위한 활동도 아냐. 진짜로 남을 도우려고 하는 거라······ 때때로, 기분 나빠."

그 가식 없는 말을 듣고, 사쿠타는 또 쓴웃음을 지었다. 칭찬을 하는 건 줄 알았는데, 마지막에 강렬한 한 마디를 내뱉었기 때문이다.

하지만, 사키의 발언은 적절했다.

사쿠타도 비슷한 느낌을 받았던 것이다.

이쿠미의 행동은 정의의 사도로서 완벽했다.

이상적인 우등생이었다.

위험에 처한 사람들을 구하러 다니는 것 또한, 남에게 자랑하지 않고 남몰래 하고 있다. 보답을 원하는 것처럼 보이지도 않았다.

너무 완벽해서, 오히려 무서웠다. 너무 좋은 사람이라, 기분 나쁘다고 해도 과언이 아니다.

"이쿠미는 중학생 때도 저랬어?"

"그 질문에 답할 수 있을 만큼, 나는 아카기에 대해 잘 알지 못해."

"나한테 이런 소리를 하게 해놓고 말이야?"

사키의 얼굴에는 「잔말 말고 빨리 대답해」 하고 적혀 있었다.

"전부터 우등생이기는 했어."

"그리고?"

"그게 다야?"

"뭐? 진짜 쓸모없네."

"미안해."

"뭐, 딱히 기대하진 않았으니까 됐어."

"그럼 묻지 말라고."

사키는 사쿠타의 말을 무시하더니, 스마트폰을 쳐다보았다.

"치하루가 빨리 돌아오라고 성화니까, 가볼게."

"마음대로 해."

"이쿠미를 부탁해도 되지?"

"카미사토의 도움이 필요해지면, 아카기가 직접 연락할 거야."

사키가 이 자리에 있는 건, 이쿠미가 직접 사키에게 연락했기 때문이다.

"진짜로 성가신 일은 부탁하지 않으니까, 이렇게 묻는 거야."

사키는 이쿠미의 성격을 잘 알고 있었다. 그리고 「때때로, 기분 나빠」하고 말했으면서도, 친구로서 이쿠미를 걱정하고 있다는 것이 느껴졌다. 사쿠타의 질문에 답한 것도, 사키 역시 이쿠미가 좀 이상하다는 것을 눈치챘기 때문이리라. 아마 유마는 사키의 이런 면을 파악하고 있을 것이다.

그런 생각을 하며 돌아가는 사키를 쳐다보고 있을 때, 양호실의 문이 또 열렸다. 흰색 가운을 걸친 여성 의사가 복도로 나왔다. 나이는 40대 중반 정도로 보였다.

"잠시 나갔다 올게."

그 말을 남긴 후, 약간 급하게 복도 너머로 사라졌다. 혹시 부상자가 발생한 것일까. 학교 축제 기간이니, 흥분해서 다치는 학생이 한두 명 있더라도 이상할 건 없다.

남겨진 사쿠타는 반쯤 열린 문에 노크를 했다.

"아카기, 들어가도 돼?"

"응."

대답을 들은 후, 양호실 안으로 들어갔다.

병원 진찰실 같은 공간이었다. 안쪽에는 휴식을 위한 침대가 커튼 칸막이를 사이에 두고 줄지어 있었다. 중학교와 고등학교의 양호실에 비해, 설비가 본격적이었다. 눈가리개를 하고 이곳으로 안내된다면, 평범한 병원으로 착각할지도 모른다.

그런 양호실에는 사쿠타와 이쿠미밖에 없었다.

이쿠미는 안쪽에 있는 침대 가장자리에 걸터앉아 있었다. 아까 전의 발작 같은 증상은 잦아든 건지, 등의 지퍼를 향해 손을 뻗고 있었다. 하지만 다친 오른손을 제대로 쓸 수 없어서 그런지, 좀처럼 지퍼를 내리지 못했다.

"도와줄까?"

"……."

한순간, 경계심 어린 눈길이 사쿠타를 꿰뚫었다.

"아니면 카미사토를 다시 부르는 게 어때?"

"……알았어. 부탁해."

사키의 생각대로, 이쿠미는 귀찮은 일을 부탁할 생각이 없는 것 같았다.

이쿠미는 왼손으로 머리카락을 모아서 들어 올리더니, 사쿠타에게 자신의 목덜미를 내밀었다. 투명해 보일 만큼 새하얀 목덜미였다. 부드러워 보이는 피부에는 푸른색 혈관이 비쳐 보였다.

고개를 숙인 이쿠미의 볼은 희미하게 홍조를 띠고 있었다. 귀도 약간 핑크색으로 물들어 있었다. 태연한 척하고 있지만, 실은 부끄러운 것 같았다. 그렇다면, 빨리 끝내는 편이 나을 것이다.

"내릴게."

지퍼를 잡고, 등 한가운데까지 단숨에 내렸다. 한쪽 어깨 끈이 흘러내린 캐미솔의 매끄러워 보이는 새하얀 천이 언뜻 보였다.

올해 들어 햇볕을 전혀 쬐지 않은 듯한 그 속살에는 간지러워서 긁은 듯한 흔적이 남아 있었다. 오른쪽 어깨뼈에서 옆구리 쪽을 향해…… 마치 손가락으로 긁은 것처럼, 다섯 줄기의 선이 그어져 있었다. 아까 전의 그 보이지 않는 힘이 남긴 흔적일까.

"고마워."

이쿠미가 들고 있던 머리카락을 놓자, 흘러내린 머리카락이 그녀의 등을 가렸다.

"또 도울 일은 없어?"

"더 있다면 사키를 부를 거야."

이쿠미는 그렇게 말하면서 커튼을 쥐었다. 그리고 커튼을 치면서 사쿠타에게 말했다.

"옷 갈아입을 거니까…… 이쪽으로 오지 마."

"그럼, 밖에 나가 있을게."

옷깃 스치는 소리와 함께, 커튼 너머로 이쿠미의 목소리가 들려왔다.

"나한테 물어보고 싶은 게 있지?"

이 방에 있어도 된다는 거라면, 사쿠타로서는 잘된 일이다.

"아까 그거, 병이 아니지?"

언뜻 보기에는 발작처럼 보였다.

"선생님 말로는 건강하대."

"그럼 뭐야?"

"이미 알고 있지 않아?"

커튼 너머로 보이는 이쿠미의 그림자가 한순간 움직임을 멈췄다.

"예상은 돼."

"그런데, 내 입을 통해 듣고 싶은 거구나."

"아카기가 어떻게 생각하는지, 알고 싶을 뿐이야."

"정말, 심술궂네."

이쿠미는 체념한 듯한 투로 말을 이으면서도, 『사춘기 증후군』이란 단어는 입에 담지 않았다.

"그건…… 때때로 일어나."

"뭐가 일어난다는 건지, 나는 모르겠거든?"

처음에는 몸이 나쁜 것처럼 보였고, 단순히 운동을 해서 땀을 흘리는 것 같기도 했다. 열이 나는 것처럼도…….

하지만, 지금은 그 후의 일이 신경 쓰였다.

"뭐라고 하면 될까? 누군가가, 만지는 듯한 느낌이 든다고나 할까……."

사쿠타는 이쿠미의 등에 나 있던 상처를 떠올렸다. 그것은 누군가가 손가락으로 할퀸 듯한 상처였다.

"어릴 적에 본 심령 방송 같지? 폴터가이스트였을까? 아무도 없는데, 물건이 움직이거나 하는 현상 말이야."

이쿠미는 농담하듯 그렇게 말했지만, 사쿠타는 웃을 마음이 들지 않았다. 아까 사쿠타가 본 것은 심령현상 그 자체였다.

바람이 분 것도 아닌데 간호사 모자가 날아갔고, 보이지 않는 무언가가 옷 안을 기어 다녔으며, 스타킹이 멋대로 찢어지기까지 했다…….

커튼을 걷히자, 평상복으로 갈아입은 이쿠미가 모습을 드러냈다. 벗은 간호사복은 깨끗하게 접어서 침대 위에 뒀다. 스타킹에는 여전히 구멍이 나 있었다.

"괴롭거나, 아프거나, 힘든 건 아냐."

이쿠미의 눈은「그러니 걱정하지 마」하고 말하고 있었다.

"오른손도 그 발작 때문에 다친 거 아냐?"

이쿠미의 시선이 자신의 오른손을 향했다. 사람을 구하던 도중에 발작이 일어나서, 평소 같으면 하지 않았을 실수를 했다. 그렇게 생각하는 것도 가능했다.

"상상력이 대단하네."

난처한 듯이 웃는 이쿠미의 표정은 사쿠타가 한 말을 긍정했다.

"개의치 마. 어떻게 하면 나을지 알거든."

"정말이야?"

"내가 거짓말쟁이 같아?"

"비밀은 많다고 생각해."

"그건 부정 안 할게."

자신의 말을 증명하려는 듯이, 이쿠미는 거짓말을 하지 않았다.

"해결책을 아는데도, 아직 해결하지 않았다는 건 말이야. 그 방법이 간단하지 않다는 의미 아냐?"

그래서, 지금도 이쿠미의 사춘기 증후군은 계속 이어지고 있다.

즉, 괜찮다고 말할 수 없는 상황인 것이다.

"응. 간단하지 않아. 아즈사가와 군을 잊는 건 말이야."

"……."

그것은 사쿠타에게 있어 느닷없는, 그리고 예상외의 말이기도 했다.

"정말 간단하지 않아."

이쿠미는 또 그렇게 말하면서, 사쿠타를 쳐다보았다.

자연스럽게 시선이 마주쳤다. 사쿠타를 놀리는 것 같지는 않았다.

"자기는 이 일과 상관없는 줄 알았어?"

"왜, 나야?"

이쿠미가 겪는 사춘기 증후군의 원인이 사쿠타인 이유를 알 수가 없었다.

"역시, 그날 일을 기억하지 못하는구나."

"……."

"방금 같은 괜히 의미심장한 소리를 들어봤자, 아즈사가와 군은 짜증만 날 거야."

이쿠미는 자기 자신을 비웃듯 웃음을 터뜨렸다.

"나와 아카기는 중학교 때 같은 반이었을 뿐이잖아?"

"응, 맞아. 그게 다야."

그 말과 달리, 이쿠미의 목소리에서는 긍정이나 부정의 뉘앙스가 어려 있지 않았다.

"우리 사이에는 아무 일도 없었어."

"그럼, 왜 나야?"

같은 질문을 되풀이했다.

"어째서일까."

이쿠미는 이번에도 답하지 않았다. 정말 비밀이 많은 여자다.

"저기, 아즈사가와 군."

"……응?"

"내기하지 않을래?"

"이기지 못할 내기는 하지 말자는 주의거든."

이쿠미는 사쿠타의 대답을 무시하며, 말을 이었다.

"내가 아즈사가와 군을 잊는 게 먼저일지, 아즈사가와 군이 그날 일을 떠올리는 게 먼저일지……."

"나한테 어떤 이득이 있는데?"

"아즈사가와 군이 떠올린다면, 내 사춘기 증후군은 분명 나올 거야."

이쿠미는 처음으로 그 단어를 입에 담았다.

"그렇게 말하면, 내가 거절하지 않을 거라고 생각하는 표정인걸."

"틀렸어?"

"내기를 하기 전에 할 말이 있어."

"뭔데?"

"난 떠올리는 것 하나는 꽤 자신 있다고."

잊고 있던 소중한 일을, 이제까지 두 번이나 떠올렸다.

마이와의 일.

쇼코와의 일.

"의욕이 난 것 같아 다행이네."

"그것 말고도 포상이 있다면, 의욕이 더 날 것 같은데 말이야."

"아즈사가와 군이 이기면, 나는 『#꿈꾸다』에 의지할 필요가 없어질 거야."

"그게 무슨 소리야? 아카기가 『#꿈꾸다』를 통해 사람을 돕는 건, 나를 잊어서 사춘기 증후군을 고치기 위해서라는 거야?"

이쿠미는 조용히 고개를 끄덕였다.

"그러니까, 아즈사가와 군이 무슨 말을 해도 나는 관둘 수 없어."

이쿠미의 눈동자 깊숙한 곳에는 탁한 빛이 어려 있었다. 강한 결의, 그리고 비장감으로도 받아들일 수 있는 무언가가 존재했다. 이 상황에서 이쿠미는 무슨 생각을 하는 걸까. 그것을 알 수가 없었다.

"아카기가 이길 경우, 나는 뭘 하면 돼?"

"아무것도 안 해도 돼. 그렇게 되면, 나는 아즈사가와 군을 잊었을 거야. 그러니, 내 인생에 더는 관여하지 마."

이쿠미는 사쿠타를 쳐다보며 웃고 있었다. 저렇게 상냥한 미소를 짓는 이유를 알 수 없었다. 대체 이쿠미는 무슨 생각을 하는 것일까.

"그럼 지금 바로 시작하자. 준비, 시작."

그것은, 이제까지의 인생을 통틀어 가장 의욕이 나지 않는 스타트 신호였다.

2

"벼룩시장에 돌아가 봐야겠어."

그 말을 한 후, 사쿠타와 이쿠미는 양호실을 나섰다.

아무 말 없이 복도를 걸은 후, 양호실이 있는 제1관 밖으로 나왔다. 아까까지의 정적이 신기루였던 것처럼, 축제에 모인 사람들의 기척이 바람을 타고 전해져 왔다.

"그럼 안녕."

"응."

짤막하게 작별 인사를 나눈 후, 이쿠미는 벼룩시장 쪽으로 걸어갔다. 사쿠타는 멈춰선 채, 그녀의 등을 쳐다보았다.

멀어져가는 이쿠미는 멀쩡해 보였다. 갑자기 주저앉지도 않았고, 폴터가이스트 현상이 일어나지도 않았다.

그렇게 10미터 정도 떨어졌을 때, 이쿠미의 옆을 스쳐 지나가며 다가오는 낯익은 인물이 눈에 들어왔다.

코토미다.

코토미는 이쿠미의 옆을 지나가며 그녀를 한순간 의식했다. 마치 오래간만에 아는 인물을 본 듯한 반응이었다. 하지만 코토미는 걸음을 멈추지 않더니, 종종걸음으로 사쿠타에게 다가왔다.

"찾았네요. 다행이에요."

아무래도, 사쿠타를 찾고 있었던 것 같았다. 그러고 보니 마이와 헤어지고 한 시간 이상 지났다. 마이와 카에데, 코토미는 사쿠타를 찾기 위해 흩어져서 캠퍼스 안을 돌아다녔을 것이다. 코토미의 이마에는 서늘한 가을 날씨에 어울리지 않게 땀방울이 맺혀 있었다.

"미안해. 카노 양에게도 폐를 끼쳤네."

"아뇨."

그렇게 대답한 코토미는 머뭇거리며 뒤편을 신경을 썼다.

노점이 줄지어 있는 가로수길로 이어지는 풍경 속에서, 이쿠미는 어느새 사라졌다.

"방금 그 사람…… 이쿠미 선배 맞죠?"

코토미가 입에 담은 건, 방금까지 사쿠타와 같이 있었던 이의 이름이었다.

"카노 양도 아는구나."

두 학년이 다르지만, 코토미도 이쿠미와 같은 중학교에 다녔으니 아는 것도 이상하지 않았다.

"저는 같은 고등학교를 다녔거든요……."

코토미는 사쿠타가 중학생 때까지 살았던 지역에 있는 공립 진학고에 다녔다. 남학생용 교복은 흔한 검은색 목닫이 교복이었지만, 여학생용 교복은 그 근처에서는 흔치 않은 회색 블레이저였기 때문에 주변 주민들은 한눈에 「그 학교 학생이구나」 하고 알아볼 수 있다.

"짧은 기간이지만, 체육제 준비로 신세를 지기도 했어요. 그래서……."

이쿠미의 잔상을 쫓는 코토미의 눈에는 쓸쓸함이 희미하게 어려 있었다. 이쿠미가 자신을 알아보지 못해서 충격을 받은 것이리라.

"카노 양이 여기 있을 거라고는 생각도 못 했을 거야."

아는 사람이 주위에 있더라도, 일부러 신경을 쓰며 살피지 않는다면 알아보지 못하는 법이다. 사쿠타는 마이를 알아보지 못하는 이들을 마을 안에서 보면서 그렇게 느꼈다.

"……이쿠미 선배와, 친했나요?"

사쿠타를 향해 고개를 돌린 코토미의 표정에는 당혹감이 뚜렷하게 어려 있었다. 카에데의 집단 괴롭힘을 발단으로 한 일련의 소동을 안다면, 누구라도 그런 표정을 지을 것이다.

사쿠타는 중학생 시절의 일을 떠올리고 싶지 않을 것이다…… 그렇게 여기리라.

그리고, 그것은 틀리지 않았다. 정답이라 해도 과언이 아니다.

"중학생 때는 이야기를 나눈 적이 거의 없어. 딱히 사이가 나빴던 것은 아냐. 지금도 『중학생 때 같은 반이었지』 정도의 관계랄까?"

이쿠미와 자신의 거리를 정확하게 파악하는 건 어렵다. 자신이 서 있는 위치도 애매모호하며, 이쿠미가 있는 장소도 확실치 않다. 같은 중학교에 다녔고, 대학교도 같은 곳에 다닌다. 아직은 다른 말이 떠오르지 않았다.

하지만, 이상한 내기를 하게 된 만큼, 두 사람 사이에는 사쿠타가 잊은 무언가가 존재하는 것이 분명하다. 이쿠미를 아는 코토미란 존재는 그것을 떠올리는 데 도움이 될 것이다.

"아카기는 고등학교에서 어떤 느낌이었어?"

"그게…… 아, 먼저 카에한테 오빠를 찾았다는 연락부터 할게요."

스마트폰을 꺼낸 코토미는 익숙한 손놀림으로 메시지를 보냈다. 「여기는 어디인가요?」 하고 코토미가 묻자, 사쿠타는 「제1관 앞이야」 하고 대답해줬다.

그 후에도 메시지를 몇 번 주고받은 후, 코토미는 스마트폰의 커버를 덮었다.

"이쿠미 선배에 관해 물었죠?"

"응."

"제가 입학한 봄에는 고등학교에서 학생회장을 맡고 있었어요. 신입생 인사를 체육관에서 들으면서, 3학년쯤 되면 어른이네 하고 생각했던 게 기억에 남아 있네요."

학생회장이었다는 말을 듣고도 딱히 놀라지는 않았다. 이쿠미라면 그 역할을 어엿하게 수행했을 것이다. 체육관의 단상 위에 서서, 신입생에게 담담히 인사하는 이쿠미의 모습도 상상할 수 있었다.

"3학년이 아니라 이쿠미 선배가 어른스러운 분위기였던 것뿐이었지만 말이에요."

"그럴 거야."

대학생이 되어서 그 당시를 떠올려보니, 아직 어린애였다는 생각이 들었다.

"이쿠미 선배는 지역 자원봉사 활동에도 적극적이었어요."

"옛날부터 그랬구나."

"네?"

"지금도 자원봉사 단체를 직접 만들어서, 등교 거부 학생의 학습 지원 같은 걸 하고 있나 봐."

"이쿠미 선배답네요. 남이 해줬으면 하는 그런 일을, 항상 솔선해서 하는 사람이었어요……. 동급생들도 의지하는 걸 보고, 정말 대단하다고 다들 말했죠."

"대단하네……."

코토미는 그 말을 그 자체의 의미로만 쓰지 않았다. 약간 머뭇거리는 느낌이 어려 있었다. 그 안에는 「어찌 보면 대단하다」라는 뉘앙스도 동시에 담겨 있었다.

"아무튼, 아카기는 충실한 학창 시절을 보냈구나."

학교에서는 학생회장으로 활동했다. 체육제 준비 때 신세를 졌다는 것을 보면, 각종 이벤트에도 적극적으로 참가했을 것이다.

학교 밖에서는 자원 봉사 활동을 통해 많은 이들을 만났고, 사회에서만 접할 수 있는 경험을 쌓았을 것이 틀림없다.

학업 또한, 이 대학에 진학한 것을 보면 나쁜 수준은 아니었으리라. 간호학과를 고른 것을 보면, 제1지망에 합격했다고 보는 것이 자연스러우리라.

하지만 코토미는 「충실한」이라는 사쿠타의 말을 듣고, 약간 당황한 듯한 표정을 지었다.

"아닌 거야?"

"맞기는 한데……."

"응?"

"작년 이맘때부터, 학생 지도 선생님에게 몇 번이나 불려 갔어요."

이쿠미의 이미지와 동떨어진 단어가 느닷없이 튀어나왔다.

학생 지도.

그런 것과는 거리가 먼, 아니, 누구보다도 인연이 없을 듯 한 사람이 바로 아카기 이쿠미란 인간 아닐까.

"왜 불려간 건데?"

"이건 어디까지나 소문인데…… 괜찮겠어요?"

"그렇게 여기며 들을 테니까 걱정하지 마."

"연상의 애인이 있었는데, 그 사람 집에서 학교에 다닌 것 같아요. 집에도 돌아가지 않고요."

"그게 사실이라면, 충실한 학창 시절이 아니라 최고의 학 창 시절인걸."

"그런, 가요?"

모범생인 코토미는 이해가 안 되는 듯한 표정을 지었다.

"안 그래? 학생회장으로 학교행사의 중심에 서고, 봉사 활동으로 남들에게 도움이 되었으며, 원하는 대학에도 합격 한데다, 사랑하는 연인이 있는 걸로 모자라, 교사한테 불려 가기까지 한 거잖아. 청춘의 이벤트를 전부 섭렵한 거라고."

영화나 드라마 못지않을 정도로 충실한 학창 시절이다.

하지만, 유감스럽게도 연인이란 부분은 근거 없는 헛소문일 거라고 사쿠타는 생각했다. 근거는 양호실에서 이쿠미가 보였던 반응이다. 연인의 집에서 함께 지냈을 만큼, 이성에게 익숙해 보이지 않았다.

아마 집에 돌아가고 싶지 않은 이유가 있어서 동성 친구의 집에서 지냈던 것이 아닐까. 그편이 적절할 것 같았다.

"아, 카에가 왔어요."

코토미가 손을 흔들며 쳐다보는 가로수길 쪽을 보니, 카에데와 마이가 다가오고 있었다.

"코미, 고마워. 오빠, 혼자서 어슬렁거리지 좀 마."

남들한테 폐 끼치지 말라는 듯이, 카에데는 볼을 부풀렸다.

"딱히 어슬렁거린 건 아냐."

그럴 만한 사정이 있었지만, 카에데에게는 아무 이야기도 해주지 않았으니 불평을 듣는 것도 무리는 아니었다.

아직도 투덜거리던 카에데는 좀 더 학교 축제를 돌아보고 싶다면서, 코토미를 데리고 가버렸다.

이곳에 남은 건 마이와 사쿠타 뿐이었다.

"카에데 양이 즐거워 보여서 다행이네."

"저 녀석은 즛키의 팬이니까, 이곳에 진학하겠다고나 안 할지 걱정이에요."

카에데는 현재 고등학교 2학년이다. 곧 진로에 대해 본격적으로 생각해봐야 할 시기다.

"그때는 사쿠타가 공부를 가르쳐줄 거지?"

"그래서 걱정인 거라고요."

학원 강사 아르바이트를 하고 있지만, 맡은 학생은 전부 고등학교 1학년이다. 앞으로도 가능하면 수험생은 맡고 싶지 않다. 수험생을 책임질 자신이 없다.

"그건 그렇고…… 아카기 양은 만났어?"

마이는 의문이 어린 시선으로 쳐다보며, 들고 있던 타피오카 밀크티의 빨대를 물었다.

"만났어요."

"어땠어?"

마이는 타피오카의 감촉을 즐기면서, 「마실래?」 하고 말하며 사쿠타의 입 쪽으로 용기를 내밀었다. 빨대를 빨자, 살짝 단 밀크티와 함께 쫄깃한 감촉의 타피오카가 입안으로 쑥 들어왔다. 그것을 이빨과 혀로 쫓으면서…….

"가면 갈수록, 아카기에 대해 모르겠어요."

사쿠타는 솔직한 감정을 얼굴에 드러냈다.

"그건 곤란하네."

마이는 또 빨대를 빨았다.

"네, 곤란해요."

두 사람의 대화에서 긴장감이 느껴지지 않는 건, 아마 타피오카의 식감 탓이리라.

다음날, 사쿠타가 눈을 떠보니 태양이 하늘 높이 솟아 있었다.

현재 시각은 11시 50분.

1교시는 이미 끝났고, 2교시도 끝나기 직전이다. 서둘러 준비를 마치고 나가지 않았다간, 3교시도 지각할 것이다.

하지만 사쿠타는 당황하긴커녕, 하품을 하면서 다시 눈을 감았다.

오늘은 축제의 뒷정리를 하는 날이라, 대학 강의가 쉰다. 사쿠타에게 있어서는 휴일이나 마찬가지다.

잠시만 더 눈을 붙인 후, 몸을 일으켰다.

거실의 테이블에는 「알바 다녀올게」라는 카에데의 메모가 남아 있었다. 평일 오전에 아르바이트를 하러 갈 수 있는 건, 통신제 고교에 다니기 때문이다. 공부하는 시간도, 아르바이트하는 시간도, 직접 정해도 된다. 카에데는 그 재량권을 마음껏 구가하고 있다.

아침 식사 같은 점심 식사를 마친 사쿠타는 한낮의 정보 방송을 보면서 방 청소를 한 다음, 세탁물을 베란다에 널었다.

건조한 가을 공기는 옷가지를 깔끔하게 말려줬다.

저녁때가 되어서 옷가지를 걷고 나니, 시계바늘은 오후 다섯 시를 가리키려 하고 있었다.

"슬슬 돌아왔겠네."

전화기의 수화기를 든 후, 외우고 있는 열한 자리 번호를 입력했다.

신호는 세 번 갔다.

"무슨 일이야?"

텐션이 낮은 목소리로 그렇게 말한 이는 리오였다.

"지금 어디야?"

"방금 후지사와에 도착했어."

"학원 아르바이트를 할 때까지 시간 있지?"

아르바이트는 일곱 시부터일 것이다.

"서점에 들를 거니까 바빠."

"그럼 서점에서 기다려. 지금 바로 갈게."

"나, 볼일 마치면 돌아갈 거야."

사쿠타는 그 말을 못 들은 척하며 전화를 끊었다.

후지사와 역 북쪽 출입구 쪽에 있는 가전제품 양판점 안을 에스컬레이터로 올라가다 보니, 7층에서 경치가 돌변했다.

좌우를 둘러봐도 책장뿐인 이곳은 도서관을 연상케 하는 차분한 분위기에 감싸여 있다. 이 인근에 있는 서점 중에서 가장 큰 규모를 자랑하며, 리오는 이곳을 자주 이용했다.

리오가 갈 서점이라면 여기가 틀림없다고 생각했지만, 물리 관련 전문서가 꽂힌 코너에는 리오가 없었다.

"혹시, 진짜로 돌아간 걸까······?"

사쿠타는 불안을 느끼며 가게 안을 둘러봤다. 그리고 사쿠타는 대학 수험용 참고서 코너에서 리오를 발견했다.

리오가 손에 쥐고 내용을 훑어보고 있는 건, 자신이 다니는 이과 국립대학의 수험용 문제집이었다.

"또 대학 수험을 치려는 거야?"

사쿠타는 그렇게 말하며 리오의 옆에 섰다.

"내가 가르치는 제자가 말이야."

리오는 문제집을 덮어서 책장에 꽂았다. 리오의 눈에 차지 않은 것 같았다.

"그 제자, 혹시······."

"일전에 아즈사가와가 이름을 물어봤던, 쿠니미의 후배야."

"카사이 토라노스케."

"이름을 외운 거야? 신기한 일도 다 있네."

"뭐, 외우기 쉬운 이름이잖아."

"······."

아무 말 없는 리오의 시선은, 사쿠타가 뭔가를 숨기고 있다는 것을 눈치챈 것 같았다. 하지만 그것이 무엇인지 추궁하지 않았다. 별일 아니라고 여기는 것 같았다.

"그 대학을 지망하는 이유는 물어봤어?"

"그냥 가고 싶어졌대."

"흐음~."

"그것보다, 아즈사가와의 용건은 뭐야?"

사쿠타는 토라노스케에 관한 이야기를 좀 더 하고 싶었지만, 더 캐물었다간 리오가 미심쩍게 여길 것이다. 그러다 들통나기라도 하면, 어설프게나마 숨기고 있는 토라노스케에게 미안할 것 같았다.

그렇기에, 이곳에 온 원래 목적을 밝히기로 했다.

"그게 말이야—."

어제, 이쿠미의 몸에 일어난 불가사의한 현상에 대해 이야기하자……

"그거, 투명인간 짓 아냐?"

리오는 태연한 어조로 그렇게 대꾸했다.

"마침 투명인간도 존재하잖아."

사쿠타가 만났던 미니스커트 산타. 확실히 그녀는 투명인간 같은 존재이기는 했다.

"그 자리에는 키리시마 토코가 없었어."

적어도, 사쿠타의 눈에는 보이지 않았다. 손이 닿는 범위에 있었던 건, 사쿠타와 이쿠미 본인뿐이다. 그런데, 어떤 힘이 이쿠미의 몸에 작용했다.

"그것에 관해, 그녀는 뭐래?"

"폴터가이스트 같지 않냐고 말하면서 웃더라고."

"여유가 넘치네."

"몸에 이변이 발생한 걸로 보면, 카에데의 케이스와 가장 비슷하지 않아?"

동급생의 매정한 말이라는 나이프가 카에데의 피부에 실제로 상처를 냈고, 그녀가 느낀 마음의 고통이 멍이라는 형태로 온몸에 나타났다.

"하지만, 그녀의 몸에 흔적이 생긴 건 아니지?"

"등에…… 어깨뼈에서 옆구리 쪽으로, 간지러워서 긁은 듯한 상처가 있었어."

"……본 거야?"

리오의 목소리가 낮아졌다.

"옷 갈아입는 걸 도와주면서 말이야."

"……."

"등의 지퍼를 내려줬을 뿐이거든?"

"사쿠라지마 선배에게 그 말을 할 수 있어?"

"비밀로 해주면 안 될까?"

"……."

이 타이밍에 입 다물지 말아줬으면 한다.

"아무튼, 아카기는 아파하는 것 같지 않았어. 고통을 느끼지는 않는다고 본인도 말했다고."

그 말은 거짓말이 아니라고 생각한다. 그러니 카에데의 케이스와 흡사하기는 해도, 비슷한 사춘기 증후군이라고는 말할 수 없을지도 모른다.

"방금 이야기만으로는 아무 말도 못하겠네. 확실치 않은 부분이 너무 많아."

"후타바도 모른다면, 두 손 두 발 다 들어야겠는걸."

"아즈사가와도 그 애에 대해 모르는 것 같고 말이야."

"그건 그래……."

실은 그것이 바로 「모르는」 이유다. 사쿠타는 아카기 이쿠미란 인간을 잘 알지 못한다. 그러니, 사춘기 증후군의 정체에 관해 깊이 생각해볼 수가 없다. 대체 이쿠미의 어떤 감정이 불가사의한 현상을 일으키고 있는 것일까. 수수께끼는 깊어져만 갈 뿐이다.

"하지만 그녀의 말이 전부 사실이라면, 딱 하나 확실한 게 있어."

"오오, 역시 후타바야. 그게 뭔데?"

사쿠타가 추켜세우자, 리오는 의미심장한 시선을 보내왔다.

"눈치 못 챈 거야? 너답지 않네."

"뭘?"

"아즈사가와를 좋아했던 거야. 잊고 싶을 정도로 말이지."

"……아카기와는 아무 일도 없었거든?"

적어도 사쿠타는 그렇게 생각했다.

"이 세상에는 초코 코로네 하나에 확 반해버리는 여자애도 있다네."

"……후타바가 그렇게 말하니, 설득력 있는걸."

그런 사소한 일이라면, 잊었을 가능성도 있다.

하지만, 사쿠타는 유마 같은 나이스 가이가 아니다.

"그녀에게 들러붙은 유령이 해코지하기 전에, 빨리 떠올리는 게 어때?"

폴터가이스트 현상을 목격한 사쿠타는 리오의 그 통명한 말이 농담처럼 전혀 들리지 않았다.

다른 참고서를 살펴볼 거라는 리오를 두고, 사쿠타는 에스컬레이터를 타고 내려갔다. 서점이 있는 가전제품 양판점 2층에서, 역 앞의 입체 보행로로 나갔다.

학생과 사회인이 귀가할 시각이라 그런지, 역 북쪽 출입구는 집으로 향하는 인파로 붐비고 있었다.

사쿠타는 그 흐름을 거스르며, 집과 반대 방향으로 이어지는 계단을 내려갔다. 패밀리 레스토랑 아르바이트가 잡혀 있기 때문이다.

학원과 약국, 카페 등이 줄지어 있는 상점가를 잠시 걷자, 사쿠타가 일하는 가게의 노란색 간판이 보이기 시작했다.

그 가게의 입구에서, 사쿠타가 아는 인물이 나왔다.

상대방도 사쿠타를 본 건지 패밀리 레스토랑 옆에서 멈춰 섰다. 통통한 체격의 여성이다. 40대로 보이는 저 여성은 카에데가 신세를 지고 있는 스쿨 카운슬러인 토모베 미와코다.

"사쿠타 군, 오래간만이야. 꽤 어른스러워졌네."

"그런가요?"

자기 얼굴을 매일 보기 때문인지 자각이 없었다. 하지만, 반년 만에 만난 미와코가 저렇게 말하는 것을 보면, 조금은 성장한 걸지도 모른다.

"카에데가 어떻게 지내는지 살피러 온 거죠?"

미와코는 카에데가 중학교를 졸업한 후에도, 때때로 연락을 줬다. 그리고 카에데가 아르바이트를 시작한 후로는 이렇게 패밀리 레스토랑에도 들르곤 했다.

"이 근처에 온 김에 말이야."

"감사합니다."

"카에데 양을 보고 있으면, 나도 기운이 나거든. 혼자서 아르바이트까지 하게 됐고, 참 즐거워 보여서…… 정말 기뻐."

"토모베 씨 덕분이에요."

"카에데 양이 노력한 결과야. 그리고 사쿠타 군이 버팀목이 되어줬잖니."

"그럼 그 전부 덕인 걸로 하죠."

서로를 칭찬하는 것 같아서, 왠지 멋쩍었다.

"대학은 어떠니?"

"그냥 평범하게 다니고 있어요."

"그래? 다행이구나."

미와코는 안도의 말을 입에 담으며 부드러운 표정을 지었다. 하지만 미와코는 사쿠타의 얼굴을 보고 뭔가를 눈치챈 것처럼, 「아」 하고 말했다. 하지만 그 뒤로 이어지는 말은 없었다. 사쿠타를 향한 그 눈동자에는 머뭇거림이 어려 있었다.

"왜 그래요?"

반년 만에 만난 미와코가 왜 이러는 건지 짐작이 되지 않았다. 그래서 사쿠타가 미와코가 이야기를 꺼낼 때까지 기다리고 있자…….

"대학에서, 아카기 이쿠미 양을 만나지 않았어?"

미와코는 약간 심각한 톤으로 그렇게 말했다.

"……네?"

사쿠타가 얼이 나간 건, 이 자리에서 그 이름을 들을 거라고는 생각도 못 했기 때문이다. 방금 미와코는 진짜로 「아카기 이쿠미」 라고 말한 것일까. 그런 의심이 들 정도로 이 상황은 뜻밖이었다.

"토모베 씨가 어떻게 아카기를 아는 거예요?"

"그녀가 만든 자원봉사 단체의 일을 지난달부터 도와주고 있단다."

학업 면이 아니라, 심리적인 면을…… 하고, 미와코는 덧붙여 말했다.

"아, 그렇군요."

그 말은 이해가 됐다. 이쿠미는 주로 등교 거부 아동의 학습 지원을 한다고 들었다. 스쿨 카운슬러인 미와코가 도와준다면, 믿음직할 것이다.

"첫 면담 때, 그녀가 나온 중학교를 듣고……."

"저를 떠올린 거군요."

"맞아."

고개를 끄덕인 미와코의 시선은 사쿠타의 눈동자를 향하고 있었다. 걱정해주는 것이다. 중학생 시절, 카에데가 괴롭힘을 당하게 된 것을 계기로 사쿠타가 반에서 어떤 일을 겪었는지…… 미와코는 대략 알고 있다.

당시 클래스메이트와의 재회는 사쿠타에게 반길 일일 리가 없다. 그 정도는 간단히 추리할 수 있으리라.

"저기…… 별다른 일은 없니?"

"없는데요."

실은 있다. 이쿠미는 『#꿈꾸다』를 통해 정의의 사도 같은 일을 하고 있으며, 폴터가이스트 같은 사춘기 증후군에도 걸렸다.

하지만, 미와코는 사쿠타에게 「별다른 일」이 없는지 묻는 것이다. 옛날처럼 괴로워하고 있는 건 아닌지 신경 쓰고 있다.

"토모베 씨가 볼 때, 아카기가 저를 해코지할 녀석처럼 보여요?"

"아냐."

미와코는 딱 잘라 부정했다.

"알게 된 지 얼마 되지 않았지만, 무척 성실하고 정의감이 강한 아이거든."

"저도 그렇게 생각해요."

아카기에 대한 미와코의 인상은 사쿠타와 똑같았다. 사키와도 말이다. 아마, 아카기 이쿠미와 만난 적이 있는 모든 이들이 그런 인상을 받지 않았을까.

"지나친 정의감 탓에 남에게 상처를 입히는 사람도 있지만…… 그녀는 주위도 잘 살펴."

"맞아요."

자기가 정의라고 멋대로 주장하며, 일방적인 가치관으로 타인을 행실을 비난하는 사람은 분명 존재한다. 하지만, 이쿠미는 그러지 않을 거라고 사쿠타 또한 생각했다. 그 이유는 미와코가 말한 대로다. 이쿠미는 주위를 잘 살피고 있는 것이다.

"하지만, 그렇게 살면 피곤하지 않을까요?"

"남들로부터, 성실하고 정의감이 강한 사람이라고 여겨지는 게 말이야?"

"그 녀석, 자기가 그렇게 여겨진다는 걸 알고 있겠죠?"

미와코가 아까 한 말을 빌리자면, 주위를 잘 살피니 그런 것도 눈치챘다고 볼 수 있다.

이쿠미는 주위의 시선을 어떻게 느끼고 있을까.

어쩌면, 주위의 인식에 자신을 맞추려 하는 걸지도 모른다.

누군가의 기대에 부응하려 하는 건, 지나칠 경우에는 마음의 짐이 된다. 고등학생 시절, 마이와 비교당하면서도 어머니의 기대에 부응하려 하던 노도카가 고통받았던 것처럼 말이다.

그것이, 사춘기 증후군의 원인인 건 아닐까.

"성실하던 아카기 양이 『참 성실하네』란 말을 듣게 된 걸까. 누군가가 아카기 양에게 『참 성실하네』 하고 말해서, 그녀는 성실해진 걸까. 어느 쪽이 먼저인지는 알 수 없지만…… 아카기 양은 그런 주위의 이미지에 부응하고 있으며, 그러면서 보람을 느끼고 있는 것처럼 보여."

확실히…… 자신을 의지하려 하는 이들의 기대에 부응할 수 있다면, 하루를 마치는 순간에 느끼는 건 기분 좋은 성취감뿐일지도 모른다. 그것이 내일의 원동력이 된다. 그리고 다음 날에도 긍정적으로 하루를 살 수 있다. 성실하고, 정의감이 강한 자기 자신을 이어갈 수 있다.

하지만, 그런 이쿠미의 마음에도 과부하가 발생한 것은 명백하다. 폴터가이스트라고 하는, 사춘기 증후군이 일어나고 있으니까…….

"아카기한테 고민이 있다면, 그게 뭘까요?"

"무슨 일 있니?"

사쿠타가 느닷없이 그렇게 묻자, 미와코는 의아한 표정을 지었다.

"요즘 들어 좀 이상한 것 같다는 말을 아카기의 친구에게 들었어요."

사실대로 말할 수는 없기에, 사쿠타는 사키의 언짢은 표정을 떠올리며 거짓말을 했다.

"가장 가능성이 큰 건…… 누군가를 좋아하게 됐다, 거나?"

"다른 건, 없을까요?"

좀 즐거운 듯한 투로 말하는 미와코에게는 미안하지만, 그 이야기라면 아까 리오에게 충분히 들었다.

"다른, 거라면……."

미와코는 무슨 말을 하려다 입을 다물었다. 사쿠타를 향한 그 눈동자에는 머뭇거림이 어려 있었다.

"저와 상관이 있나요?"

"사쿠타 군을 만나고 싶지 않았던 게 아닐까?"

"……."

"아마 사쿠타 군을 구해주지 못했던 게, 아카기 양에게 있어 가장 큰 좌절이 됐을 거야."

"저는, 아카기가 구해주기를 바란 적 없어요."

카에데에게 일어난 사춘기 증후군을 클래스메이트에게 믿어달라고 호소한 적은 있다. 그러나 이쿠미 개인에게 그런 말을 건넨 적은 없다. 여학생에게 직접 무슨 말을 하지는 않았던 것이다.

하지만, 사쿠타는 미와코의 말을 듣고 마음속으로 납득했다.

정의감이 강한 이쿠미라면 책임을 느꼈을지도 모른다.

누군가가 상처 입는 것을, 이쿠미의 정의는 용납하지 못하는 것이다.

게다가, 이쿠미가 사쿠타를 잊고 싶어 하는 이유도 된다.

아마, 진짜로 기억에서 지워버리고 싶어 하는 건 아닐 것이다. 애초에, 그런 게 가능할 리 없다. 오히려 잊고 싶은 일일수록, 인간은 잊지 못하게 되어 있다.

이쿠미가 말한 「잊는다」는 말은 잊고 싶은 과거를 극복하거나, 추억으로 바꾼다는 의미가 아닐까.

그것이 바로, 중학교 3학년 때 일어났던 일이다.

자신도 사춘기 증후군에 걸렸으니 사쿠타의 호소가 진실이라는 것을 자각했으리라. 무엇이 옳은지 알고 말았다. 하지만, 이제 와서 과거를 바꿀 수는 없다.

그때, 클래스메이트 전원이 사쿠타를 부정했다. 거절했다. 「아즈사가와, 제정신 아냐」 같은 말을 수도 없이 들었다.

그것이 잘못됐다는 사실을 눈치챈 이쿠미는 어떤 생각을 하고 있을까.

실수를 저지른 자신을 탓하고 있을까. 사쿠타를 잊고 싶다고 여길 만큼…….

"사쿠타 군, 아르바이트하러 온 거지? 시간 괜찮은 거야?"

미와코가 스마트폰을 꺼내서 시간을 확인했다.

"좀 일찍 왔으니 괜찮아요."

"그래? 다행이네."

"저기, 토모베 씨."

"응?"

"부탁이 하나 있는데요."

"뭐니?"

"괜찮다면, 다음 자원봉사 때 저를 데려가 주지 않겠어요?"

아무리 생각해도 답을 알 수 없다면, 본인에게 직접 물어볼 수밖에 없다.

4

"이쿠미 선생님, 다음에 봐~."

"조심해서 돌아가."

복도로 나온 이쿠미가 돌아가는 세 학생을 향해 손을 흔들었다. 남자애가 두 명, 여자애가 한 명이다. 일전의 학교 축제 벼룩시장에 가게를 냈던 중학생들이다. 그들을 배웅하는 이쿠미의 오른손에는 붕대가 감겨 있지 않았다. 삼각건도 걸고 있지 않았다. 본인이 말했던 것처럼, 일주일만에 완치된 것 같았다.

그런 이쿠미는 학생들이 시야에서 사라지자, 「하아」 하고 크게 한숨을 내쉬었다. 사쿠타에게도 들리도록…….

의도적으로 한숨을 내쉬었다는 건, 이쿠미에게 물어보지 않아도 알 수 있었다.

패밀리 레스토랑 앞에서 미와코와 만났던 주의 주말. 11

월 12일. 토요일.

사쿠타와 이쿠미는 두 사람이 다니는 카나자와 핫케이 인근의 대학 캠퍼스에 있었다. 정문 오른편 안쪽에 있는 유리로 된 건물이다. 몇 년 전에 완성된 그 건물은 지역 교류를 위한 시설이며, 8호관이라고 불렸다.

봉사 단체와 외부 서클 등에게 대학 시설을 개방해준다는 건 들은 적이 있지만, 실제로 본 것은 오늘이 처음이다.

"사쿠타 군에 대한 건 비밀로 해서 미안해."

복도에서 교실로 돌아온 이쿠미에게 말은 건 이는 미와코였다. 이쿠미에게는 봉사 활동 견학 희망자가 있다는 것만 알리고, 그게 사쿠타라는 건 숨겨달라고 했다.

"아뇨. 토모베 씨는 잘못 없어요."

이쿠미는 넌지시 사쿠타를 비난했다. 하지만 사쿠타는 그 것을 눈치채지 못한 척했다. 눈치 못 챈다면, 존재하지 않는 것이나 마찬가지다.

"그래? 그럼 단둘이 있어도 괜찮겠어?"

미와코는 이쿠미와 사쿠타를 번갈아 쳐다보았다. 그리고 볼 일이 있다고 말한 미와코는 어깨에 가방을 걸쳤다.

"네. 오늘도 감사했어요."

"다음 주에 봐."

미와코는 가슴 높이까지 든 손을 흔든 후, 교실을 나갔다. 그녀의 발소리가 점점 멀어지더니, 곧 들리지 않게 됐다.

교실에는 사쿠타와 이쿠미의 침묵만이 감돌았다.

"……."

"……."

이쿠미는 아무 말 없이 화이트보드에 적힌 수식을 지웠다. 인수분해에 관한 기초 문제다.

사쿠타도 옆에 서서 도왔다.

"아카기, 화났어?"

표정에 드러나지 않았지만, 아까 그 한숨은 사쿠타를 비난하고 있었다.

"우리, 지금 내기 중이지?"

이쿠미는 평소 톤으로 물었다.

"그래."

"어떤 내기였어?"

"아카기가 나를 잊는 게 먼저인가, 내가 아카기를 떠올리는 게 먼저인가."

"아즈사가와 군이 내 앞에 계속 나타나면, 잊고 싶어도 잊을 수가 없어."

"승부의 세계는 냉정한 법이거든."

"승리에 집착하는 사람인 줄은 몰랐어."

이쿠미는 말끝에 힘을 주며 마지막 수식을 지웠다. 그 사이, 한 번도 사쿠타를 쳐다보지 않았다. 이쿠미는 화내는 게 서툰 것 같았다.

"이기지 못할 내기는 하지 말자는 주의라고 말했잖아?"

"그거, 진심으로 한 말이 아니잖아."

이쿠미는 그렇게 말하면서 화이트보드용 검은색, 빨간색, 파란색 펜을 수거했다. 그리고 한꺼번에 케이스에 넣었다. 그 후, 이쿠미는 시계를 의식했다. 그 직후, 그녀의 눈동자는 「아차」 하고 말하는 것처럼 희미하게 흔들렸다.

사쿠타도 자연스럽게 교실의 시계를 올려다보았다.

오후 3시 40분.

시선을 내리자, 이쿠미와 눈이 마주쳤다.

"아카기도 볼일이 있는 거야?"

"아즈사가와 군은 눈치가 빠르네."

"정의의 사도는 참 바쁜걸."

"그 이야기, 그만하면 안 돼?"

"어차피 평행선만 그을 테니까?"

"그래."

이쿠미는 난처한 듯이 웃으며, 사쿠타의 말을 긍정했다.

"요코스가에서 미아가 된 여자애를 도우러 갈 거야? 아니면, 건널목 사고를 막을 거야? 아니면 자전거 도난을 해결하러 가는 걸지도 모르겠네."

"……검색해봤구나."

이쿠미는 거북한 듯이 웃음을 흘렸다.

"혹시 전부 다 해결하려는 건 아니지?"

SNS에 올라와 있던 꿈은 일어나는 시간이 다르니, 지금부터 다 개입하는 것도 가능하기는 했다.

"시간이 없으니까, 이만 가볼게."

이쿠미는 사쿠타의 질문에 답하지 않으며, 교실 밖으로 나가려 했다.

하지만 사쿠타는 개의치 않는다는 듯이 이쿠미의 등을 쳐다보며 말을 이었다.

"앞으로 몇 명을 더 구하면, 아카기의 후회는 사라지는 거야?"

"……."

교실 입구에서, 이쿠미는 우뚝 걸음을 멈췄다.

"……뭔가, 생각났어?"

이쿠미는 사쿠타를 돌아보지 않은 채, 물었다.

"중학교 때, 나를 도와주지 못했던 것 때문에 이러나 싶어서 말이야."

미와코에게 들은 말을 근거로 한 말이다. 아무런 확증도 없다. 하지만 그 말에는 이쿠미가 뒤돌아보게 할 정도의 힘이 있었다.

"나는……!"

힘차게 사쿠타를 돌아본 이쿠미의 눈동자가 그를 주시했다. 가시 돋친 감정이 사쿠타를 꿰뚫었다. 하지만 그 눈동자는 불안 탓에 흔들리고 있어서, 금방이라도 울음을 터뜨릴 것 같았다.

이쿠미가 무슨 생각을 하는지는 알 수 없다. 딱 하나 확실한 것은, 이 순간의 이쿠미는 사쿠타가 지금까지 봐온 모습 중에서 가장 감정적이란 사실이다…….

하지만, 냉정한 가면이 벗겨지며 드러난 그 얼굴은 곧 다른 감정에 물들고 말았다.

이쿠미가 말을 잇기 전에, 갑자기 그녀의 등이 부르르 떨렸다. ……곧 양손으로 입가를 가리며 그 자리에서 몸을 웅크린 것이다.

"아카기……? 혹시……."

사쿠타의 머릿속에 축제 때 본 광경이 떠올랐다.

폴터가이스트.

사쿠타가 곁으로 다가간 바로 그때였다. 스트레이트 헤어인 이쿠미의 머리카락이 보이지 않는 힘에 의해 뭉쳐졌다. 그리고 그것이 비틀리더니, 머리카락 끝이 말려 올라갔다. 마치 목욕을 할 때처럼…….

사쿠타도, 이쿠미도, 머리카락을 만지지 않았다. 그리고 머리핀을 한 것도 아닌데, 단정하게 말려 있었다.

"또, 이 시간에……."

입가에서 떨어진 이쿠미의 손이 허벅지를 꼬집었다. 그런 그녀는 마치 화가 치민 것 같았다. 대체 누구한테 화가 난 것일까.

그런 이쿠미의 블라우스 안을, 뱀 같은 무언가가 기어 다니고 있다는 것을 사쿠타는 눈치챘다. 목덜미에서 내려온 무언가가 어깨를 지나…… 소매 안으로 들어갔다. 아무도 없지만, 옷에 생긴 주름이 사쿠타에게 그런 상황을 알려주고 있었다.

문과 창문이 열려 있지만, 바람은 없다. 사쿠타도, 이쿠미도, 소매를 만지지 않았다. 아무것도 없지만, 뭔가가 일렁이듯 움직이고 있었다.

"……."

이렇게 폴터가이스트를 다시 목격한 사쿠타는 감정이 요동친 탓에 이쿠미에게 아무 말도 건네지 못했다.

몸도 움직일 수 없다. 불가사의한 현상에 시선을 빼앗길 뿐이다. 놀라다 못해, 서늘한 감정에 마음이 지배당했다. 정체 모를 무언가에 대한 순수한 공포가 머릿속을 휘젓고 있었다. 그저, 섬뜩할 뿐이었다.

그래도, 사쿠타의 오른손은 반사적으로 움직였다.

보이지 않는 뱀을 움켜잡으려는 듯이, 꿈틀거리는 이쿠미의 왼 손목을 움켜잡았다.

"윽?!"

하지만 사쿠타의 손바닥에 전해져 온 것은 이쿠미의 경악, 그리고 가는 손목의 감촉뿐이었다.

"아카기, 미안해."

사쿠타는 그렇게 말한 후, 이쿠미의 대답을 듣지도 않고 블라우스의 소매를 걷어 올렸다. 팔꿈치 근처까지 단숨에 말이다.

역시, 아무것도 없었다. 뱀 같은 게 존재할 리가 없다.

"……윽?!"

그런데도 사쿠타가 경악과 의문에 사로잡힌 건, 이쿠미의 왼팔에서 뜻밖의 뭔가를 발견했기 때문이다…….

어떻게 된 것인지, 하얀 피부에는 매직펜으로 쓴 것 같은 글자가 적혀 있었다.

—그쪽은 괜찮아?

—다치게 해서 미안해

—그를 조심해

—전부 잘 풀리고 있어

마치, 스마트폰으로 주고받은 메시지 같았다.

"이건……."

사쿠타는 이쿠미에게 대답을 요구했다.

"나……."

조그마한 목소리가 들렸다.

사쿠타의 손은 이쿠미의 손목을 여전히 잡고 있었다.

슬며시 놔줬다.

그러자, 팔에 적혀 있던 글자는 물에 닿은 것처럼 옅어지더니…… 팔꿈치 부분부터 손목 쪽으로 흘러내리듯 사라졌다.

이쿠미가 소매를 내렸다. 사쿠타가 움켜쥔 바람에 빨개졌던 손목도 보이지 않았다.

"방금 그것도, 폴터가이스트의 짓이야?"

초등학생이 내일 준비물을 손에 적어둔 것과는 명백하게 달랐다.

"아즈사가와 군과 얽히면, 나쁜 일만 생긴다니깐."

"진짜로, 내가 원인이구나."

전에도 사쿠타의 앞에서 폴터가이스트가 일어났다. 사쿠타가 이쿠미의 마음을 흐트러뜨렸기에. 과도한 스트레스를 가했기에. 그런 방정식이 성립했다.

"전에도 말했다시피, 고칠 방법이라면 알고 있어."

신경 쓰지 말라고, 이쿠미의 감정이 말하고 있었다.

"혹시, 폴터가이스트의 정체도 아는 거야?"

"……."

이쿠미는 대답하지 않았다. 하지만, 그 침묵이 곧 대답이었다.

"그러니까, 괜찮다고 말하는 거야."

이렇게 기분 나쁜 상태가 이어진다면 미쳐도 이상할 게 없다.

이쿠미가 괜찮은 건, 그 정체를 알기 때문이다. 그리고, 아마 이쿠미에게 해를 끼치는 존재는 아닐 것이다. 언어를 구사하는 것을 보면 상대는 인간이다.

그렇다면, 대체 누구일까.

"누구야?"

"······."

물어봐도, 이쿠미는 답하지 않았다.

점점 진상에 다가서고 있는 느낌이 들었다.

"그걸 말해버리면, 내기가 성립 안 돼."

하지만 차분히 생각해보면 1밀리미터도 다가서지 못한 느낌도 들었다.

결국 사쿠타는 이쿠미의 본질을 아직 파악하지 못했다. 그녀가 무슨 생각을 하고 있는지······ 아카기 이쿠미란 인간을 알 수가 없었다.

어떤 방향에서 공격해도, 이쿠미를 감싼 견고한 성벽에 매번 막히고 말았다. 거기서부터 단 한 걸음도 나아가지 못했다.

사쿠타는 성벽을 따라 빙글빙글 돌며 이쿠미가 사는 성을 바라보고 있을 뿐이며, 그녀가 진짜로 살고 있는지도 파악하지 못한 상태였다.

그 결과, 오늘도 사쿠타는 아무런 성과를 얻지 못한 채 후퇴할 수밖에 없다. 이렇게 되면 지원군이라도 나타나지 않는 한, 어찌할 방법이 없는 듯한 느낌이 들었다.

끝이 보이지 않는다.

아니, 어쩌면 그것이야말로 이 내기를 제안한 이쿠미의 목적일지도 모른다.

그런 생각을 하고 있을 때였다.

"이쿠미."

누군가가 그녀의 이름을 불렀다.

사쿠타가 고개를 들어보니, 한 남성이 복도에 서 있었다. 20대 초반으로 보였다. 양복을 입은 것을 보면 아마 사회인일 것이다. 사쿠타와 키가 비슷했고, 안경을 쓴 성실한 인상의 사람이었다.

"이제 만날 수 없다고, 말했을 텐데요?"

몸을 웅크리고 있던 이쿠미가 천천히 일어섰다. 폴터가이스트는 이미 잦아들었다.

"미안해. 그래도 이야기를 나누고 싶어서……."

"죄송하지만, 저는 볼일이 있어요."

이쿠미는 바닥에 떨어져 있던 가방을 주워들더니, 그 남성과 시선을 맞추지 않으며 빠른 발걸음으로 옆을 지나쳤다.

양복 차림의 남성은 이쿠미를 향해 손을 뻗으려 했지만, 결국 그녀의 어깨를 잡지 못했다.

곧 이쿠미의 발소리가 멀어지더니, 그녀의 뒷모습이 계단 아래로 사라졌다.

두 사람은 뭔가 사연이 있는 분위기였다.

이쿠미에 관해 뭔가 알고 있는 듯한 이 남성에게서 이야기를 들어보는 것도 괜찮을 듯 싶었다. 하지만, 어떻게 이야기를 꺼내면 좋을까.

사쿠타가 그런 고민을 하고 있을 때, 그 남성이 사쿠타를 쳐다보았다.

"너…… 혹시, 아즈사가와 군?"

"……."

전혀 면식이 없는 사람…… 그것도, 이 대학 학생이 아닌 사람이 자기 이름을 부르자, 사쿠타는 놀랐다.

하지만, 대화의 계기를 찾던 사쿠타로서는 감사한 일이었다.

"그러는 당신은 누구죠?"

"전에 그녀와 사귀던 사람이야……."

거북한 표정으로 고개를 돌린 그의 시선은 이미 사라진 이쿠미의 등을 쫓고 있었다.

"그 말은……."

"전남친, 이란 거지."

그는 아까보다 더 거북한지, 자조 섞인 미소를 머금었다.

5분 후, 사쿠타는 캠퍼스 안에 있는 벤치에 앉아있었다.

은행나무 가로수길이 있는 중앙대로 쪽이다.

이 길을 사이에 두고 반대편에 있는 운동장에서는 축구부가 시합 형식으로 연습을 하고 있었다. 감독으로 보이는 남성이 「수비~!」 하고 고함을 지르고 있었다.

토요일인데도 캠퍼스에는 학생들이 꽤 있었으며, 가로수길을 걷는 이들도 드문드문 보였다. 방금 지나간 이들은 이과 학부의 4학년일까. 「졸업 연구가 안 끝나」, 「나도 큰일 났어」 하고, 두 남학생이 이야기를 나누고 있었다.

"졸업 연구라, 나도 힘들었지."

그 말은 사쿠타의 옆자리에서 들려왔다.

사쿠타의 옆에는 한 남성이 약간 떨어져서 앉아있었다.

자칭, 이쿠미의 전남친.

「누구와 만나기로 했거든요」 하며 건물 밖으로 나가는 사쿠타를 따라왔다.

그의 이름은 타카사카 세이이치. 이곳으로 오는 도중에 자기소개를 받았다.

건네받은 명함에는 모르는 회사의 모르는 부서명이 적혀 있었다.

사쿠타가 세이이치를 쳐다보니, 어느새 불을 붙이지 않은 담배를 입에 물고 있었다.

"아, 담배 피워도 될까?"

사쿠타의 시선을 눈치챈 세이이치는 양복 호주머니에 손을 넣고 라이터를 찾으며 그렇게 물었다.

"피우지 말아 줄래요?"

"응?"

"여기는 흡연이 금지된 장소거든요."

고등학생 때까지는 상상도 못 했던 일이지만, 캠퍼스 안에는 흡연소가 있다. 동아리관 근처와 이과관 뒤편, 그리고 연구관 근처에도 있다.

대학에 다니는 대부분의 학생은 재학 중에 스무 살 생일을 맞이한다. 흡연 또한 법률로 허용되는 나이가 되는 것이다. 실제로 쉬는 시간에 흡연소로 뛰어가는 학생도 있다.

"아, 그렇구나."

입을 뗀 담뱃갑에 집어넣은 세이이치의 얼굴에는 쓴웃음이 어려 있었다. 아까부터 계속 그런 표정이었다. 이쿠미와 자신의 묘한 장면을 사쿠타가 봤기 때문에, 거북해서 저런 표정을 짓는 걸까.

"평소에는 거의 안 피워. 긴장하거나 하면, 마음을 풀어주려고 피우지."

세이이치는 변명을 늘어놓더니, 노란색 담뱃갑을 양복 호주머니에 집어넣었다. 세이이치한테서 담배 냄새가 나지 않는 것을 보면, 방금 한 말은 사실 같았다.

"그래서 때때로 필 때마다 기침을 심하게 해……. 그럴 거면 피지 말라는 말을 자주 들었어."

세이이치는 사쿠타가 물어보지도 않은 것까지 일방적으로 늘어놨다. 아니, 이야기했다. 사쿠타한테 들려주고 싶은 건 아니다. 들려주려는 것도 아니다. 이것도 담배와 마찬가지다. 거북한 분위기를 환기하기 위한 행동이다.

"아카기와는 언제부터 사귀었나요?"

"고1 때 봉사 활동을 하다 그녀를 알게 됐고, 고2 여름에 고백해서 사귀게 됐어."

"저에 대한 건 아카기한테 들었나요?"

"계기는 생각 안 나지만…… 중학교 졸업 앨범을 나한테 보여준 적이 있거든. 사이가 좋았던 친구가 누구일까, 첫사 랑 남자애는 이 안에 있을까, 같은 걸 맞춰보라면서 클래스 메이트의 사진을 보여줬지."

"운 나쁘게, 저를 가리킨 건가요?"

"그래. 그랬더니, 방금까지 즐거워 보이던 그녀의 표정이 변하더니……."

"그건 사연이 있다고 말하는 거나 다름없네요."

하지만, 사쿠타는 이쿠미와 딱히 무슨 일이 있지는 않았 다. 사귀지도, 싸우지도, 그리고 청춘의 달콤 쌉싸름한 추 억을 만든 적도 없다.

카에데가 괴롭힘을 당했고, 그 탓에 사춘기 증후군이 발 병했으며, 그런 진실이 진실로 받아들여지지 않는 상황 속 에서 사쿠타는 반과 학교 안에서 고립되어 있었다.

"중학교 3학년 때, 반에서 무슨 일이 있었는지는 그때 얼 추 들었어. 묘하게 너를 신경 쓰는 것 같아서, 나도 기억하 게 됐지. 반쯤은 질투했다고나 할까?"

세이이치는 이야기 도중에 사쿠타를 힐끔 쳐다보았다. 사 쿠타도 덩달아 세이이치를 쳐다보았다.

"이렇게 본인을 만나는 날이 찾아올 줄은 몰랐지만 말이야."

"저도 아카기의 전남친과 만날 줄은 몰랐어요."

코토미한테서 애인이 있는 것 같다는 이야기는 들었지만, 반신반의는 고사하고 2할도 믿지 않았다……. 그런데 진짜로 애인이 있어서 깜짝 놀랐다.

"아즈사가와 군은 그녀와 어떤 사이지? 저기, 사귀는 거야?"

"그런 사이가 아니에요."

"그렇구나……."

시선을 돌린 세이이치는 안심한 것처럼도, 어딘가 쓸쓸한 것처럼도 보였다. 사쿠타의 말을 듣고 무슨 생각을 하는 걸까. 그것은 알 수 없었다.

하지만, 방금 반응을 보고 눈치챈 것도 있다. 세이이치는 아직 이쿠미를 좋아하는 것이다.

"왜, 헤어졌나요?"

"간단하게 말하자면, 내 잘못이야."

"복잡하게 말한다면 달라지나요?"

"그래도 내가 잘못했다는 점에는 변함이 없어."

세이이치가 사쿠타의 말을 듣고 웃음을 터뜨렸다. 반쯤은 자기 자신을 비웃는 것 같았다.

"그녀가 고등학교를 졸업한 날, 『더는 만날 수 없어요』란 말을 들었어. 이걸로, 일방적으로 말이지."

세이이치는 호주머니에서 꺼낸 스마트폰을 살짝 들어 보였다.

"그걸 묵묵히 받아들인 거예요?"

"그때는 아무 말도 할 자격이 없다고 생각했거든."

"왜죠?"

"작년, 대학교 4학년이었던 나는 취업 활동에 쫓겨서……
그녀를 배려할 여유가 없었어."

"고생이 많았겠네요."

1학기에만 해도, 대학교 안을 돌아다니다 보면 양복 차림
의 4학년을 흔히 봤다. 학교 축제가 끝난 이 시기에는 거의
볼 수 없지만 말이다.

"나는 심각했어. 요즘은 취준생보다 일자리가 더 많으니
까, 요령 좋은 녀석은 금방 대기업 취업이 확정되어서 놀아
재꼈지."

그런 친구들의 모습을 떠올린 건지, 세이이치는 또 쓰디쓴
표정을 지었다.

"채용시험을 쉰 군데에서 봤는데, 전부 떨어졌어. 쉰한 번
째 면접에서는 할 말이 없더라. 쉰한 번째로 가고 싶은 회사
에 관심이 있을 리 없잖아?"

"그건 그렇죠."

"『우리 회사에 지원한 이유는?』이란 질문을 들어봤자, 그
런 이유가 있을 리 없잖아. 처음에는 누구나 다 아는 대기
업을 노렸고, 떨어졌으니까 눈높이를 낮췄어……. 그랬는데
도 떨어지니 눈높이를 더 낮췄고, 그런 짓을 쉰 번이나 반복

했더니 어느 회사든 취업만 할 수 있으면 된다 싶었어. 면접관도 그건 알아. 나는 11월, 12월까지 취업 활동 중인 재고 상품이었거든."

"······."

아직 취업 활동을 경험해보지 않은 사쿠타로서는 아무런 말도 할 수 없었다. 그래서, 묵묵히 이야기를 계속 듣고만 있었다.

"취업 활동을 시작하기 전에는 다소 자신이 있었어. 대학에 들어온 후로 자원봉사 활동을 했으니까, 다른 학생보다 사회에 대해 잘 안다고 여겼거든. 하지만, 쉰 군데의 회사로부터 『너 같은 건 필요 없어』란 말을 들었더니, 내 어떤 점을 PR해야 할지도 알 수가 없었어. 그런 상황인데도 다른 녀석들이 하나둘 취직을 하니, 점점 조바심이 났고······."

세이이치의 목소리가 순식간에 어두워졌다. 이제까지는 지금은 극복한 과거의 체험담을 농담 삼아 들려주는 분위기였는데······.

"그동안, 아카기와는 어떻게 지냈죠?"

그래서, 사쿠타는 신경 쓰이는 점에 관해 물었다.

"그녀는 쭉 내 버팀목이 되어줬어. 내 방에 와서, 밥을 해줬고, 면접용 셔츠도 다려줬지······. 아침에 일찍 일어나야 하는 날이면 나보다 먼저 일어나서 알람이 울리기 전에 깨워줬고, 도시락도 준비해줬어."

"......."

솔직하게 말하자면, 사쿠타는 세이이치의 말을 듣고 적지 않게 놀랐다. 코토미에게서 들었던 소문이 사실일 거라고는 생각도 못 했으니까…….

"면접을 보러 가는 나를 배웅하면서도『힘내』라고는 단 한 번도 말하지 않았어."

그 말이 부담으로 작용하리라고 생각했으리라.

이쿠미답다면, 이쿠미다웠다.

"내가 돌아와도『어서 와』라고만 말하지,『어땠어?』하고 물어보지는 않았어. 말로도, 태도로도 말이야. 자기도 수험 공부를 하느라 여유가 없었을 텐데……."

그런 이쿠미의 모습은 불가사의하게도 상상이 됐다. 애인을 헌신적으로 챙겨주면서도, 학업도 소홀히 하지 않았다. 그녀의 정의감은 자기 자신에게도 적용이 되니, 어느 한쪽도 소홀히 할 수 없으리라. 이쿠미는 소홀히 할 생각조차 안 했을지도 모른다.

"지금까지의 이야기만 들어선, 헤어진 이유가 짐작조차 안 되는데요."

여기까지는 전여친 자랑이나 다름없었다.

"여유가 없어진 나는 그런 이쿠미조차도, 짜증스럽게 여겨 졌어."

"......."

"똑똑히 기억해. 크리스마스 이브였어. 방에서 수험공부를 하는 그녀를 보고, 열심히 좀 해보란 말을 들은 듯한 느낌이 들어서…… 『한동안 나 좀 내버려 둬』 하고, 무심결에 말해버린 거야."

"꽤 쓰레기 같네요."

"나도 그렇게 생각해."

하지만, 누구라도 순간적으로 머리까지 피가 솟구칠 때가 있다. 그래서 실수를 범한다면, 중요한 건 반복하지 않는 것이다. 같은 실수를 또 범한다면, 그것은 치명적이다.

"바로 사과했다면 괜찮았을지도 몰라. 하지만, 그럴 수 있을 만큼 어른은 아니었어. 더는 꼴사나운 모습을 보일 순 없다고 생각했어. 그게 더 꼴사나운데도 말이지."

"그건 그래요."

사쿠타가 고개를 끄덕이며 동의하자, 세이이치는 어이없어 하면서도 가벼운 웃음을 흘렸다. 괜히 배려를 받는 것보다 이편이 낫다고 여기는 듯 했다.

"하지만, 무사히 취직했네요."

사쿠타는 손에 쥔 명함을 쳐다보았다. 이것이 그 증거다.

"새해가 되고, 겨우 말이야."

"아카기에게는 연락했어요?"

"수험이 끝날 때까지는 하지 말자고 생각했어. 그랬더니……."

"설마 기다리는 사이에 차인 건가요?"

국공립대학 중에는 합격자 발표를 3월 중순까지 하는 곳도 있다. 고등학교 졸업식 이후에 하는 것이다. 사쿠타도 그랬다.

"응, 그렇게 된 거야."

　사쿠타의 말을 듣고 고개를 끄덕인 세이이치는 과거의 한심한 자신을 비웃듯 쓰디쓴 미소를 머금었다.

"하지만, 왜 이제 와서 아카기를 만나러 온 거예요?"

　마음의 정리에 시간이 필요했다고 생각할 수도 있겠지만, 다른 이유가 있다면 들어두고 싶었다. 사쿠타가 떠올려야 하는 이쿠미와의 과거에 대한 힌트가 될지도 모르는 것이다.

"그녀의 SNS를 봤어."

"……."

"방금, 나를 역겨운 녀석이라고 생각했지?"

"뭐, 조금은요."

"그게 세간의 반응이야. 그래서 말하고 싶지 않았지만……거기에 적혀 있었어. 상해 사건을 일으켜서, 경찰에 잡혀가는 꿈을 꿨다고 말이야."

"아카기가요?"

　상해 사건도, 경찰도, 이쿠미와는 거리가 먼 단어다. 그래서, 반사적으로 물어보았다.

"『#꿈꾸다』, 알지? 요즘 꽤 화제잖아."

"그런 걸, 믿는 거예요?"

"어른이 믿을 이야기는 아니긴 해. 그래도 봤더니 신경이 쓰이지 뭐야."

만약 그게 현실이 된다면…… 그런 식으로 생각하는 심정도 이해가 안 되는 건 아니다. 실제로 사쿠타는 예지몽 같은 일을 경험한 적이 있는 만큼, 흘려들을 수가 없다.

"혹시 그 날짜를 아나요?"

"잠깐만 있어 봐……."

세이치이가 스마트폰을 조작했다. SNS를 다시 확인해보는 것 같았다.

"11월 27일."

그날에 뭔가 행사 같은 게 잡혀 있는 듯한 느낌이 들었다.

생각났다. 이쿠미가 일전에 동창회가 열린다고 했던 날짜다.

중학교 동창회.

그 반의…….

이것은 우연일까. 아니면…….

"이 글을 보고 불안해졌어. 이쿠미를 혼자 있게 둔 건 실수였단 생각이 든 거야."

세이이치는 이쿠미를 향한 자신의 마음을 털어놓았다.

"그녀는 누군가의 버팀목이 되어주는 것을, 자기 자신의 버팀목으로 삼는 것 같았거든."

그것도 독백에 가까운 말이었다. 하지만, 그 말은 사쿠타의 생각을 막으며 그의 몸속으로 스며들어왔다.

"그럴지도 모르겠네요."

뒤늦게, 공감의 말을 입에 담았다.

누군가를 도와주는 것을 자신의 버팀목으로 삼는다. 그것은, 이쿠미의 인상과 딱 맞아들어갔다.

정의의 사도인 그녀에게서 느껴진 위태로움의 정체는, 바로 그것이라고 생각한다.

그래서, 이쿠미는 정의의 사도를 관두지 못한다.

누군가를 돕지 않았다간, 자기 자신이 무너져버리고 말 테니까…….

"타카사카 씨는……."

"응?"

"지금도 아카기를, 좋아하나요?"

"미련이 철철 넘친다는 건, 자각하고 있어."

세이이치는 그렇게 말하며 자리에서 일어났다. 스마트폰의 시계를 신경 쓰는 것을 보면, 아직 업무 시간일지도 모른다.

"맞아. 폐가 안 된다면, 연락처를 교환하지 않겠어? 그녀에 대해 뭔가 알게 되면 연락하게 말이야. 성가시면 나중에 차단해도 돼."

세이이치가 스마트폰을 조작하며 그렇게 말했다. 메시지 앱을 켠 것 같았다.

"죄송한데, 저는 스마트폰이 없어요."

"뭐?"

사쿠타가 사실대로 이야기하자, 세이이치는 예상대로 깜짝 놀랐다.

"어설프게 거짓말을 하는 게 아니라…… 중학교 때 핸드폰에 정나미가 떨어져서, 그 후로 안 만들었어요."

지금은 그럴 이유도 사라졌다. 그래도 없으면 없는 대로 어떻게든 되기에, 장만하자는 마음이 들지 않았다.

"그렇구나."

세이이치는 약간 난처한 표정을 지었지만, 체념하면서 스마트폰을 양복 호주머니에 집어넣었다.

"그럼, 다음에 또 기회가 되면 보자."

"네."

서로가 앞으로 볼 일이 없을 거라고 생각하면서도, 그런 말을 나눴다. 그 후, 세이이치는 정문을 향해 걸어갔다. 멈춰 서지 않았으며, 뒤돌아보지도 않았다. 당연했다. 그럴 필요가 없는 것이다.

사쿠타 또한, 세이이치가 시야에서 사라질 때까지 그의 등을 쳐다보지는 않았다. 그럴 이유가 사쿠타에게는 없었다. 옆에서 인기척이 느껴졌기에, 의식이 그쪽을 향한 것이다.

그 인기척의 주인은 붉은색 옷을 입고 있었다.

방금까지 세이이치가 앉아있던 자리를 쳐다본 사쿠타의 눈에는 미니스커트 산타의 모습이 들어왔다. 다리를 꼬고 앉았으며, 한 손으로 턱을 괴고 있었다. 속눈썹이 꼿꼿이

선 두 눈으로 사쿠타를 응시하고 있다.

"토요일인데, 학교에서 뭘 하는 거야?"

"느닷없이 나타난 미니스커트 산타를 보고 놀라는 중이에요."

"짜증 나."

토코는 재미없다는 듯한 투로 그렇게 중얼거렸다. 본심을 털어놨는데, 그런 말은 좀 심하지 않을까. 하지만, 사쿠타는 그녀와의 만남을 내심 반겼다. 키리시마 토코에게 물어볼 것이 있는 것이다.

"아카기에게 무슨 짓을 한 거죠?"

"나는 선물을 줬을 뿐이야. 누구나 원하는 선물을 말이야."

"산타클로스는 폴터가이스트도 일으킬 수 있나 보네요."

"무슨 소리야?"

토코는 어처구니없다는 듯이 웃었다.

"그녀의 사춘기 증후군은 그런 게 아니야."

사쿠타도 그럴 거란 느낌을 받았다. 아까 봤던 이쿠미의 팔에 적힌 문자에는 누군가의 의지 혹은 인격이 어려 있었다. 유령이 하는 짓과는 명백하게 달랐다. 의사소통을 하려는 의지가, 그 말에서는 느껴졌다.

"그럼, 뭔데요?"

"산타는 남의 비밀을 함부로 떠벌릴 수 없어."

토코는 도발적인 눈길로 사쿠타를 똑바로 쳐다보며 미소

지었다.

"『#꿈꾸다』도 키리시마 씨 짓인가요?"

이쿠미에 대해서는 이야기해주지 않는다면, 다른 것에 관해 물어보면 된다.

"누구나, 자신의 장래를 걱정하잖아?"

"그래서, 꿈을 통해 미래를 보여주나요?"

"몇 번이나 똑같은 말 하게 하지 마. 내가 보여주는 게 아니라, 다들 멋대로 볼 뿐이야."

이야기가 제자리를 맴돌고 있었다. 모처럼 만났는데, 이래서는 아무런 수확이 없다.

"물어볼 건 그게 다야?"

토코는 재미없다는 투로 그렇게 물었다. 그녀는 어느새 스마트폰을 손에 쥐고 있었다. 한 손으로 능숙하게 조작하고 있었다. 산타클로스도 스마트폰을 쓰는 것 같았다.

"그럼, 하나만 더 물어볼게요."

"뭔데?"

토코의 시선은 여전히 스마트폰을 향하고 있었다.

"전화번호를 가르쳐 주세요."

"……."

스마트폰을 조작하던 토코의 손가락이 움직임을 멈췄다.

그 후, 토코는 사쿠타를 곁눈질했다.

"아, 저희 집 전화번호부터 먼저 가르쳐줄까요?"

"됐어. 필요 없거든."

사쿠타의 제안을 퉁명하게 거절한 토코의 시선은 스마트폰을 향했다. 말 붙일 엄두가 안 난다는 표현이 딱 어울리는 분위기였다.

"저기, 너는 대학교에서 뭘 공부해?"

느닷없이 질문을 받았다.

"통계과학이에요."

"그건 수학이야?"

토코의 눈은 지금도, 스마트폰을 향하고 있었다.

"뭐, 비슷하죠."

"이과 남학생이라면, 원주율도 기억하겠네?"

"3. 1415926535까지는요."

"그래? 마침 잘됐네."

토코는 그 말에 납득하더니, 들고 있던 스마트폰의 화면을 사쿠타의 얼굴 쪽으로 내밀었다. 그와 동시에······.

"3, 2······."

즐거운 듯한 어조로 짤막한 카운트다운을 시작했다.

스마트폰 화면에는 열한 자리 숫자가 표시되어 있었다. 090부터 시작되는 전화번호였다.

"1. 제로! 자, 끝"

토코는 손목을 돌리면서, 스마트폰의 화면을 숨겼다.

"한번만 더 보여줘요."

"기회는 한 번뿐이야. 방해꾼도 나타난 것 같거든."

그렇게 말한 토코는 발소리가 들려오는 등 뒤를 쳐다보았다.

"오래 기다렸지?"

곧 이 자리에 나타난 이는 바로 마이였다.

"마이 씨, 보충수업 듣느라 수고 많았어요."

"보충수업이 아니라, 교수가 개인적 사정으로 휴강한 부분의 대체 수업이야."

마이는 사쿠타의 볼을 살며시 꼬집었다.

"원래 일정으로 수업을 했으면 일 때문에 못 들었을 테니까, 잘 됐지만 말이야."

그렇게 말하며 사쿠타의 볼에서 손을 뗀 마이는 그가 앉아있는 벤치의 옆자리를 쳐다보았다.

"사쿠타, 누군가와 이야기를 나누고 있지 않았어?"

"보다시피, 키리시마 토코 씨와……."

사쿠타가 벤치 옆자리를 쳐다봤지만, 거기에는 토코가 없었다.

"……."

주위를 360도 돌아봤지만, 미니스커트 산타는 보이지 않았다. 순식간에 안개처럼 사라지고 만 것이다.

"있었던 거야?"

마이도 사쿠타와 마찬가지로 주위를 둘러보았다.

"네, 분명히 있었어요."

"그랬구나······."

여우에게 홀린 듯한 기분이다. 아직 물어볼 게 있었는데······. 하지만, 낙담할 필요는 없다. 열한 자리 숫자라면, 똑똑히 기억하고 있다.

"아카기 양 쪽은 어떻게 됐어?"

"어찌어찌하다 보니, 아카기의 전남친을 만났어요."

"뭐래?"

"이야기가 좀 길어요."

사쿠타는 그렇게 말하며 벤치에서 일어났다.

"그럼 돌아가면서 들려줘."

"아, 그게 말인데요."

"응?"

"본가에 좀 들를까 해요."

중학생 시절의 물건은 졸업 앨범을 비롯해 전부 버렸다. 그러니, 부모님이 사는 본가에 가봤자 아무것도 남아 있지 않을 것이다. 본가 또한 당시에 살던 집이 아니다.

그래도 아버지와 어머니라면, 같은 동네에 살았던 이쿠미에 관해 뭔가 기억하고 있는 게 있을지도 모른다고 생각했다.

부모님 사이에도 네트워크가 존재하는 것이다.

상해 사건이니, 체포니 하는 말을 들었으니 가만히 있을 수도 없다.

"그럼 요코하마 역에서 비커 푸딩을 사 가자."

"어? 마이 씨도 같이 가려고요?"

"여름에 들른 후로 안 가봤잖아. 자, 가자."

마이는 사쿠타의 뜻은 무시하듯, 성큼성큼 걸음을 내디뎠다.

이렇게 되면, 사쿠타는 그냥 따라갈 수밖에 없다.

5

사쿠타가 본가의 인터폰을 누르자, 약 5초 후에 「누구시죠?」 하는 아버지의 목소리가 들려왔다.

"나, 사쿠타야."

사쿠타는 조그마한 렌즈에 얼굴을 내밀며 대답했다.

"아, 지금 열게."

인터폰이 끊어지더니, 곧 집안에서 발소리가 들려왔다. 그리고 철컥하는 소리가 들린 후, 문이 천천히 열렸다.

문을 연 이는 샌들을 한 짝만 신은 아버지였다. 토요일인데, 정장 바지에 옷깃 달린 셔츠를 입고 있었다.

"갑자기 무슨 일이니?"

"아들은 꼭 무슨 일 있을 때만 집에 와도 되는 거야?"

사쿠타도 이 집의 자식이다.

"그런 건 아니지만······."

"안녕하세요, 오래간만이에요."

무슨 말을 이으려던 아버지의 말을 끊듯, 문 뒤편에 있던 마이가 모습을 드러냈다.

"아, 어서 와요. 마이 양도 같이 왔군요."

인터폰 카메라에 마이가 비치지 않았던 건지, 아버지는 노골적으로 당황했다.

"사쿠타, 마이 양과 같이 올 거면 미리……."

아버지는 불평을 늘어놓으려 했지만, 마이의 표정을 보고 입을 다물었다. 아들의 연인 앞에서 할 이야기가 아니라고 생각한 것이리라.

"자, 아무튼 들어오렴."

아버지는 문이 활짝 열면서 사쿠타와 마이를 집안으로 들였다.

"여보, 사쿠타가 마이 양과 같이 왔네."

아버지가 집안을 향해 그렇게 말했다. 방 두 개와 거실 및 부엌이 따로 있는 집이다.

"정말이야? 어머, 어서 오렴."

현관 옆에 있던 부엌에서 나온 어머니가 두 사람을 맞이했다.

"연락도 없이 갑자기 찾아와서 죄송해요."

마이가 정중히 인사를 했다.

"괜찮단다. 사쿠타도 어서 오렴."

"응. 이건 선물이야."

요코하마 역의 백화점 지하에서 산 푸딩을 부엌 테이블에 됐다.

"고맙구나. 나중에 먹어야겠네."

아버지를 향해 미소를 지으며 그렇게 말한 어머니는 푸딩을 냉장고에 넣었다. 그 후, 아버지가 사쿠타와 마이를 거실로 안내했다.

두 사람이 소파에 앉았을 때…….

"저녁, 먹고 갈 거지?"

감자를 손에 쥔 어머니가 그렇게 물었다.

"반찬 좀 늘리고, 밥도 넉넉하게 해야겠네."

"아니……."

사쿠타가 「금방 돌아갈 거야」하고 말하기 전에…….

"저도 도울게요."

그렇게 말하며 일어선 마이가 어머니의 옆에 섰다.

"그래? 괜찮겠니?"

여배우인 사쿠라지마 마이에게 부엌일을 시키는 건 좀……
이란 망설임이 어머니의 얼굴에 어려 있었다.

"어머니의 맛을, 배우고 싶어요."

마이가 그 망설임을 걷어냈다.

"왠지 사쿠타의 아내가 와준 것 같네."

기분이 좋아진 듯한 어머니가 그렇게 말하며 마이에게 앞치마를 건네주더니, 둘이서 감자 껍질을 벗기기 시작했다.
요리, 그리고 사쿠타에 관한 이야기를 나누면서……. 마이는 부모님 앞에서는 「사쿠타 군」이라고 부르기 때문에 왠지 불가사의한 느낌이 들었다.

두 사람이 이렇게 양호한 관계를 쌓아주는 것이, 사쿠타는 순수하게 기뻤다.

마이를 어머니에게 처음으로 소개한 것은 올해 3월의 일이다. 사쿠타의 수험이 끝나고, 무사히 합격했다는 것을 보고하는 자리에서 마이를 이 집으로 데려왔다.

카에데가 건강을 되찾은 덕분에 어머니도 몸이 좋아졌으니, 이제는 괜찮을 것 같아서…… 하고 생각한 것이다.

그래도 어머니는 매우 놀랐다. 사쿠라지마 마이는 국민적 지명도를 자랑하는 인기 여배우다. 게다가 어머니는 시청자의 입장에서, 마이를 아역 시절부터 일방적으로 알아 왔다. 그런 인물이 아들의 연인이라면서 눈앞에서 나타났으니, 놀라는 게 당연했다.

아버지에게 미리 이야기를 들은 덕분에 그나마 덜 놀란 걸지도 모른다.

그런데도 「정말…… 정말이구나. 정말…… 정말 아름다운 애야」 하고, 꿈이라도 꾸는 듯한 반응을 한동안 보였지만…….

그 후로 오늘까지, 사쿠타는 마이와 함께 몇 번 본가를 찾았다.

"오늘은 대학에 갔다가 들른 거니?"

뉴스 방송이 나오고 있는 텔레비전의 볼륨을 낮추며 아버지가 물었다. 그런 행동에서는 사쿠타를 향한 배려가 묻어났다.

"응."

텔레비전 화면에서는 일찌감치 준비된 크리스마스 조명이 화제가 되고 있었다.

"맞다. 두 사람은 아카기를 기억해?"

사쿠타가 그렇게 묻자, 마이가 그를 쳐다보았다. 어머니 앞에서 그 이야기를 해도 괜찮은 건지 신경 쓰이는 눈치였다.

집단 괴롭힘을 당해 힘들어하는 카에데에게 아무것도 해주지 못했던 어머니는 한때 자기가 부모로서 실격이라 여기며 자괴감에 빠졌다. 일상생활도 제대로 할 수 없을 만큼, 정신적으로 궁지에 몰렸다…….

하지만, 지금은 다르다. 카에데도, 사쿠타도, 어머니도, 아버지도, 힘들었던 시기를 극복한 끝에 이렇게 같은 시간을 함께 보내고 있다.

하루하루를 즐겁게 사는 카에데의 모습이 마음의 버팀목이 되어주고 있다.

자랑스러운 연인과 즐거운 하루하루를 보내는 사쿠타의 존재가 부모님에게 자신감을 안겨주고 있다.

부모님은 즐거운 목소리로 그렇게 말한 적이 있다.

그러니, 이런 이야기를 해도 괜찮을 거라고 생각했다.

그리고, 그 생각은 틀리지 않았다.

아버지와 어머니는 사쿠타의 질문을 듣고도 표정에 별다

른 변화가 없었다.

"아카기? 응, 기억해. 여학생이었지?"

"맞아."

"어머니가 변호사였을 거야."

그것은 처음 듣는 이야기다. 이쿠미의 성실함과 정의감은 법률 전문가인 어머니에게 영향을 받은 걸지도 모른다.

"아카기 씨는 학부모회의 임원이기도 했지."

아버지도 덧붙여 말했다.

"응, 맞아. 자기 일이 있는데도 말이야. 참 대단한 사람이었어."

왕성한 활동력도 어머니에게 물려받은 것 같았다. 고등학교 때는 학생회장의 소임을 다하며 봉사 활동까지 했고, 지금은 정의의 사도로 활동하면서 간호사를 꿈꾸고 있다.

"그런데, 왜 갑자기 그런 걸 묻는 거니?"

어머니가 요리를 하면서 물었다.

"같은 대학에 다니거든. 학부가 다른데, 우연히 마주쳤어. 하지만 어떤 애였는지 생각이 안 나서 물어본 거야."

"그럼 마침 잘 된 걸지도 모르겠는걸."

"뭐?"

아버지가 천천히 자리에서 일어나더니, 침실로 이어지는 장지문을 열고 들어갔다. 그리고 돌아온 아버지는 두꺼운 종이 케이스에 싸인 앨범을 들고 있었다.

"......."

아버지는 아무 말 없이 그것을 내밀었다.

받아보니, 꽤 묵직했다.

"이건……."

실은 물어보지 않아도, 짐작이 됐다.

머리에 떠오른 단어는 딱 하나다.

졸업 앨범.

"겨울 물건을 꺼내다 보니, 섞여 있더구나."

케이스에서 앨범을 꺼냈다.

표지에는 사쿠타가 다녔던 공립 중학교의 이름이 새겨져 있었다.

반갑다는 느낌은 들지 않았다.

이 졸업 앨범을 보는 것 자체가 처음이다.

받은 후로 펼쳐본 적이 없다. 케이스에서 꺼낸 적도 없을 것이다.

이 새 앨범은 이사를 하면서 버렸다.

하지만, 어떻게 된 건지 지금 사쿠타의 수중에 있었다.

"이사업체 사람이 눈치채고, 진짜로 버려도 되는지 나한 테 물어보더구나."

"......."

"지금은 버려도 된다고 생각했지만, 몇 년 후에는 생각이 달라질지도 모른다. 그 업자는 그렇게 생각했겠지."

"응……."

사쿠타는 애매모호하게 답하면서 첫 페이지를 펼쳤다.

오랫동안 케이스 안에 들어 있었던 앨범은 딱딱했고, 페이지와 페이지도 딱 붙어 있었다. 페이지를 넘길 때마다, 찍직하는 메마른 소리가 거실에 울려 퍼졌다.

3학년 1반 페이지에서 손이 멈췄다.

그 반의 첫 페이지에는 퉁명한 표정을 짓고 있는 사쿠타가 있었다.

일본어식 어순 표기 순서로 가장 처음인 이가 『아즈사가와』인 것이다.

여자 쪽 처음은 담담한 표정을 짓고 있는 이쿠미였다.

그녀는 어순 표기 순서로 가장 처음인 『아카기』인 것이다.

그것을 보고 조금 생각났다.

3학년이 된 직후, 사쿠타는 이쿠미와 가장 앞자리에 나란히 앉았다. 출석 번호도 둘 다 1번이다.

그리고 페이지를 넘겼다. 그때마다 종이 혹은 도료 냄새를 머금은 바람이 사쿠타의 콧속으로 스며들어왔다. 딱히 반갑지는 않은데도, 반가운 기분을 가져다줬다. 몸이 그런 반응을 하도록, 유전자에 새겨져 있는 걸까.

각 반별 페이지가 끝나자, 랜덤으로 구성된 학교행사 사진이 사쿠타의 눈에 들어왔다. 입학식 때의 풋풋한 모습. 약동감 넘치는 체육제 광경. 분장을 한 건 문화제 때 사진일까. 구기 대회, 수학여행 사진도 있었다.

　다들 즐거워 보였으며, 3년 동안의 충실한 나날이 그 안에 담겨 있었다.

　그 어디에도, 사쿠타가 맛봤던 잿빛 경치는 존재하지 않았다. 화려하게 꾸며진 중학교 생활이, 이 앨범 안에 뻔뻔하게 남겨져 있었다.

　페이지를 계속 넘기자, 이윽고 흑백 문집에 도달했다.

　한 페이지에 남녀 한 명씩의 글이 실려 있었다. 3학년 1반의 첫 페이지에는 『아즈사가와 사쿠타』와 『아카기 이쿠미』의 이름이 위아래로 적혀 있었다.

　이상적인 나 자신이 되기 위해

　　　　　　　　　　　3학년 1반 아카기 이쿠미

　초등학교를 졸업할 때, 저는 앨범의 문집에 「남에게 도움이 되는 어른이 되고 싶어요」라고 적었습니다. 당시에는 중학생이면 어른이나 다름없다고 생각했지만, 중학교를 졸업하게 된 지금도 저는 아직 목표를 달성하지 못했습니다.

　1학년 때는 학급 반장을 맡았고, 체육제와 문화제 준비 및 운영을 선배들과 협력해서 했습니다. 특히 문화제 때는 방과 후에 늦게까지 학교에 남아야 했고, 선생님이 준비해주신 간식을 먹으며 충실한 시간을 보냈습니다. 지금 생각해봐도 즐거운 나날이었습니다.

2학년 때의 추억이라면, 역시 학생회입니다. 서기로서 처음 참가하게 된 학생회에서의 일은 전부 신선하고 보람이 넘쳤습니다. 각 클럽 활동 및 각 위원회를 접할 기회도 많아서, 클래스메이트 이외의 친구와 선배, 후배들과 사귀면서 함께 학교생활을 보낼 수 있었던 것은 정말 감사하게 생각합니다.

3학년 때, 저는 아무것도 하지 못했습니다.

그러니 고등학교에서는, 꼭 남에게 도움이 되는 어른이 되고 싶어요.

거기에는 모범적으로 구성된, 이쿠미다운 문장이 실려 있었다.

그녀의 성실한 성격이 그대로 형태를 자아내고 있는 것 같았다.

그렇기에 단 한 줄 뿐인 3학년 부분에서, 사쿠타는 이쿠미의 강렬한 후회를 느꼈다.

실은 더 길게 쓰고 싶었을지도 모른다.

아니, 실제로는 적었을지도 모른다.

하지만 제출한 후, 담임 교사에게 지적을 받아서 고친 게 아닐까.

그 결과로 실린 이 간결한 한 문장이 인상에 남았다.

지나친 생각일지도 모르지만, 사쿠타는 그런 느낌에 사로

잡히고 말았다.

　―아무것도 하지 못했습니다.

　그 한 마디가 어느 시기의 어떤 일을 가리키는지, 그 반의 학생이라면 누구라도 알 것이다.

　역시, 이쿠미는 후회하고 있다.

　사쿠타를 구해주지 못했던 것을.

　그리고, 그 마음을 지금도 간직하고 있다. 자신이 졸업 문집에 무엇을 썼는지…… 똑똑히 기억하고 있다는 것이, 가장 큰 증거다.

　그녀에게 있어, 졸업 앨범에 일부러 남긴 그 한 문장은 자기 자신을 향한 훈계가 아닐까.

　분명, 대부분의 인간은 졸업 앨범에 뭘 적었는지 기억하지 못할 것이다. 사쿠타는 까맣게 잊었다.

　―언젠가, 상냥함에 도달하고 싶다.

　학교 축제에서 이쿠미에게 자신이 그렇게 적었다는 말을 듣고도, 솔직히 말해 감이 오지 않았다. 진짜로 그렇게 적었을까. 그런 의문마저 떠올랐다.

　그 페이지의 윗부분에는 사쿠타의 작문이 적혀 있었다.

　당시의 일은 아무것도 떠올릴 수 없다. 그런 기대를 담아, 사쿠타는 중학생 때 쓴 글씨체가 엉망인 문장을 읽었다.

　글씨가 엉망이며 내용도 두서가 없었다. 일단 뭐라도 적으라고 하니, 적기 싫은데도 억지로 적은 티가 역력히 나는 문장이었다.

하지만, 속 빈 강정 같은 이 글을 끝까지 읽을 가치는 있었다.

몇 번을 다시 읽어봐도, 적혀 있지 않았다. 어디에도 적혀 있지 않았다. 「언젠가, 상냥함에 도달하고 싶다」란 말은…….

위화감이 사쿠타를 휘감았다. 어지러울 정도로 사쿠타의 머릿속을 헝클어놓았다.

사쿠타는 그 말을 쓰지 않았다.

하지만, 그것은 사쿠타가 아는 말이다.

첫사랑인 사람이 알려준, 소중한 말…….

그것을, 이쿠미가 어떻게 아는 것일까.

소용돌이치고 있는 생각이 한곳으로 모여들며 정리됐다. 그것은 이윽고 하나의 정답을 자아냈다.

"그 녀석, 혹시……."

그 답을 머릿속에 떠올린 순간, 몸속 깊은 곳이 차갑게 식으며 오한이 밀려왔다.

아마, 이것이 진실일 것이다.

그렇게 확신했다.

하지만, 기분은 전혀 좋아지지 않았다. 눈곱만큼도 개운해지지 않았다.

겨우 답을 찾아냈지만, 사쿠타는 이쿠미가 뭘 하려는 건지 알 수가 없었으니까…….

제4장

힐베르트 공간의 너머에서

1

점심시간이 끝난 오후 세 시. 한 시간 전만 해도 시끌벅적한 분위기였던 패밀리 레스토랑 안은 어느새 차분한 분위기를 되찾았다. 빈자리가 없던 좌석 또한 어느새 절반 정도는 비었다.

이 정도면 슬슬 퇴근해도 될 것 같았다.

그런 생각을 하고 있을 때…….

"아즈사가와 군, 먼저 자리 비워도 돼."

점장이 그렇게 말했다.

"그럼, 먼저 실례할게요."

그렇게 말한 사쿠타는 타임 카드를 찍은 후, 휴게실에 들어갔다. 그러자 스태프용 냉장고를 들여다보고 있는 여고생의 엉덩이가 사쿠타를 맞이했다. 저래서야 눈 가리고 아웅이다.

"코가, 너의 소중한 엉덩이가 훤히 보여."

사쿠타가 지적하자, 토모에가 재빨리 몸을 일으키며 양손으로 엉덩이를 가렸다.

"선배는 진짜 최악이야."

토모에는 볼을 부풀리며 그를 노려보았다. 본인은 화내는 거라고 생각하겠지만, 사쿠타가 보기에는 도토리를 입에 가득 넣은 다람쥐와 별반 다르지 않았다. 아니, 통통하게 살이 찐 햄스터일까. 아무튼 훈훈한 모습이었다. 그리고 귀여웠다.

"냉장고 안의 슈크림, 일전의 답례야."

"한 개면 된다고 말했잖아."

토모에는 불평을 늘어놓으면서 냉장고 안에 있는 흰색 상자를 꺼냈다. 한 손으로 들기에는 커다란 상자였다. 그 안에는 슈크림이 열 개나 들어 있었다.

아르바이트를 하러 오는 길에 사쿠타가 JR후지사와 역 개찰구 밖에 있는 슈크림 가게에 들러서 사온 것이다. 나중에 아르바이트를 하러 올 토모에가 알아볼 수 있도록, 냉장고 문에 『코가용 슈크림 먹지 말 것』이라는 종이도 붙여뒀다.

"이런 것까지 붙여놓다니, 너무해!"

토모에는 냉장고에서 떼어낸 종이를 사쿠타의 얼굴을 향해 내밀었다.

"파트타임 아주머니가 『혼자 다 먹을 거니?』 하고 물어보며 웃었단 말이야."

"남는 건 다른 사람한테 나눠줘. 카에데도 좀 있다 올 거야."

"그럼 『모두를 위한 간식』이라고 적어두란 말이야."

"아, 이러면 더 재미있을 것 같았거든."

사쿠타는 종이를 건네받더니, 구긴 후에 쓰레기통에 넣었다.

"나는 하나도 재미없거든?"

토모에는 그렇게 말하면서 스티커를 뜯더니, 상자를 열었다. 메이플 시럽의 달콤한 향기가 코를 찔렀다.

"맛있겠네."

토모에는 환희에 찬 목소리로 그렇게 말한 후, 한 입 베어 물었다. 짜증은 크림과 함께 달콤하게 녹아내리더니, 볼 안을 행복으로 가득 채웠다.

사쿠타는 그 틈에 휴게실에 설치된 로커 너머로 향했다. 천장에 닿을 듯한 로커로 구분된 이 좁은 공간이 남성 스태프용 탈의실이다.

웨이터의 앞치마와 셔츠, 바지를 벗었다. 팬티 한 장만 걸친 상태에서……

"참, 코가."

……하고, 로커 너머에 있는 토모에에게 말을 걸었다.

"머야~?"

그러자, 슈크림을 입 안 가득 품고 있는 듯한 목소리가 들려왔다.

"『#꿈꾸다』라는 건 알지?"

"선배, 그걸 이제야 안 거야?"

유행의 최첨단을 달리는 요즘 여고생에게 있어서는 이미 한물간 화제인 것 같았다.

"미래 예지의 선배로서, 어떻게 생각해?"

"좀 별로라고 생각해."

"코가의 미래 시뮬레이션에 비하면, 별것 아니긴 해."

솔직히 말해, 소악마의 미래 시뮬레이션이 훨씬 엄청나다. 한 달 단위의 미래를, 실시간으로 선행 체험했으니까……

"딱히, 비교하려는 건 아닌데……."

"엉터리라고는 생각하지 않는구나."

"그야, 뭐……."

뭔가 의미심장한 대답이다.

"혹시, 코가도 경험한 적 있는 거야?"

"내가 아니라…… 나나의 꿈이 현실이 됐어."

나나란 토모에의 친구인 요네야마 나나를 말하는 것이리라.

"어떤 꿈인데?"

"내가 바다에서 남자들에게 헌팅을 당하는……."

토모에는 내키지 않는 투로 실토했다.

"그거, 언제 이야기야?"

"7월 말."

오늘은 11월 27일이다. 그러니 넉 달 전의 일이다. 처음에 토모에가 「이제야」 하고 말한 것도 납득이 됐다. 그렇게 예전부터, 『#꿈꾸다』는 존재했던 것이다.

"그러고 보니, 올해는 코가의 수영복을 못 봤는걸."

"작년에도 안 보여줬거든?!"

"아하, 매년 새 수영복을 사는구나. 내년을 기대할게."

"이야기 탈선시키지 말아 줄래?"

"뭐, 코가는 자주 헌팅을 당하잖아."

"나한테 말을 건 상대가 나나가 꿈에서 봤던 남자와 똑같았거든. 그래서 선배에게 이야기해주는 거야."

로커 너머에 있는 토모에의 불만스러운 표정이 사쿠타의 눈앞에 어른거렸다. 슈크림을 한 개 더 먹는 편이 좋을 것 같았다.

"그럼 그 헌팅남은 어떻게 됐어?"

"나나와 사귀게 됐어."

"뭐?"

사쿠타는 그 뜻밖의 전개를 듣고 당황했다.

"나나와 같은 중학교에 다녔던 남자애였거든."

같은 중학교에 다녔다는 이유만으로 사귀게 된다면, 사쿠타도 지금쯤 이쿠미와 연인 사이가 되었을 것이다.

"실은 예전부터 서로에게 마음이 있었다거나?"

"나나가 짝사랑했었나 봐. 하지만 상대는 아니었던 것 같아. 『어? 요네야마?!』하며 깜짝 놀랐거든."

"아하~ 그렇게 된 거구나. 코가의 영향으로 요네야마 양도 좀 변했으니 말이야."

나나는 때때로 이 패밀리 레스토랑에 손님으로 오기 때문에, 사쿠타도 두 달에 한 번 정도의 빈도로 그녀를 본다.

처음 만났을 때는 조용하고 얌전한 고등학교 1학년이었지만, 그 후로 2년이 지난 지금은 꽤 달라졌다.

고등학교에 올라오며 이미지 변신을 한 토모에처럼 딴판

으로 바뀌지는 않았지만, 중도 경과를 모르는 남자가 본다면 깜짝 놀라는 것도 무리는 아니다. 간단히 말해, 귀여워진 것이다.

사쿠타는 사복으로 갈아입은 후, 로커 뒤편에서 휴게실로 이동했다.

다 먹은 슈크림 포장지를 곱게 접는 토모에의 표정에는 석연치 않은 감정이 어려 있었다.

"요네야마 양에게 추월당한 게, 그렇게 충격인 거야?"

"그, 그런 게 아니거든?! 지난주에 사귀기로 했다는 말을 듣고 놀라기는 했지만…… 조금 조바심이 나는 것뿐이야."

"그건 참 코가다운 고민인걸."

"그 말은 어떤 의미야?"

솔직하고 순수하다는 의미지만, 그 말을 입에 담는 건 좀 머뭇거려졌다. 순수한 칭찬일지라도, 토모에는 그렇게 받아들이지 않을 것이다. 게다가 토모에는 사쿠타가 무슨 말을 할지 알고 있는 듯한 표정이었다. 즉, 사쿠타를 바라보는 그녀의 눈에는 불만이 어려 있었다.

"조바심 난 바람에 이상한 남자와 사귀지는 마."

"선배보다 더 이상한 사람은 거의 없으니까 괜찮아."

"칭찬 고마워."

사쿠타는 대충 답한 후, 토모에의 머리에 조그마한 상자를 올려뒀다.

"헤어스타일이 망가지니까 이러지 마."

토모에는 불평을 늘어놓으며 머리 위에 놓인 상자를 치웠다. 그리고 테이블에 내려놓은 그 상자를 보면서 눈을 깜빡였다.

"어? 선배, 이건……."

사쿠타가 건네준 상자는 최신형 와이어리스 이어폰이었다. 일전에 토모에가 대학 합격 선물로 가지고 싶다고 말했던 물건이다.

"나, 아직 선배한테 추천 결과는 말 안 했지?"

"지정 고교 추천에서 떨어진 거야? 코가도 꽤 하는걸."

고교별로 정해진 추천 인원으로 대학 수험을 치르는 만큼, 불합격은 거의 없을 텐데……. 면접에서 완전히 망치지 않는 한 말이다.

"거, 걸리긴 했어."

"그럼 약속대로, 합격 선물이야."

"진짜로 주는 거야? 이거, 비싼 거잖아."

"꼼수를 썼거든. 땡전 한 푼 안 들었어."

"그게 무슨 소리야?"

"즛키한테 이야기했더니, 주더라고. 모든 색상을 다 받아서 남아돈다던가?"

이 이어폰의 CF에 출연한 이가 바로 우즈키인 것이다.

"그걸 내가 받아도 되는 거야?"

"후배에게 합격 선물로 줄 거라고 즛키한테 이미 말했거든. 스마트폰이 없는 내가 이런 걸 쓸 리 없다는 것도 알고 말이야."

"그렇구나. 그럼 받아도 되겠네."

"이제 실컷 놀 수 있겠는걸."

"나나가 아직 수험 중이라 그럴 수 없거든? 아무튼 고마워, 선배."

토모에는 상자에서 이어폰을 꺼내더니, 스마트폰과 링크시키려고 했다. 그러던 도중, 「아, 맞다」 하고 말하며 고개를 들었다.

"선배 말을 듣고 생각난 건데……."

"뭘?"

"어제, 신경 쓰이는 글을 봤어……. 우리 고등학교에 관한 거였거든."

그렇게 말하며 스마트폰을 향해 고개를 돌린 토모에가 SNS의 화면을 스크롤시켰다.

"찾았다. 이거야."

고개를 든 토모에가 사쿠타에게 SNS의 글을 보여줬다.

―11월 27일, 교실 형광등이 깨져서 다치는 꿈을 꿨어. 아야야~. 미네가하라 고교의 2학년 1반이니까, 부활동 끝나고 옷 갈아입을 때일 거야. 농구공으로 노는 건 금지 좀 하자……. #꿈꾸다

확실히, 이게 사실이라면 신경 쓰일 것이다.

하지만, 사쿠타는 이 글이 가짜라는 걸 알기에 전혀 신경 쓰이지 않았다. 이 글을 올린 사람은 사쿠타다. 새로운 계정을 일부러 만들어서…….

"뭐, 괜찮을 거야."

"왜?"

"정의의 사도가 해결해줄 게 틀림없거든."

이쿠미라면 반드시 올 것이다. 사쿠타는 그녀가 낚일 수밖에 없는 미끼를 뿌렸다.

"선배, 무슨 소리를 하는 거야?"

어처구니없어하는 토모에의 눈은 「머리, 괜찮아?」 하고 말하는 것 같았다.

정말 어이가 없었지만, 하나하나 설명하는 건 좀 귀찮았다. 게다가 사쿠타는 중요한 볼일을 보러 가야 한다. 정의의 사도와 결투를 하러 가야 하는 것이다…….

그런 생각을 하고 있을 때였다.

"안녕하세요."

카에데가 휴게실에 들어왔다.

"카에데, 어서 와."

"안녕하세요, 토모에 씨."

미소를 지으며 인사를 나눈 후, 카에데가 진지한 표정으로 사쿠타를 쳐다보았다.

"오빠, 리오 씨가 밖에서 기다리고 있어."

"그 녀석, 시간 딱 맞춰서 왔는걸."

휴게실에 설치된 시계는 오후 3시 20분을 가리키고 있었다.

"그럼 먼저 가볼게."

"아, 응. 선배, 수고했어~. 카에데, 슈크림 먹을래?"

"만세~. 잘 먹을게요."

"나도 한 개 더 먹을까……."

그런 대화를 들으면서, 사쿠타는 휴게실을 나섰다.

카에데의 말대로, 리오가 패밀리 레스토랑 밖에서 기다리고 있었다.

가로등 옆에 멀뚱멀뚱 서 있었다.

"기다렸지? 오라고 해서 미안해."

"괜찮아. 어차피 학원 아르바이트를 하러 가야 하거든."

리오는 그렇게 말하며 걸음을 내디뎠다.

사쿠타도 그런 리오의 옆에 섰다.

이 길을 따라 역 쪽으로 쭉 나아가다 보면, 도중에 리오와 사쿠타가 아르바이트를 하는 개별지도형 학원이 있다.

"우선, 아카기 이쿠미의 사춘기 증후군 말인데…… 아즈사가와가 생각하는 게 맞을 거라고 생각해. 그것일 가능성이 가장 커."

사쿠타는 졸업 앨범을 본 후, 전화로 리오와 상의했다. 그 후로 좀처럼 타이밍이 맞지 않아서 오늘에서야 제대로 된 대답을 들었다.

"좀 믿기지 않는 이야기지만 말이야."

"그렇겠지."

사쿠타도 제 생각에 확신은 없었다.

"내가 같은 입장이라면, 그녀처럼 하지는 못했을 것 같아."

"동감이야."

사쿠타의 상상이 옳다면, 이쿠미는 대학 입학식 때부터 이미 사춘기 증후군에 걸린 것이 된다. 그런 상황이 오늘까지 이어져 온 것이다. 거의 여덟 달 동안 말이다.

아마, 자신의 의지로 사춘기 증후군을 그대로 두었을 것이다.

그것이 도저히 믿기지 않지만, 리오가 동의해준 덕분에 사쿠타는 자기 생각을 믿을 마음이 들었다.

"그런데, 『우선』이라고 말한 걸 보면 다른 뭔가가 있는 거야?"

리오는 처음에 그런 말을 입에 담았다.

사쿠타로서는 방금 들은 이야기만으로 요건은 전부 갖춰졌다.

"앞을 봐."

리오는 사쿠타의 대답을 듣지 않고, 스마트폰을 꺼냈다.

"네~."

리오는 손가락으로 스마트폰의 화면을 조작했다. 앞에서

걸어오는 이들과 부딪치지 않도록, 사쿠타는 리오를 유도하며 걸음을 옮겼다.

약 30초 후, 리오는 「이거」 하고 말하며 스마트폰의 화면을 사쿠타에게 보여줬다.

표시된 것은 SNS에 올라온 글이었다.

『#꿈꾸다』라는 글자가 가장 먼저 눈에 들어왔다.

오늘 날짜…… 『11월 27일』에 관해 적힌 글이다.

그 글은 이번 달 초에 올라온 것이다.

—11월 27일, 중학교 동창회에 갔다. 이 꿈이 현실에서 일어날까 봐 무서워. #꿈꾸다

"이것 말고도 비슷한 게 열 건 이상 올라와 있어."

리오는 스마트폰을 조작해서, 다른 글을 차례차례 보여줬다.

—11월 27일, 일요일. 바닷가에 있는 가게에서의 동창회. 그것도 중학교 동창회? 하지만, 다들 즐거워 보여. 엄청 의외야. 이 꿈이 현실이 되는 걸까. #꿈꾸다

—11월 27일. 오늘 꿈에 나온 그건, 동창회일까? 커다란 다리가 보이는 가게야. 다들 리얼하게 성장해 있던데, 이 꿈도 현실이려나. 에이, 그럴 리 없어. #꿈꾸다

—11월 27일이 아마 맞을 거야. 우와~ 중학교 동창회를 한다는 말을 듣자마자 바로 꿈에 나왔어. 그 가게, 초대장에 적힌 장소 맞거든. 진짜 현실일까. 하지만 그 반은 좀 그런데. 그래도 다들 즐거워 보였어. 으음, 어떻게 할까. #꿈꾸다

날짜는 정확했다.

글을 쓴 이들의 프로필을 보니, 사쿠타와 비슷한 또래 같았다. 다니는 대학교와 사는 지역을 유추할 수 있는 프로필도 있었으며, 다들 가까운 지역에서 사는 것 같았다.

하지만 카나가와 현 전체를 뒤져보면, 오늘 동창회를 하기로 되어 있는 학교와 반은 더 있을 것이다.

단순한 우연. 지나친 생각.

그렇게 생각할 수도 있겠지만, 사쿠타는 그럴 수 없었다.

"이거, 아즈사가와와 연관이 있지 않아?"

"아마 있을 거야. 보다시피 초대장도 있거든."

사쿠타는 가방 호주머니에서 엽서 사이즈의 종이를 꺼내서 리오에게 보여줬다. 일전에 이쿠미가 건네준 것이다.

11월 27일에 열리는 동창회 안내문이다. 시각은 오후 네 시부터 여섯 시까지 두 시간. 장소는 요코하마의 베이 에어리어. 오오산 다리가 보이는 위치다.

SNS에서 언급된 가게의 분위기와 딱 들어맞는다.

"아카기 이쿠미도, 동창회의 꿈을 꿨다며?"

"상해 사건이 일어난다고 했어."

가르쳐준 이는 전남친인 타카사카 세이이치다. 확인해보니, 이쿠미의 것으로 보이는 계정에 그렇게 적혀 있었다.

"이 정도로 『#꿈꾸다』가 집중되어 있는 건 우연일까?"

"그건 내가 묻고 싶어."

"뭐, 아즈사가와가 이미 손을 써둔 것 같으니까 걱정은 안 하지만……."

리오는 걸음을 멈췄다. 학원이 있는 빌딩 앞에 도착한 것이다.

"하지만?"

"일단, 조심해."

"뭘?"

"찔리는 사람이 아즈사가와일지도 모르잖아."

리오는 그렇게 말한 후, 빌딩 안으로 들어갔다.

"……."

그 가능성은 가능하면 생각하고 싶지 않다.

"……복부에 잡지라도 넣어둘까."

우연히 눈에 들어온 편의점 잡지 코너에는 마이가 표지를 장식한 패션 잡지와, 스위트 불릿이 환한 미소를 짓고 있는 소년지가 있었다.

2

오래간만에 탄 에노전은 반가움과 함께 어색한 기분을 사쿠타에게 안겨줬다.

고등학생 시절에 매일 같이 통학을 위해 탔던 전철.

당연하게 느껴졌던 전철 안의 느긋한 분위기.

민가 사이를 가르며 달리는 전철이 자아내는 익숙한 창밖 풍경.

바퀴와 레일, 연결부가 삐걱거리며 자아내는 주행음이 복고적인 느낌을 자아냈다.

그 모든 것은 한때 사쿠타의 일상이었다.

그리고, 지금은 그렇지 않았다.

대학에 진학한 후로는 에노전의 플랫폼이 있는 후지사와 역 남쪽으로 향할 일 자체가 드물어졌다는 것을, 사쿠타는 이제야 깨달았다.

아르바이트를 하는 패밀리 레스토랑과 학원은 북쪽에 있으며, 항상 쇼핑하는 슈퍼마켓에 갈 때도, 집으로 돌아갈 때도, 항상 역 북쪽 출입구로 이용했다.

그래서 에노시마 역을 지나 한동안 나아간 후에 펼쳐지는 노면 구간을 달릴 때는 자연스레 경치에서 눈을 떼지 못했다. 다음 역인 코시고에 역을 떠난 후에도, 부딪칠 것처럼 가까운 민가의 돌담과 가로수를 계속 쳐다보았다.

손을 뻗으면 닿을 것만 같을 정도로 아슬아슬한 거리에서, 경치가 흘러가고 있었다. 곧 부딪치는 건 아닌가 싶어 불안이 엄습했을 때, 선로가 국도 134호선과 닿으면서 창밖이 순식간에 푸른색으로 물들었다.

서쪽으로 기울어가는 태양이 비친 바다는 빛나고 있었다.

투명하게 느껴질 만큼 푸르고 새하얀 하늘은 끝없이 펼쳐져 있었다.

그 한가운데에 그려진 수평선은 빛을 뿜고 있는 것처럼 보였다.

고등학생 시절에는 매일 같이 봤던 경치.

일상 속에 존재했던 별것 아닌 풍경.

하지만, 지금은 특별한 통학로였다.

대학생이 된 지금은 그런 생각이 강렬하게 들었다.

—다음 정차역은 시치리가하마입니다.

이 차분한 여성의 안내 방송 또한, 오래간만에 들었다.

시치리가하마 역의 조그마한 플랫폼에 내리자, 텅 빈 세상에 내던져진 것처럼 역은 정적이 감돌고 있었다. 꽤 혼잡하던 에노전의 전철 안과는 대조적으로, 타거나 내리는 사람이 거의 없었다. 이용객이 적을 시간대 같았다.

하지만, 그렇다고 쓸쓸하지는 않았다. 이 역에 내린 순간, 바다 냄새가 온몸을 감쌌기 때문이다. 후각이 자아낸 기억이 몸 안의 혈관을 타고 돌면서 반가움을 온몸에 전해줬다. 그 시절의 기억을 세포가 떠올리고 있었다.

교통카드를 개찰구에 대며 역을 나섰다.

몇 걸음 내디디자, 조그마한 다리 너머에 있는 반가운 학교가 눈에 들어왔다.

사쿠타가 작년까지 3년 동안 다닌 미네가하라 고교다.

함께 전철을 내린 이들은 바다로 이어지는 완만한 내리막 길을 내려갔다. 사쿠타만이 반대로 나아갔고, 차단기가 올라가자마자 건널목을 건넜다.

그 너머에 있는 건, 미네가하라 고교의 교문이다.

사쿠타는 크게 한숨을 내쉰 후, 반쯤 열린 그 문 안으로 들어갔다.

재학생일 때는 느끼지 못했던 독특한 긴장감이 느껴졌다.

졸업생이라고는 해도, 지금은 외부인인 것이다.

게다가, 교내를 사복 차림으로 돌아다니는 것도 기분이 묘했다.

하지만 다행스럽게도, 일요일인 오늘은 교내에 학생이 없었다. 부활동을 위해 등교한 학생들도 있겠지만, 사쿠타는 아무와도 만나지 않으며 건물에 도착했다.

가장 먼저 들른 곳은 사무실이다.

체육관에서 들려오는 농구공 소리를 등 너머로 들으며, 「실례합니다」 하고 말한 사쿠타는 유리문에 가볍게 노크를 했다.

그러자 사무원 아주머니가 안쪽에서 얼굴을 내밀었다.

"연락을 준 졸업생분이군요."

"네, 아즈사가와 사쿠타입니다."

"그럼, 여기에 이름을 적어주세요."

아주머니가 내민 공책에 이름을 쓰려던 순간, 위 칸에 적힌 이름이 눈에 들어왔다.

　—아카기 이쿠미

　옆에 적힌 방문 시각은 3시 40분. 15분 정도 전. 날짜는 오늘이다.

　"아, 이 사람? 대학 리포트 같은 것에 필요하니 교내를 견학하게 해달라는 학생이 한 명 찾아왔었어요."

　"그런가요."

　사쿠타는 대충 대답했다. 그도 비슷한 이유를 대며, 오늘 교내를 견학하게 해달라는 요청을 해뒀다.

　공책에 이름을 적었다.

　"학생의 개인정보 파악에 쓰일 수 있는 사진 같은 건 촬영을 자제해 주세요."

　"네."

　"그리고 교내에서는 이걸 목에 걸고 계세요."

　아주머니가 내민 것은 『내빈』이라고 적혀 있는 끈 달린 카드였다.

　"볼일을 마치면, 반납하시고요."

　"그럴게요."

　사쿠타는 그 카드를 목에 걸었다.

　"아마 한 시간도 안 걸릴 거예요."

　사무원 아주머니에게 그렇게 말한 사쿠타는 걸음을 떼며 학교 안으로 들어갔다.

휴일의 교내에서는 불가사의함과 반가움이 느껴지지 않았다.

강렬한 정적이 추억에 잠길 분위기를 흐트러뜨리고 있기 때문일까.

들리는 것이라고는 계단을 오르는 사쿠타의 발소리뿐이다.

계단 한 칸 한 칸을 확인하듯 올라간 사쿠타는 2층에 도착했다.

일직선으로 뻗은 복도. 시야를 가리는 건 아무것도 없다. 아무도 없다. 2학년 1반에서 9반까지의 명패가 튀어나와 있을 뿐이다.

아무것도 변하지 않았다. 졸업하고 1년도 채 지나지 않았으니, 변했을 리가 없을지도 모른다.

하지만, 이제 이곳은 자신이 있을 곳이 아니라는 것을 사쿠타의 몸이 이해하고 있는 것 같았다.

거북한 느낌이 들었던 것이다. 허가를 받고 들어왔는데도, 나쁜 짓을 하는 듯한 느낌이 가슴 언저리에서 감돌았다.

하지만, 지금은 그런 것을 신경 쓸 때가 아니다. 모교를 탐색하기 위해, 사쿠타는 여기에 온 것이 아니다.

2학년 교실은 하나같이 문이 닫혀 있었다.

하지만 유심히 보니, 딱 한 곳의 문만 열려 있었다.

2학년 1반의 뒷문.

당시에 사쿠타가 속해 있던 반이다.

1년간 이용하며, 추억이 어려 있는 교실이다.

열린 문 쪽으로, 한 걸음씩 걸어갔다.

그리고 주저 없이 안으로 들어갔다.

"……."

사쿠타가 들어가자마자 걸음을 멈춘 건, 교실에 먼저 와 있는 손님이 있기 때문이다.

창가에 누군가가 서 있었다. 가장 앞자리의 옆. 창문에서 불어 들어온 바람을, 고등학교 교실에 어울리지 않는 사복 차림으로 맞고 있었다. 사쿠타는 그 뒷모습이 눈에 익었다.

이쿠미다.

이 교실에 누군가가 들어왔다는 것을, 그녀는 눈치챘을 것이다.

사쿠타가 한 걸음 내디딜 때마다, 슬리퍼가 자아낸 우스꽝스러운 발소리가 조용한 교실 안에 울려 퍼졌다.

교실 뒷문에서 곧장 나아간 사쿠타는 바다가 보이는 창가에서 멈춰 섰다. 창문의 고리를 돌려서 열자, 바다에서 불어온 서늘한 바람이 사쿠타의 볼에 닿았다.

그 바람도 사쿠타에게 반가움을 안겨줬다.

창가 자리가 됐을 때는 수업 중에 멍하니 바다를 쳐다보고는 했다. 어찌된 건지 아무리 봐도 질리지 않았다. 바다는 그런 인력을 가지고 있었다.

"아카기는 쭉 후회하고 있었구나."

"……."

사쿠타가 말을 걸어도, 이쿠미는 아무 말도 하지 않았다. 그저 바다를 쳐다보기만 했다.

"카에데의 몸에 저절로 상처와 멍이 생기는 걸 선생님과 클래스메이트들이 믿어줬으면 했던, 누군가가 도와줬으면 했던 그때의 일을……."

결과는 두 사람 다 알고 있다. 사쿠타의 말은 아무도 믿어주지 않았고, 선생님과 클래스메이트들은 도움의 손길을 내밀지 않았다.

사쿠타에게 향한 것은 「아즈사가와, 제정신이 아냐」 혹은 「저 녀석, 미친 것 같아」 같은 말, 그리고 차가운 시선 뿐이었다.

"나를 도와주지 못했던 것을, 후회하는 거구나."

실제로 사쿠타를 구해준 것은 꿈속에서 만났던 불가사의한 여고생과의 어렴풋한 기억이다. 영혼에 새겨진 첫사랑 여고생의 기억. 그것이 사쿠타를 인도해줬다.

"조금, 달라."

이제까지 입 다물고 있던 이쿠미가 사쿠타를 쳐다보았다.

"다르다니?"

"내가 후회하는 건, 친구한테서 『이쿠미, 이 분위기 좀 어떻게 해봐』라는 말을 들었는데 아무것도 못 한 거야."

"……."

"어릴 적부터 차분하다, 믿음직하다…… 부모님과 선생님, 친구에게 그런 말을 들어와서, 나는 뭐든 다 할 수 있을 줄 알았어."

실제로 이쿠미는 같은 또래에 비해 충분히 차분했다. 믿음직한 것도 사실일 것이다. 그때까지는 주위의 기대에 항상 부응해왔다. 자기에게 주어진 일을 해내지 못한 적이 없었을 것이다. 해낼 수 있도록 노력해서, 전부 해냈으리라.

하지만, 중학생 때의 그 일은 너무나도 비정상적이었다.

카에데는 집단 괴롭힘을 당하면서 사춘기 증후군에 걸렸고, 해리성 장애까지 발병했다. 중학교 3학년이 해결한다는 것 자체가 말도 안 된다.

애초에 이쿠미가 짊어져야 할 문제가 아니었던 것이다.

하지만, 이쿠미는 그것을 변명으로 삼지 않았다. 그때부터 쭉……. 오늘, 이날까지…….

"결국, 나는…… 그때 넘어진 후로, 어쩌면 좋을지 모르는 채로 계속 이제까지 살아왔다고 생각해. 다시 일어서지도 못한 채……."

이 성실함이 사춘기 증후군을 일으키는 요인이 된 것이 틀림없다. 솔직하고, 완고하며, 스스로에게 엄격함을 지녔다. 그것이 이쿠미다움이라 할 수 있을 것이다.

"오늘은 이런 옛날이야기나 하려고 여기로 부른 거야? SNS에 가짜 글까지 올리면서 말이야."

"다친 사람이 없어서 다행 아냐?"

"그렇기는 해. 하지만, 더는 이런 짓을 하지 마. 덕분에, 동창회에 못 가게 됐잖아."

이쿠미는 바다를 쳐다보았다.

교실의 시계는 오후 네 시를 가리켰다. 동창회가 시작될 시간이다. 간사가 건배 인사를 시작했을까.

"애인 있는 여자애들이 으스대기나 하니까, 안 간다며?"

"일단 학급 반장으로서의 소임을 다할까 했어."

그녀다운 이유다.

"지금 이 상황도 어찌 보면 동창회잖아? 추억이 어린 교실에 있으니 말이야."

"아즈사가와 군한테는 그렇겠네."

이쿠미는 약간 어이없다는 투로 그렇게 말했다.

그 얼굴에는 「나와는 상관없어」라고 말하는 듯한 미소가 어려 있었다.

하지만, 그렇지 않다.

아니라는 것을 사쿠타는 알고 있다.

이미 눈치채고 말았다.

그러니 그 이야기를 하기 위해, 사쿠타는 이 교실로 이쿠미를 부른 것이다.

"아카기한테도 마찬가지잖아."

"……."

사쿠타가 별생각 없이 그렇게 말하자, 이쿠미의 눈동자가 흔들렸다. 뭔가를 생각하고 있는 듯한 표정이었다. 사쿠타의 생각을 알아내려는 것처럼, 눈빛에 불안감이 어렸다. 뭔가를 생각한 듯한 이쿠미의 입술이 희미하게 벌어졌지만, 결국 아무 말도 흘러나오지 않았다. 괜한 말을 입에 담은 바람에 사쿠타의 뜻대로 되는 것을 경계하는 눈치였다.

　하지만, 유도에 걸려들지 않는다면 할 일은 하나뿐이다. 우직하게 핵심만을 찌르면 된다. 말하는 데 돈이 드는 것도 아니니 말이다.

　"아카기도 이 교실의 학생이었는걸. 다른 가능성의 세계에서는 말이지."

　"……."

　이쿠미는 대답하지 않았다. 자연스럽게 눈을 깜빡이며, 눈앞에 펼쳐진 바다를 바라볼 뿐이었다. 딱히 놀란 기색은 없었다. 그 대신, 사쿠타의 발언을 웃어넘기지도 않았다.

　이윽고, 천천히 숨을 들이마시더니…….

　"이 바람, 참 반갑네."

　……하고, 혼잣말하듯 중얼거렸다.

　바다에서 바람이 불어오자, 이쿠미의 머리카락이 흩날렸다. 그것을 손으로 누르면서…….

　"바다 냄새도, 수평선도…….''

　……하고, 말을 이었다.

사쿠타도 이쿠미와 마찬가지로 바다를 쳐다보았다. 이쿠미를 곁눈질하면서……

"전부 그때와 똑같지만, 그래도 반갑게 느껴져."

사쿠타와 이쿠미는 이곳을 졸업하고, 대학생이 됐다. 변한 것은 두 사람의 관계다. 그래서 반갑게 느껴지는 것이다. 1년 전만 해도 이 학교에서 보는 하늘과 바다와 수평선은 언제라도 손에 닿는 일상이었지만……. 그것이 지금은 특별해진 것이다.

일상이 추억으로 바뀌었다. 어느새…….

"어떻게 눈치챈 거야?"

석양에 물든 이쿠미의 목소리가 바람을 타고 들려왔다.

"뭔가 마음에 걸린 건, 입학식 때였을 거야."

"……."

"아카기는 일부러 나한테 말을 걸었는데, 그 후로는 전혀 접점이 없었잖아?"

지금 생각해보면, 그 행동은 명백하게 부자연스러웠다.

"뭐, 최근까지는 그 일을 신경 쓰지 않았지만 말이야."

사쿠타는 그 일을 그냥 흘려넘기며 대학 생활을 해왔다. 스스로 이쿠미에게 다가가려 하지 않았으며, 그럴 필요성도 없었다.

"그럼 할로윈 후부터……?"

"그래. 그 후로 위화감이 확연하게 느껴졌거든."

"예를 들자면?"

"카미사토와 사이가 좋은 점?"

사쿠타의 지인과 지인이 그가 모르는 연관점을 가지고 있었다. 그런 우연도 존재하기는 할 것이다. 하지만, 이쿠미와 사키라는 조합에서는 뭔가 있다는 느낌이 든 것은 사실이다. 대학에서 처음 만나 가까워졌다고 하기에는, 두 사람이 너무 친한 것처럼 느껴진 것이다.

"고등학교 2, 3학년 때 같은 반이었거든."

또 하나의 세계에서의 일이다. 이쪽 세계의 이쿠미는 미네가하라 고교에 진학하지 않았다. 같은 반이 될 리가 없다.

"처음 만난 자리에서 『사키』라고 불러서 걔가 미심쩍은 표정을 짓게 한 것이, 이 세계에서 범한 첫 실수야. 친구와 너무 닮았다는 말로 둘러댔지만 말이야. 그 후로 자주 이야기를 나누게 됐어."

이쿠미는 당시의 일을 떠올리며 미소를 머금었다.

"아카기에게 애인이 있다는 이야기도 말이야. 거짓인 줄 알았는데, 진짜였잖아."

"이쪽 세계의 사키한테도 들었어. 『이쿠미는 남자한테 익숙하지 않은 것 같아서 걱정된다』고 했어."

이성에 대한 이쿠미의 반응은 교제 경험이 있는 여성과는 거리가 멀었다. 적어도 남자친구 집에 묵으며 물심양면에서 뒷바라지를 한 적이 있는 것처럼은 보이지 않았다.

"그리고 폴터가이스트일까?"

"……."

"보통 그런 일이 일어나면 겁먹을 거야."

하지만, 이쿠미는 태연하게 받아들였다. 겁먹은 느낌이 없었다. 그것이 자신에게 해를 끼치지 않는다는 것을 알기 때문이다.

"그건 건너편 세계에 간 이쪽 세계의 아카기가 느낀 감각이 흘러들어오는 거지?"

원래 그것들은 이쪽 세계에 존재해야 하는 것이다. 그래서 이쿠미의 몸을 통해, 이쪽 세계에 감각이 발현됐다. 리오도 이 의견이 옳을 거라고 동의했다.

"팔의 글자도, 건너편 세계로 간 아카기가 적은 것 아냐?"

그렇다면, 이쿠미가 보인 태도도 이해가 된다. 이 모든 일은 자기 자신이 한 것이다. 다른 가능성의 세계에 존재하던 또 하나의 자신이 말이다. 그렇기에 괜찮다고 말한 것이다. 이쿠미는 걱정하지 말라며 웃은 것이다. 왜냐하면, 자기 자신이 한 일이니까…….

"……."

이쿠미는 고개를 끄덕이지도, 젓지도 않았다. 그 대신…….

"여기까지는 전부 억측이지?"

……하고 물어보기만 했다…….

"확신을 한 건, 졸업 앨범을 봤을 때야."

사쿠타는 이쿠미가 원한 최후의 대답을, 입에 담았다. 그 순간, 모든 것이 이어졌다.

"버렸다고 했잖아."

"거짓말은 한 건 아냐. 이사업체 사람이 주워서, 아버지한 테 건네준 것 같아."

사쿠타에게 비밀로 한 것은 어른으로서의 배려다. 사쿠타 가 그것을 발견했다면, 다시 버렸을 것이다.

"민폐 그 자체인 사람이네."

이쿠미에게 있어서는 그럴 것이다. 누군가의 배려가 이 세 상 모든 이들에게 일관되게 배려로 받아질 거라는 보증은 없다. 사쿠타에게는 배려지만, 이쿠미에게 있어 훼방이 될 경우도 있다. 이번처럼 말이다.

"아카기, 전에 말했지? 졸업 문집에 내가 뭐라고 적었는지 를 말이야."

"언젠가, 상냥함에 도달하고 싶다."

이쿠미는 하늘을 향해 그 말을 토했다.

"나는 그런 말을 적지 않았어."

당시에는 아직 『쇼코 씨』를 완벽하게 떠올리지 못했다. 꿈 속에서 불가사의한 여고생을 만났다. 그게 다였다. 그런 꿈 을 꿨다는 생각이 들었을 뿐인 것이다…….

아마, 건너편 세계의 사쿠타는 더 이른 시기에 『쇼코 씨』 와 『마키노하라 양』의 기억을 되찾았을 것이다. 아마 중학생 때 말이다. 그래서, 그 말을 졸업 문집에 남길 수 있었다. 카에데의 문제도, 일찌감치 해결한 것이다.

"또 하나의 세계의 나만큼, 나는 잘나지 못했어."

이쿠미의 입가에 미소가 어렸다. 그 말이 옳다고 인정하는 것이다.

두 세계는 흡사하지만, 아주 약간 달랐다. 사쿠타도, 이쿠미도, 동일 인물인데도 미세한 차이점이 존재했다. 그 미세한 차이점이 커다란 차이점으로 이어지기도 하는 것이다.

사쿠타가 문제를 척척 해결하고, 이쿠미가 미네가하라 고교에 진학하는 것처럼……

"용케 지금까지 태연한 표정으로 지냈네."

입학식 때부터 반년 넘게…… 약 여덟 달 동안, 이쿠미는 이쪽 세계에서 지낸 것이 된다. 지금도, 계속 지내고 있다.

"나한테는, 이쪽 세계가 편해."

"내가 못난 인간이니까?"

"맞아."

반쯤 농담 삼아서 한 말이지만, 이쿠미는 진담을 하는 듯한 표정으로 고개를 끄덕였다.

"내 졸업 문집은 읽었어?"

"남에게 도움이 되는 어른이 되고 싶다고 적혀 있었어."

"건너편 세계에서는 그 꿈을 이루지 못해."

"포기하기에는 너무 이른 거 아냐?"

대학 생활은 아직 초반에 불과하다. 시간이라면 얼마든지 있다. 그런데도 이쿠미가 이루지 못한다고 단정하는 건, 그럴 만한 이유가 있기 때문일까. 사쿠타가 그게 뭔지 감이 왔을 때…….

"잘난 아즈사가와 군이 있으니까, 이루지 못해."

……하고, 이쿠미가 말했다.

"……."

"중학생 때, 내가 아무것도 못 하게 했어."

"그건……."

"동생이 집단 괴롭힘을 당했을 때도, 아즈사가와 군이 직접 해결했어."

건너편 세계에서의 이야기다.

"고등학교에서도 마찬가지야. 사쿠라지마 선배를 구했고, 코가 양도 구했으며, 후타바 양마저 구해냈어……. 내가 해결하고 싶었던 문제를, 아즈사가와 군이 전부 혼자서 해결해버린 거야."

"……."

"내가 되고 싶었던 『무언가』가 된 건, 내가 아니라 아즈사가와 군이었어."

건너편 세계의 사쿠타가 중학생 때 기억을 되찾았다면, 이쿠미가 당황할 정도의 행동력을 발휘하는 것도 이상하지 않다.

쇼코가 얽힌 일련의 경험은 사쿠타의 인격에 큰 영향을 줬다. 골격이 되었다고 해도 과언이 아니다. 사쿠타를 어른으로 만들었다.

　또한, 미래 중 일부를 알고 있다고도 할 수 있다. 그러니, 아무것도 모르는 이쿠미는 상대가 되지 못할 것이다. 사쿠타는 잔꾀를 부리고 있는 것이다.

　"고등학교에 다니는 3년 동안, 나는 그 무엇도 되지 못했어. 그저 아즈사가와 군을, 부러워하기만 했지……."

　"……."

　"대학 수험에도 실패해서, 『무언가』는 고사하고, 대학생도 되지 못했어. 제대로 되는 일이 하나도 없었지. 그래서, 매일 생각했어. 다른 어딘가로 도망치고 싶다고……."

　"그랬더니, 이쪽 세계에 오게 된 거야?"

　이쿠미는 고개를 끄덕였다.

　"정신을 차리고 보니, 대학교의 가로수길에 서 있었고…… 그곳에서, 아즈사가와 군을 발견했어."

　―아즈사가와 군, 맞지?

　―아카기, 맞지?

　―응. 오래간만이야.

　그것이 그 자리에서 있었던 일이다. 곧 노도카와 우즈키가 같이 나타나면서, 이쿠미와의 대화는 그렇게 끝났다.

　"꿈을 꾸는 줄 알았어."

"뭐, 그랬을 거야."

사쿠타도 그렇게 생각했다.

"하지만, 달랐어. 그렇게 생각한 건, 건너편 세계에서 한 번 만난 적이 있기 때문이야."

이쿠미의 눈이 사쿠타를 똑바로 향했다.

"......"

"고등학교 2학년 겨울에, 『이쪽』에 왔었지?"

이쿠미가 눈치챘을 거라고는 생각도 못 했다.

"용케 눈치챘네."

"항상 바라보고 있었거든."

그 말에서는 달콤 쌉싸름함은 전혀 느껴지지 않았다. 그 저 쓸쓸함만이 감돌 뿐이었다.

"다음날, 사쿠타 군은 전날에 있었던 일을 기억하지 못했 어. 그래서 뭔가 이상하다고 쭉 생각한 거야."

이쿠미가 이쪽 세계에 오게 되면서 그 의문은 풀렸다. 납 득을 하는 것과 동시에, 다른 가능성의 세계에 존재한다는 것을 이쿠미는 인정하게 됐다. 그것이 결과적으로, 사춘기 증후군을 믿는 계기가 된 것일지도 모른다.

"미안하게 됐네. 그 일은 전면적으로 내 탓이야. 건너편 세계의 나는 아무런 잘못 없어."

"아냐. 오히려 감사해. 아즈사가와 군 덕분에, 나는 이쪽 세계에 온 걸지도 모르잖아."

거기에 인과관계가 존재하는지는 솔직히 말해 알지 못한다. 하지만, 사쿠타가 두 세계를 오고 간 덕분에 길이 생겨 버린 걸지도 모른다. 리오가 했던 말을 빌리자면, 사쿠타가 인식을 함으로써 두 세계는 지금과 같은 가능성의 형태로 빚어진 것이다.

"……돌아가고 싶다고 생각하진 않았어?"

"생각하지 않았고, 지금도 생각 안 해."

그렇게 말하는 그녀의 어조는 단호했다.

"……."

"여기서는, 내가 다니고 싶었던 대학의『대학생』이자, 봉사 단체의『대표』이자……."

"정의의 사도."

이쿠미의 표정이 약간 부드러워졌다. 대학생이나 되어서『정의의 사도』란 표현을 쓰는 건 좀 그렇지 않냐고 말하는 듯한 표정이었다.

"이 세상에서, 나는 내가 되고 싶은 내가 됐어."

그러니, 돌아가고 싶지 않다. 돌아갈 필요가 없다. 때때로 일어나는 폴터가이스트 현상 정도는 큰 문제 아니다.

그렇게 생각할 만큼, 이쿠미는 이 세계에서 충실한 나날을 보내고 있다. 건너편 세계에서 되지 못했던 이상적인 자기 자신을 손에 넣었다.

완벽한 정의의 사도로서 행동하고 있다. 학교 축제 때, 부상자가 없다는 사실에 진심으로 안도하며 미소 지었던 것처럼…….

이쿠미의 언동은 일관됐다.

하지만, 사쿠타에 관한 것만은 앞뒤가 맞지 않았다. 일관성이 부족했다. 지금, 이 순간에도 말이다.

"그렇다면, 왜 나한테 내기를 하자고 한 거야?"

충실한 현재를 지키고 싶다면, 사쿠타를 멀리하면 된다. 유일하게 이쿠미의 거짓말을 꿰뚫어 본 이가 바로 사쿠타인 것이다. 이렇게 간단한 일을 이쿠미가 모를 리 없다.

"이 세상에서라면, 아즈사가와 군한테 이길 수 있을 거라고 생각했어."

그것도 본심의 일부일 것이다.

"그렇다면, 이쿠미는 왜 내기에서 졌는데 안도하는 거야?"

사쿠타는 차분한 어조로 그렇게 말하면서, 이쿠미를 똑바로 쳐다보았다.

평온한 표정을 짓고 있는 이쿠미를…….

"그건……."

이쿠미는 바로 대꾸하지 못했다. 거짓말이 서툴기 때문에, 거짓말이 입에서 나오지 않았다.

"……."

사쿠타가 한동안 기다렸지만, 이쿠미는 입을 열지 않았다.

"실은, 누군가가 눈치채줬으면 했던 거지?"

"……."

사쿠타가 질문을 던지자, 이쿠미는 그를 똑바로 바라보았다.

"여기 있는 게 진짜 아카기 이쿠미가 아니라는 걸 말이야."

"……왜, 그렇게 생각해?"

가녀린 목소리가 바람을 타고 들려왔다.

오늘 이 자리에서 들은 이쿠미의 말은 전부 그녀의 본심에서 우러나왔다고 생각한다.

이 세계가, 자신에게는 편하다.

이 세계에서는, 되고 싶었던 자신이 됐다.

만족스러운 나날을 보내고 있다.

그러니, 계속 있고 싶다.

거짓은 전혀 섞여 있지 않다.

이쿠미 이외의 누군가가 그렇게 말했다면, 이 이야기는 여기서 끝났을 것이다. 하지만, 유감스럽게도 그녀는 아카기 이쿠미다.

졸업 문집에…….

—남에게 도움이 되는 어른이 되고 싶어요.

……라고 적었고, 그 목표를 달성하기 위해 매진해온 아카기 이쿠미인 것이다.

그런 그녀가 이렇게 생각하지 않을 리가 없다.

"도망친 자신을 용서할 수 있을 만큼, 아카기는 자기 자신에게 무르지 않아."

그러니 잔꾀를 부린 자신을 누군가가 찾아주기를 바랄 것이 틀림없다.

충실한 나날을 보내면서도, 항상 죄의식을 품고 있었을 것이다.

이대로는 안 된다고, 마음 한편으로 계속 생각했을 것이다.

되고 싶었던 자신에 다가서면 설수록, 하루하루가 충실하면 할수록…… 이쿠미의 내면에서는 죄책감이 부풀어 오른 게 아닐까.

바보처럼 정직하며, 그렇게 살 수밖에 없을 만큼 성실한 사람.

그것이 바로 아카기 이쿠미란 인간이라고 생각한다.

"뭐, 그렇게 됐으니까…… 아카기, 찾았다! 라고나 할까?"

사쿠타와 이야기를 나누는 동안, 이쿠미는 시선을 피하지 않았다. 지금도 사쿠타를 지그시 쳐다보고 있었다. 그 눈동자는 어느새 촉촉이 젖어 있었으며, 눈을 깜빡일 때마다 눈물이 이슬이 되어 흘러내렸다.

"어릴 적부터, 술래잡기는 자신 있었는데 말이야."

이쿠미의 목소리는 눈물에 젖어 있었다.

"하지만, 평생 이대로 있을 수 있을 거라고는, 생각하지 않았어……."

이쿠미라면 그렇게 생각할 것이다.

"아무도 눈치채지 않으니까, 눈치채지 못하니까…… 나라는 존재 자체를 잘 알 수가 없었어. 남들의 눈에 비친 나는, 진짜 아카기 이쿠미가 아냐. 하지만, 다들 내가 아카기 이쿠미라고 여겨. 딴 사람인데, 내가 아카기 이쿠미라도 되는 것처럼 여겨지고 있어."

보통은 눈치채지 못할 것이다. 눈치챌 리가 없다. 「어딘가 이상한걸」 하고 생각하더라도, 「무슨 일 있었어?」 하고 물으며 상대방을 걱정하기만 할 것이다. 다른 가능성의 세계에서 온 존재일 거라고, 생각조차 못 할 것이 뻔하다.

만약 평온한 대학 생활 속에서 누군가가 그런 말을 한다면, 다들 그를 괴짜 취급할 것이다. 설령, 그것이 진실일지라도…… 상식이 대다수의 아군이 되고, 상식이 한 인간의 적이 된다. 세계가 적이 된다. 인간이 창조한 인간 사회에만 존재하는 보이지 않는 힘이, 자신들의 목을 조르는 것이다.

"가짜인 내가 받아들여지는 상황 속에서, 나란 존재는 대체 뭔지 계속 생각했어."

"그래서, 답을 찾아낸 거야?"

"모르겠어……."

이쿠미는 애원하는 눈길로 쳐다보았다.

"아카기는, 뭐든 혼자 끌어안으려고 하는 욕심쟁이야."

사쿠타는 바다를 응시하며 그렇게 말했다.

"……."

"우스울 정도로 성실하고, 간호사 코스프레가 잘 어울려."

창밖에서는 해가 지고 있었다. 에노시마 너머로 사라지고 있다.

"그게 아카기란 해야."

"그게 무슨 소리야……."

이쿠미는 약간 어이없다는 듯이 웃었다.

"몇 년 후에는 코스프레가 아니게 되거든?"

"그때는『간호사복이 잘 어울린다』로 인식을 바꿀게."

석양에 물든 이쿠미의 얼굴에는 눈물이 맺혀 있지 않았다.

3

사무실에 들른 후에 학교 밖에 나가보니, 하늘은 어느새 어둠으로 뒤덮여 있었다.

교문으로 향해 걷는 사쿠타의 옆에서는 이쿠미가 나란히 걷고 있었다.

"그날도, 이렇게 걸었어."

앞을 바라보며 걷던 이쿠미가 불쑥 그렇게 말했다.

이쿠미가 말한『그 날』은, 사쿠타가 다른 가능성의 세계에 간 날을 말한다. 지금, 이 자리에 있는 이쿠미와 만난 바로 그날 말이다.

"어떤 이야기를 나눴는지, 기억해?"

"일지 좀 제대로 제출하라며 화냈었지."

"화낸 게 아니라, 주의를 줬을 뿐이야."

이쿠미는 화를 낸 게 아니라고 말하며 웃었다.

"꽤, 무서웠다고."

"……그래도, 나를 용케 기억하네."

"그날 만나고, 아카기와 중학교 3학년 때 같은 반이었다는 게 어렴풋이 생각났거든."

그 정도로 애매모호하고, 어렴풋한 기억밖에 존재하지 않았다. 그래서, 사쿠타는 건너편 세계에서 처음으로 아카기 이쿠미란 인간을 제대로 인식하고 기억했다.

그때 이쿠미와 만나지 않았다면, 대학교 입학식 날에 그녀가 말을 걸어왔을 때도 「아카기, 맞지?」 하고 답하지 않았을 것이다. 「누구야?」 하고 되물었으리라.

"그 일이, 아카기한테는 인상적이었던 거겠지."

"……."

이쿠미는 아무 말도 하지 않았다. 그날처럼, 앞만 보며 사쿠타의 옆에서 나란히 걷고 있었다. 하지만, 그날에 아무런 대화도 나누지 않았던 것은 아니다. 이쿠미가 아까 「어떤 이야기를 나눴는지, 기억해?」 라는 말을 할 만큼, 그날에도 대화를 나눴었다.

"그때, 나에게 무슨 말을 하려다 말았지?"

—아즈사가와 군…….

이쿠미는 긴장한 목소리로 사쿠타의 이름을 입에 담았다.

뭔가를 결의한 듯한 눈빛으로, 사쿠타를 한순간 쳐다보았다.

"그 후에, 내가 뭐라고 말했는지는 잊었나 보네."

"『······별말 아니니까, 그냥 잊어줘』였지?"

이상한 이야기다. 「잊어줘」라고 말한 것을 기억하고 있으니 말이다.

"건너편의 나한테는 그 뒷말을 했어?"

"그날, 내가 끝까지 말했다면 아즈사가와 군은 어떻게 했을 거야?"

이쿠미는 난처한 표정을 지으며, 내 질문에 질문으로 답했다.

"일단, 기뻐했을걸?"

"······그렇게 멋진 연인이 있는데?"

"고백을 귀찮게 여길 만큼, 나는 여성한테 인기가 있진 않거든."

"아즈사가와 군은 질문에 솔직히 답하지 않네."

"아카기도 마찬가지잖아."

서로가 반쯤 고개를 돌리고 말았다. 그런 대화를 이어갔다.

"차일 게 뻔하니까, 고백해봤자 의미가 없지 않아?"

사쿠타의 말을 듣고 웃음을 터뜨린 이쿠미가 그런 질문을 던졌다.

"나한테는, 옛날에 하고 싶은 말을 못 한 채 만나지 못하게 된 사람이 있어. 쫓아가봤지만, 결국 찾지 못했지······.

그때는, 빨리 말했으면 좋았을 거라고 생각했어."

"그러니까, 말하는 편이 좋을 거란 거야?"

"어디까지나 나는 그랬다는 이야기야."

이쿠미에게 있어 무엇이 가장 좋을지는 사쿠타도 알지 못했다. 말할 수 있는 건, 방금과 마찬가지로 자신의 경험담뿐이다.

"……알았어. 참고할게."

이쿠미는 잠시 생각에 잠긴 후, 진지한 표정으로 그렇게 말했다. 참고하겠다는 표현이 이쿠미 답다는 생각이 들었다.

"건너편의 나는 잘난 녀석이니까, 무슨 말을 하든 괜찮을 거야."

무슨 말을 듣더라도, 적절하게 행동할 것이다.

"좋아하든, 싫어하든, 성가시든, 눈에 거슬리든 간에, 할 말이 있으면 전부 해줘."

"이쪽의 아즈사가와 군이 그러라고 했다고 말해버릴 거야."

"마음대로 해."

어차피, 사쿠타가 건너편 세계의 사쿠타와 만날 일은 없다. 양자적으로 동시에 존재할 수 없다. 예전에 리오한테서 그런 말을 들었던 것이다.

교문을 통과했다. 그리고 건널목 앞에 섰다. 바로 그때, 사쿠타 일행을 기다리기라도 한 듯한 타이밍에 전철의 접근을 알리는 경고음이 들려왔다.

카마쿠라 방면에서 후지사와로 향하는 전철이 천천히 커브를 돌며 다가오는 모습이 보였다. 돌아갈 거라면 저 전철을 타면 된다. 저 전철을 놓치면 십몇 분 후에나 다음 전철이 온다.

고등학생 시절의 버릇 탓인지 자연스럽게 걸음이 빨라졌다. 반대편으로 건너갔을 때, 마침 차단기가 내려갔다.

그런 사쿠타의 옆에는, 이쿠미가 없었다.

고개를 돌려보니 차단기와 선로 너머에 이쿠미가 서 있었다. 거리상으로 5, 6미터 정도 떨어져 있었다. 달려가면 순식간에 다가갈 수 있다. 하지만, 지금은 길이 막혀 있다.

"여기서, 헤어지자."

경고음이 묻히지 않을 만큼, 이쿠미는 큰 목소리로 외쳤다.

"이제, 된 거야?"

사쿠타의 목소리도 덩달아 커졌다.

"준비가 끝난 것 같거든."

뭔가를 해낸 것처럼, 이쿠미는 개운한 미소를 머금었다. 아까, 교실에서도 보여주지 않았던 환한 표정이다. 사쿠타는 저 표정의 의미를 알 수 없었다. 「준비」란 말의 의미도, 짐작조차 되지 않았다.

"그게 무슨……."

사쿠타가 되묻기도 전에…….

"『나』로부터의 메시지야."

이쿠미는 그렇게 말하더니, 선 채로 몸을 앞쪽으로 웅크렸다. 통이 넓은 바지의 왼발 쪽 끝자락을 잡더니, 허벅지가 전부 보일 높이까지 단숨에 걷어 올렸다.

새하얗고 아름다운 다리가 드러났다.

그 다리에, 검은색 펜으로 글자가 적혀 있었다.

─동창회에서 기다릴게

영문을 알 수가 없었다. 하지만, 의문에 휩싸인 사쿠타의 몸은 초조함에 감싸이기 시작했다. 어쩌면, 아직 끝나지 않은 걸지도 모른다. 상해 사건이 일어날 가능성은, 아직 남아 있을지도 모른다…….

그런 의문은, 이쿠미의 얼굴을 본 순간에 확신으로 변했다.

당혹스러워하는 사쿠타의 얼굴을 본 이쿠미가 만족한 것처럼 웃고 있었으니까…….

"보였어?"

전철이 다가온 탓에 이쿠미의 목소리는 거의 들리지 않았다.

"아카기, 대체 뭘 하려는 거야!"

고함에 가까운 목소리로 의문을 던졌다. 하지만, 사쿠타에게 전해진 것은…….

"잘 있어."

……라고 말하듯 움직이는 입술 움직임뿐이었다.

그 직후, 카마쿠라 방면에서 달려온 전철이 건널목에 진입했다. 그리고 사쿠타와 이쿠미의 사이를 천천히 가로지르며 지나갔다.

2량씩 형식이 다른 짤막한 4량 편성 전철이다. 그것이 지금은 너무나도 길게 느껴졌다. 들려오는 경고음에 촉발된 것처럼, 조급함이 발치에서부터 치밀어 올랐다. 초조함이 온몸을 옥죄었다. 연결부분이 눈앞을 지날 때마다 건너편을 확인하려 했지만, 한순간밖에 보이지 않았기에 제대로 볼 수가 없었다.

그런 일이 세 번 정도 되풀이된 후, 그제야 전철이 건널목을 완전히 통과했다.

시야를 가리던 전철이 사라지자, 건너편을 확인했다.

"……윽?!"

예상은 했다. 예감도 했다.

둘 다 완벽하게 적중하면서, 이쿠미는 완전히 사라졌다.

하지만 사쿠타의 몸은 놀라움에 사로잡혔다. 머릿속에는 새로운 의문이 생겨났다.

"……"

이쿠미가 서있던 장소에, 다른 여자애가 서 있었다.

경고음이 잦아들었다.

차단기가 올라갔다.

그러자, 초등학생용 가방을 멘 여자애가 선로에 발이 걸리지 않도록 조심하면서 건널목을 건넜다.

낯익은 얼굴이었다.

아역 시절의 마이를 쏙 빼닮은 여자애다.

직감적으로, 일전에 만났던 여자애라고 사쿠타는 생각했다.

사쿠타를 다른 가능성의 세계로 데려가 줬던 여자애다.

하지만, 그때보다 성장했다.

처음 봤을 때는 초등학교 1학년 정도로 보였다.

마지막으로 본 건 대학교 입학식 날이며, 그때도 아직 저학년 같아 보였다.

하지만, 건널목을 건너는 저 여자애는 5, 6학년 정도로 보였다. 외모의 변화와 세월의 흐름이 맞지 않았다.

당황한 사쿠타를 개의치 않으며, 마이를 닮은 여자애가 종종걸음으로 사쿠타의 옆을 지나갔다. 휘날린 긴 머리카락이 사쿠타의 시야 구석에 드리워졌다.

"기다려!"

사쿠타는 허둥지둥 뒤를 돌아보며 그렇게 외쳤다.

"……어?"

하지만, 여자애는 그 자리에 없었다.

"……."

잘못 본 것일까. 그런 생각은 들지 않았다. 하지만, 지금은 거기에 대해 깊이 생각할 시간도 없다.

─동창회에서 기다릴게

이쿠미가 그렇게 말했으니, 이제 갈 수밖에 없다.

진짜로 상해 사건이 일어난다면, 큰일이다.

이쿠미를 미네가하라 고교에 불러낸 것으로 자신이 할 일을 다했다고 생각하고 있던 사쿠타에게 있어서, 전혀 예상치 못한 연장전의 막이 올랐다.

4

시치리가하마 역에서 카마쿠라 행 전철을 탄 사쿠타는 카마쿠라, 토츠카, 요코하마에서 요코스가 선, 토카이도 선, 미나토미라이선으로 갈아탄 끝에 니혼오오도오리 역에 도착했다. 약 한 시간 동안의 전철 여행이다.

플랫폼에 내려선 사쿠타는 서둘러 개찰구로 향했다. 교통카드를 찍고 개찰구를 통과할 때는 너무 서두른 탓에 허벅지가 개찰구의 벽에 살짝 부딪쳤다.

안내판의 지시에 따라 바다 쪽의 출구를 통해 지상으로 나간 사쿠타는 그대로 내달렸다. 방금 역의 전자 게시판을 보니, 현재 시각은 오후 5시 51분이다.

이쿠미가 준 초대장에 적힌 스케줄대로라면 동창회는 앞으로 9분밖에 남지 않은 것이 된다.

"내가 왜, 이딴 짓을……!"

초조해진 사쿠타는 숨을 헐떡이면서 불평을 늘어놓았다.

이쿠미가 상해 사건을 일으킬 거라고는 생각하지 않지만, 전부 내던져 버리고 집에 돌아갈 용기는 없다. 만약 무슨 일이 벌어진다면 꿈자리가 뒤숭숭할 것이다. 상황을 알아버렸으니, 사쿠타에게는 간다는 선택지만이 남아 있었다.

아마, 그것이 이쿠미의 노림수일 것이다.

기다린다는 말로 사쿠타를 유인한 것이다.

이쿠미의 의도가 무엇인지는 모른다. 이곳에 오는 동안 계속 생각했지만, 그럴듯한 답은 찾지 못했다.

사쿠타는 이쿠미를 이해할 수 없었다. 조금은 이해하게 됐다고 생각했던 아카기 이쿠미는 다른 가능성의 세계에서 온 이쿠미였다. 원래 이 세상에 있던 이쿠미가 어떤 인물인지, 사쿠타는 알지 못한다. 기억하지 못한다.

딱 하나 확실한 것은 건너편 세계의 이쿠미가 원래 세계로 돌아갔으니, 원래 이 세계에 있던 이쿠미가 다른 세계에서 돌아왔으리라는 것이다.

—동창회에서 기다릴게

그런 메시지를 남긴 것을 보면, 그녀는 동창회 자리에 있을 것이다.

사쿠타가 아는 이쿠미와 어떻게 다른지 모르는 만큼, 무슨 짓을 벌일지 알 수 없다. 그래서 불안이 엄습했다.

커다란 도로의 건널목을 건넜다. 이대로 쭉 가면, 호화 여객선 등이 정박해 있는 오오산 다리로 이어지는 길이다.

건널목을 건너자, 목적지인 가게가 보였다. 세월이 느껴지는 분위기 좋은 서양식 건물이다. 이것도 요코하마답다면 요코하마다운 일면이다.

사쿠타는 숨을 헐떡이며 가게의 문을 열었다.

안에 들어가자, 안쪽에서 「어서 오세요」라는 목소리가 들려왔다. 카운터 옆에는 『동창회 손님은 옥상 테라스로』라고 적힌 조그마한 칠판이 화려한 화가용 삼각대에 놓여 있었다.

그것을 본 사쿠타가 계단에 발을 올리자⋯⋯.

"오늘, 테라스는 단체 손님께서 빌리셨습니다."

아까 인사를 했던 점원이 다가오며 말했다.

사쿠타는 가지고 있던 초대장을 꺼내서 점원에게 보여줬다.

"아, 올라가시죠."

그러자 점원은 정중한 태도로 그렇게 말하며 물러섰다.

가게 안의 시계는 5시 55분을 가리키고 있었다. 동창회 종료까지 이제 5분 남았다. 이렇게 늦은 시간에 동창회 참가자가 올 거라고는 생각도 못 했으리라.

사쿠타는 숨을 고르면서 2층, 3층으로 천천히 올라갔다. 이제 옥상으로 이어지는 계단만 올라가면 된다. 그 계단을 한 칸씩 올라가자, 문 너머에 있는 수많은 인기척이 느껴졌다. 이야기 소리와 웃음소리가 들려왔다.

그것을 문 너머로 느낀 사쿠타는 문손잡이를 돌리면서 밖으로 나갔다.

시야가 순식간에 넓어졌다.

해안가에 있는 레스토랑의 옥상에서는 해변 풍경을 한눈

에 볼 수 있었다. 정면에 보이는 것은 오오산 다리에 정박한 호화 여객선의 화려한 불빛이다. 왼편에는 불빛에 비치고 있는 아카렌가 창고다. 그리고, 오른편에서는 베이브리지의 빛이 바다에 드리워져 있었다.

입식 형식의 이 행사장에는 약 스물다섯 명이 있었다. 클래스메이트 전원 중에서 약 3분의 2가 모여 있었다.

그들은 대여섯 그룹으로 나뉘어서 대화와 식사, 그리고 옥상에서 보이는 경치를 즐기고 있었다.

사쿠타를 바로 알아본 이는 없었다.

요리가 놓인 중앙 테이블로 다가서자, 입구 근처에 모여 있던 한 그룹이 그제야 사쿠타를 쳐다보았다.

그 순간, 그들은 대화를 멈췄다. 그 직후, 경악과 당황이……곧 술렁거림을 자아냈다. 그것이 옆에 있는 그룹으로 전파되더니, 또 다른 그룹으로 퍼져나갔다.

이윽고, 이 자리에 있는 이들 전원의 시선이 사쿠타를 향했다.

"야, 저기 봐."

"아즈사가와, 맞지?"

"왜 온 거야?"

"누가 불렀어?"

"내가 어떻게 알아."

소곤거리는 소리가 좌우에서 들려왔다.

사쿠타는 그것을 개의치 않으며, 옥상의 중심으로 걸어갔다. 한 걸음, 또 한 걸음. 그가 향하는 곳에는 한 여자애가 있었다.

뒤돌아선 그녀는 다른 그룹에 얽히지 않은 채, 로스트비프를 먹고 있었다. 아무도 그녀의 존재를 신경 쓰지 않았다. 이 테라스 한가운데에 홀로 서 있는데도……. 저렇게 눈에 띄는데도…….

사쿠타에게 정신을 팔려서 그런 게 아니다. 아마, 그녀가 보이지 않는 것 같다.

지금도 예전 클래스메이트들의 시선은 사쿠타만을 향하고 있었다. 시야에 들어온 남자들이 「네가 말 걸어봐」, 「네가 해」 하며 눈빛을 교환하고 있었다.

그런 와중에 사쿠타는 『그녀』의 뒤편에 서더니…….

"아카기."

……하고, 상대방의 이름을 부르며 어깨에 손을 얹었다.

다음 순간, 이 자리에 있는 이들 전원이 동요했다. 예전 클래스메이트들의 표정은 경악에 지배당했다. 다들 아무 말도 하지 못했다.

"어?"

"응?"

"뭐?"

"앗?!"

말이라 할 수 없는 감정만이 사람들의 입에서 터져 나왔다. 그들의 시선은 사쿠타가 아니라 이쿠미를 향하고 있었다.

예전 클래스메이트들의 눈에는, 아무도 없는 장소에 이쿠미가 느닷없이 나타난 것처럼 보였을 것이다.

믿기지 않는 감정을 정리하기 위해 「뭐가, 어떻게 된 거야?」, 「이쿠미도 왔었네?」, 「언제 온 거지?」 하고 말하며 서로의 얼굴을 쳐다보고 있었다.

"한 시간쯤 전부터, 나는 쭉 여기에 있었어. 늦게 온 후지노 군이 건배 인사를 할 때부터 말이야. 타니무라 양이 잔을 깼을 때도, 나카이 군이 아유사와 양에게 고백했을 때도…… 나는, 여기 있었어."

"……."

다들 아무 말도 하지 않았다. 그것은 이쿠미가 방금 한 말이 사실이라는 증거다. 전원의 얼굴이 새파랗게 질리고 있었다. 무언의 동요가, 동창회의 감정을 지배하고 있었다.

사쿠타의 눈은 이쿠미의 손 언저리를 향하고 있었다. 나이프를 쥔 오른손. 포크를 쥔 왼손. 사쿠타가 말을 걸었을 때, 이쿠미는 저것들로 로스트비프를 먹고 있었다. 그리고 이쿠미는 아직 나이프와 포크를 쥐고 있었다. 여차하면 흉기로도 쓸 수 있는 식기를…….

이쿠미는 나이프와 포크를 쥔 채, 사쿠타를 돌아보았다.

"오래간만이야, 아즈사가와 군."

얼굴도, 목소리도, 이쿠미가 틀림없다. 하지만, 사쿠타는 눈앞에 있는 이쿠미가 모르는 사람처럼 느껴졌다. 우선 분위기가 달랐다. 어깨에 손을 얹었을 때도, 손바닥을 통해 긴장감이 느껴지지 않았다. 남자인 사쿠타의 손이 몸에 닿았는데도, 그녀는 놀라지 않은 것이다.

"나, 기억하고 있었어?"

이 발언 또한 사쿠타가 아는 이쿠미와 다르게 느껴졌다. 사쿠타가 아는 아카기 이쿠미는 남자를 시험하는 듯한 말을 하지 않는다. 아니, 할 수 없다.

"까맣게 잊었어."

사쿠타가 기억하는 건 다른 가능성의 세계에서 만났던 이쿠미이자, 다른 가능성의 세계에서 이곳으로 온 이쿠미다.

중학생 시절의 그녀에 관한 것은 까맣게 잊었다. 이렇게 본인을 직접 만나보니, 그 인식이 확연해졌다.

"그런 말 들으니 마음이 아프네."

사쿠타의 대답을 들은 이쿠미가 애매모호한 웃음을 흘렸다. 그렇게 흘려넘겼다.

주위에 있던 예전 클래스메이트들은 마른침을 삼키며 그런 두 사람을 지켜보았다. 언제 대화에 참여해야 할지 몰라서, 신중하게 상황을 살피고 있었다.

이 자리에 있는 이들 모두의 주목을 받는 상황에서, 첫 번째 발언자가 되고 싶지 않은 것이리라.

그런 예전 클래스메이트들을 둘러본 후, 이쿠미는 나이프와 포크를 접시에 내려놨다.

"방금 봤지?"

이쿠미는 예전 클래스메이트들에게 말을 건넸다. 하지만, 아무도 대답하지 않았다. 이쿠미는 그런 그들을 개의치 않으며……

"나도 사춘기 증후군에 걸렸어."

이 침묵 속에 핵심이 되는 말을 던져 넣었다.

"아카기, 잠깐만 있어 봐."

그제야 남자 한 명이 입을 열었다.

"맞아, 이쿠미. 하나도 안 웃기거든?"

옆에 있던 여자애가 말을 보탰다.

방금 말을 부정하는 듯한 발언을 했지만, 두 사람 다 표정이 굳어 있었다. 방금 불가사의한 현상을 목격했기 때문에, 완전히 부정하지 못하는 것이다.

하지만, 그것이야말로 이쿠미의 목적일 것이다.

경험자만은 믿을 수밖에 없다. 그것이 사춘기 증후군이니까……

"속임수라고 생각한다면, 내가 어떻게 한 건지 누가 설명해보는 건 어때?"

이쿠미는 냉정하게 대꾸했다.

예전 클래스메이트들을 한 명 한 명 쳐다보며 발언을 요구했다. 하지만, 결국 아무도 입을 열지 못했다. 말을 할 수 없는 분위기에 사로잡혀 있었다.

"사춘기 증후군은 존재해. 그게 진실이야."

정적이 감도는 이 자리에서, 이쿠미의 말이 조용히 퍼져 나갔다.

"틀린 건, 아즈사가와 군이 아니라 우리였어."

"……."

이쿠미의 주장에, 예전 클래스메이트들은 침묵으로 답했다. 하지만, 그 침묵은 오랫동안 이어지지 않았다.

"이제 와서 이러지 좀 말아줄래? 이쿠미."

아까와는 다른 여자가 입을 열었다. 그녀의 주위에는 비슷한 복장을 한 네다섯 명의 여자가 있었다. 입을 연 건 그들의 중심에 서 있는 인물이다.

"사춘기 증후군? 우리가 지금 몇 살인 줄 알아?"

비난하는 어조로 이쿠미에게 그렇게 물었다. 생일이 지났다면 열아홉 살, 지나지 않았다면 열여덟 살이다.

그 질문에 바보같이 답하는 이는 없었다.

"이제 지긋지긋해. 아즈사가와가 벌인 소동 탓에 선생님들에게 감시당하게 됐고, 부모님한테도 이런저런 소리를 들은데다, 고등학교에 가서도 마찬가지였어! 어느 중학교 출신인지 이야기할 때마다 그 일을 묻는데…… 범인 취급을 당하는 것 같았단 말이야!"

그녀가 말을 이을 때마다, 짜증이란 감정을 뿜을 때마다……
예전 클래스메이트들의 감정이 하나로 이어지는 것을 사쿠
타는 느꼈다.

"오늘도 여기에 올 때까지 불안했거든? 중학교를 졸업한
후로 거의 연락을 주고받지 않았단 말이야."

주위의 여자들이 동의하듯 고개를 끄덕였다. 사쿠타와 이
쿠미를 둘러싼 예전 클래스메이트들의 시선 또한, 그녀의 말
에 공감했다.

이것이 클래스메이트들에게 있어서의 진실이다. 그들의 눈
에 당시의 일은 이런 식으로 비쳤던 것이다.

사쿠타 탓에 자기들이 피해를 봤다. 중학교 때도, 고등학
교에 들어간 후에도…….

"그래도 동창회에 오기 잘했다고…… 방금까지 생각했어!"

예전 클래스메이트들은 그 말에도 묵묵히 동의했다.

"최악이라고 여겼던 중3 때도 즐거운 일이 있었다는 걸,
다른 애들과 이야기하면서 떠올릴 수 있었어."

3학년 1반 전체의 뜻을 대표하는 그녀의 말을, 이쿠미는
묵묵히 듣고 있었다. 예전 클래스메이트들의 비난 어린 시
선을 온몸으로 받고 있었다.

"그걸, 또 망치지 마. 그것도 사춘기 증후군 같은 걸로!"

짜증 어린 감정이 그대로 터져 나왔다.

"맞아, 이쿠미."

"대체 뭘 하고 싶은 건데?"

주위에 있던 여자애들이 그녀의 말에 동의했다.

하지만, 이쿠미의 표정에는 변화가 없었다.

"리나는 불안했으면서, 왜 동창회에 온 거야?"

묵묵히 이야기를 듣던 이쿠미가 그제야 입을 열었다. 여자 그룹의 중심에 있는 그녀에게 말을 건넸다. 그녀의 이름은 리나인 것 같았다. 이름을 들어도, 성은 생각나지 않았다. 아니, 애초부터 몰랐을지도 모른다. 그렇다면 생각날 리가 없다.

"……"

이쿠미의 질문에, 리나라 불린 여자애는 침묵으로 답했다.

"다들 불안했으면서, 왜 온 거야?"

이번에는 예전 클래스메이트들에게 이쿠미가 물었다.

그 질문의 답을 이쿠미는 아마 알고 있으리라. 그러면서 묻는 것이다. 그런 심술궂은 질문이었다. 그리고, 사쿠타 또한 『답』이 짐작됐다.

"오늘 동창회를 꿈에서 본 거지?"

이쿠미는 그들 모두를 향해 그 답을 들려주려는 듯이 말했다.

"……"

누구도 답하지 않았다.

"리나도 『#꿈꾸다』를 붙여서 SNS에 글을 올렸지?"

"……."

이쿠미가 지적하자, 리나는 입을 다물었다.

"다들 마찬가지잖아?"

"……."

역시, 누구도 답하지 않았다. 이 상황에서 인정할 리가 없다. 중학교 때도, 지금도…… 그들은 사춘기 증후군을 부정한 것이다.

이제 와서 인정했다간, 자신들의 논리가 모순되고 만다. 주장의 근거를 잃게 된다. 그것은 인정을 의미하며, 죄를 인정하는 것이다. 그렇기에 저항하고 있다. 답답한 침묵을 이어가면서 말이다.

중학교 때도 마찬가지였다. 자신들이 만든 공기가 그들을 무겁게 짓눌렀다.

"당시에 다들 말했었지? 『아즈사가와, 제정신이 아냐』 하고 말이야."

"……."

그 침묵은 긍정을 의미했다.

"하지만, 제정신이 아니었던 건 우리야."

"……."

"아무것도 모르면서 아즈사가와 군을 무시하고, 잘못된 인식으로 상처 입히며…… 미친 사람으로 취급한 끝에, 그의 인생을 망쳐버렸어."

이쿠미의 목소리가 떨리고 있었다. 그 안에는 깊은 후회가 담겨 있었다. 괴로움과 분함이 뒤죽박죽으로 섞여 있었으며, 그것이 이쿠미의 말에 힘을 싣고 있었다.

"틀렸다는 것을 눈치채고도, 아무런 속죄도 하지 않은 채 살아가는 우리가 훨씬 제정신이 아냐."

예전 클래스메이트들의 얼굴에서 표정이 사라졌다. 이쿠미의 말을 듣고 얼어붙은 것 같았다. 그 정도의 신랄함과, 올바름에서 비롯된 위험한 아름다움이 이쿠미의 말에 어려 있었다.

"이, 이제 와서 그런 소리를 해봤자 무슨 소용이 있는데?!"

머리카락을 갈색으로 염색한 남자가 감정에 휩싸인 채 그렇게 외쳤다. 그것이 이 자리에 모인 예전 클래스메이트들의 본심일 것이다. 하지만, 갈색 머리인 그가 한 말에는 아무도 동의하지 않았다. 동조하는 태도를 취한 자도 없었다.

그 흐름에 따르면 안 된다고 판단한 것이다.

"리나의 말이 옳아."

끼어든 남자를 무시한 이쿠미는 바닥을 쳐다보며 그렇게 중얼거렸다.

"그 소동 탓에, 내 인생도 엉망이 됐어."

"이쿠미……."

"고등학교에 가서도, 전혀 즐겁지 않았어. 하루하루가 괴로웠지. 그 정도로, 그 일을 질질 끌었어."

"그럼, 대체 왜……?"

리나는 애절한 눈길로 이쿠미를 쳐다보았다.

"그렇더라도, 『이제 와서』란 말을 해도 되는 사람은 아즈사가와 군뿐이야."

이쿠미의 시선이 사쿠타를 향했다.

덩달아, 예전 클래스메이트들의 시선도 사쿠타를 향했다.

솔직히 말해, 이 상황에서 주목을 받아도 전혀 기쁘지 않았다. 즐겁지도 않았다. 하지만, 사쿠타는 이 순간을 기다리고 있었다. 대화에 끼어들기 딱 좋은 기회인 것이다.

바다에서 불어오는 바람을 가볍게 들이마신 후…….

"다들, 완전히 속아 넘어갔네~."

사쿠타는 놀리는 듯한 어조로 그렇게 말했다.

예전 클래스메이트들은 아무런 반응을 보이지 않았다. 어떤 반응을 보이면 좋을지 모르는 것 같았다. 이대로 입 다물고 있어 준다면, 사쿠타로서는 오히려 바라던 바였다.

"이야~ 생각대로 됐는걸. 안 그래? 아카기."

"……."

이쿠미도 당황한 듯한 눈길로 사쿠타를 쳐다보았다.

사쿠타는 그 시선을 무시하며 말을 이었다.

"아카기와는 같은 대학에 다니거든. 동창회를 한다는 말을 듣고, 협력해달라고 했어."

"아냐. 그런 게……."

"끝내주는 마술이지? 아카기의 연기도 박진감 넘쳐서 말릴 수가 없더라니깐."

예전 클래스메이트들은 아무 말 없이 사쿠타를 지그시 응시했다.

"전부 농담이야. 어차피 신경 쓰이지 않겠지만, 진짜로 신경 안 써도 돼. 중학생 때의 일 같은 건 이제 와서 이야기해 봤자 아무 소용도 없잖아."

"……."

무표정한 그들은 딱딱하게 굳어버린 것처럼 사쿠타를 쳐다보고 있었다.

"내 인생도 딱히 엉망이 된 건 아니거든. 솔직히 말해, 너희보다 내가 더 행복할걸? 스캔들 덕분에 다들 알지? 나는 바로 그 『사쿠라지마 마이』와 사귄다고. 뭐, 그러니까 우리 중에서 가장 잘나가는 건 나일걸?"

"……."

다들 아무 말도 하지 않았다. 이쿠미도 입을 다물고 있었다.

"웃으라고 한 말이라고."

분위기를 환기시키려고 한 말인데, 한 명도 웃지 않았다. 사쿠타만이 쓴웃음을 짓고 있었다. 방금 그 말을 사쿠타의 본심으로 받아들인 예전 클래스메이트도 있긴 한 것 같았다.

하지만, 사쿠타는 괜히 언급하지는 않았다. 이대로 넘어가도 괜찮겠다고 여겼다.

사실 사쿠타는 우월감 같은 것을 느끼고 있었다.

예전 클래스메이트들의 콧대를 눌러주고 싶다고 생각한 적은 없지만, 결과적으로 그렇게 되면서 심술궂은 감정이 피어났다.

그렇다면, 별종은 별종답게 행동하면 된다. 그러는 게 편해서 좋다.

"오늘은 그 말을 하러 온 거야."

어차피, 앞으로 만날 일이 없으리라.

"방해했네. 이만 가볼게."

가볍게 손을 흔들며 인사를 한 후, 돌아섰다. 사쿠타는 누구에게도 배웅 받지 않으며, 동창회장을 벗어났다.

5

가게를 나선 사쿠타는 가장 가까운 역인 니혼오오도오리 역으로 향하지 않았다.

이런저런 일이 있었던 중학생 때의 클래스메이트와 재회하면서, 마음이 적지 않게 흔들린 것 같았다. 이대로 돌아갈 마음이 들지 않았던 사쿠타는 랜드마크타워의 빛을 향해, 해안가의 길을 따라 걷기 시작했다.

5분쯤 후, 오른편에서 아카렌가 창고의 불빛이 보였다. 그 너머에는 빌딩에 반쯤 가린 관람차의 조명이 찬란한 빛을 뽑고 있었다.

즉, 이 길을 따라 나아가면 사쿠라기쵸 역이 있는 것이다.

관람차의 불빛을 길잡이 삼아, 수많은 이들로 북적이는 아카렌가 창고 앞을 지나쳤다. 일요일인 오늘 이곳에서 이벤트가 열린 건지, 해가 진 지금도 창고 앞 광장은 사람들로 북적이고 있었다.

그 소음에서 멀어지자, 녹음으로 우거진 중앙분리대, 그리고 상하차선 합쳐서 4차선인 도로 위에 만들어진 거대한 원형 육교와 마주쳤다. 보행자용 횡단보도가 없으니, 이 육교로 건너갈 수밖에 없다.

멀찍이서 볼 때는 원형인 것 같았지만, 올라와보니 타원형이었다. 육상용 트랙 같은 형태다.

그 위를 4분의 1 정도 지났을 즈음, 사쿠타는 걸음을 멈췄다.

등 뒤에서 들려오던 발소리도 잦아들었다. 아까부터 발소리가 사쿠타를 쭉 따라오고 있었다. 그것을 눈치챈 것은 아카렌가 창고가 보였을 즈음이었다. 하지만, 동창회가 열린 가게를 나섰을 때부터 이 발소리의 주인은 쭉 따라왔을 것이다.

"이제 만족했어?"

사쿠타는 상대방에게 등을 보이며 선 채로 말을 건넸다.

"만족?"

예상했던 목소리가 들려왔다. 아카기 이쿠미의 목소리다.

"전부, 네 계획대로 됐잖아?"

그렇게 말하며 돌아보자, 이쿠미는 난처한 표정으로 얼버무리듯 미소 지었다.

"계획? 무슨 소리야?"

"내가 보는 앞에서, 중학교 때 클래스메이트들이 사춘기 증후군의 존재를 인정하게 하는 것 말이야."

그것을 위해, 이쿠미는 동창회를 기획했을 것이다. 그리고, 사쿠타를 『#꿈꾸다』로 불러냈다. 상해 사건 같은 새빨간 거짓말로 말이다.

사쿠타는 자신이 써먹은 방법을 이쿠미가 쓸 거라고는 생각도 못했다.

이쿠미는 거짓말을 하지 않는다.

그렇게 생각했다. 아니, 그런 착각에 빠지도록 유도됐다는 것을 이제야 눈치챘다.

"들켰으니 어쩔 수 없네."

이쿠미는 공허한 목소리로 그렇게 말했다. 그리고…….

"솔직히 말하자면, 그다지 개운하지는 않아."

……하고 말하며 배시시 웃었다.

"다른 애들과 나를 끌어들여서 이런 일을 벌였으니까, 너라도 좀 개운해야 할 거 아냐."

그래야 개운할 것 같았다.

"맞아. 친구도 다 잃었는걸. 이래서야 웃음거리도 안 될 거야."

사쿠타가 농담 삼아서 한 말에, 이쿠미는 힘없는 웃음으로 답했다.

"이번 일은 언제부터 꾸민 거야?"

"사춘기 증후군에 걸렸을 때야. 이러는 게 옳다고 생각했어."

그것은 실로 이쿠미다운 발언이다. 「옳다」라는 말은 이쿠미에게 잘 어울린다. 그것은 이쪽 세계의 이쿠미도 마찬가지였다. 그러니, 동창회에서 그런 일이 일어난 것이리라.

"하지만, 바로 실행에 옮길 수는 없었어."

사쿠타의 시선을 흘려넘기듯, 이쿠미는 아래편에서 달리고 있는 차량의 후미등을 눈으로 좇았다. 교차로를 돈 감색 차량은 바샤미치 역 쪽으로 사라졌다.

"나, 대학교 입학식에서 아즈사가와 군을 보고…… 충격을 받았어."

사쿠타도 덩달아, 아래편을 달리는 차량을 눈으로 좇았다.

"아즈사가와 군은, 아무렇지도 않은 표정으로 그 자리에 있었어. 당시의 일을 전부 잊은 것처럼 웃으면서……."

"……."

"지금도 당시의 일을 떨쳐내지 못한 채, 아무것도 되지 못한 나 자신이 부끄러웠어. 그런 나를 보여줄 수 없다고 생각한 거야."

"나도, 딱히 뭔가가 된 건 아냐."

"그래도, 졌다고 생각했어. 내가 옳다고 생각했는데……."

이쿠미는 쓸쓸한 어조로 그렇게 말하더니, 사쿠타를 쳐다보았다.

"……."

이쿠미는 우는 듯한 표정을 짓고 있었기에, 사쿠타는 무슨 말을 건네면 좋을지 알 수가 없었다.

"아즈사가와 군이 극복했는데, 나는 한 걸음도 앞으로 나아가지 못했어. 그렇게 생각했더니 비참해서, 그 자리에 있을 수 없지 뭐야. 도망치고 싶다고, 진심으로 생각했어."

"꽤 먼 곳까지 도망쳤는걸."

이 세상이 아니라, 다른 가능성의 세계로 숨어들었으니까…….

"남 말 할 자격은 없지만 말이야."

사쿠타가 그렇게 말하자, 이쿠미는 웃음을 흘렸다.

"솔직히 말해, 처음에는 꿈을 꾸는 줄 알았다니깐."

"그럴 거야."

사쿠타도 그랬다. 건너편 세계에서 온 이쿠미도 그렇게 말했다.

"건너편 세계에서 하루를 보내고…… 다음 날 아침에는 돌아갈 거라고 생각했는데, 여전히 건너편 세계에 있었어. 그러니 현실이라고 받아들일 수밖에 없지 뭐야."

"빨리 돌아가야겠다고 생각하지는 않았던 거야? 돌아가고 싶었다거나……."

"불안은 느꼈어."

방금까지 빨간색이던 신호가 파란색으로 바뀌었다. 차량의 흐름이 가로에서 세로로 바뀌었다.

"하지만 사흘이 지나고, 일주일이 지나고…… 한 달이 지났을 즈음, 이대로도 괜찮겠다는 생각이 들었어."

"아카기한테는 건너편 세계가 편했던 거구나."

"여기보다는 훨씬 말이야."

사쿠타가 쳐다보자, 이쿠미는 머뭇거리며 미소를 머금었다. 이 세계를 불편하게 느낀 원인이 바로 사쿠타이기 때문이리라.

"건너편의 나는 말이지? 대학 수험에 실패해서 재수를 하고 있었어."

또 한 명의 이쿠미에게 들은 대로다.

"그러면, 대학에서 나와 마주치지 않아도 되겠네."

"가장 마음이 편했던 건…… 중학교에서의 일이 해결됐었다는 거야."

"내가 방송실을 점거해서, 해결했다면서?"

"응."

자세한 건 모르지만 사쿠타가 또 다른 가능성의 세계에 갔을 때, 카노 코토미에게 그런 이야기를 들었다.

그 결과, 카에데는 괴롭힘을 당하지 않게 되면서 사춘기 증후군도 잦아들었다. 어머니가 육아에 대한 자신감을 잃지도 않았으며, 사쿠타가 카에데와 후지사와로 이사 갈 필요도 없어졌다. 가족은 원래 살던 맨션에서, 당연한 듯이 함께 살고 있었다.

"그러니, 여기서 다시 시작해보자고 생각했어. 다시 시작할 수 있다고 생각한 거야. 이 세상에서라면, 내가 되고 싶었던 내가 될 수 있다고 생각했어."

"건너편의 아카기도 같은 말을 했어."

되고 싶었던 자신이 된다.

되기 위해 노력한다.

두 세계의 이쿠미는, 삶의 방식이 똑같았다.

성실하고…….

정의감이 강하며…….

거짓말로 스스로를 속이지 않는다.

그렇기에, 이쿠미는 이곳에 있다. 이곳으로 돌아왔다.

도망친 자기 자신을 용서할 수 있을 만큼, 아카기 이쿠미는 스스로에게 무르지 않으니까…….

이런 방법으로, 과거의 죄에 대한 벌을 스스로에게 내리는 것이다.

"저기, 아즈사가와 군."

"왜?"

"어떻게 하면 아무것도 하지 못한, 미운 자기 자신을 잊을 수 있는 거야?"

아마 그것은 이쿠미에게 있어서, 사쿠타에게만은 던지고 싶지 않았던 말일 것이다. 자신에게 이긴 사쿠타에게만은 묻고 싶지 않은 질문일 것이다.

하지만 그것을 입에 담아서, 중학교 때부터 멈춰있던 시계의 바늘을 다시 움직이게 하려는 것이다.

금방이라도 울음을 터뜨릴 듯한 이쿠미의 눈동자에는, 애원하는 듯한 감정으로 가득 차 있었다.

"간단해."

"……정말?"

"매일 아침 먹고, 학교 가고, 수업 듣고, 친구와 시시덕거리고, 좋아하는 사람과 즐거운 시간을 보내고, 아르바이트하고, 목욕하고, 이 닦고, 자면 돼. 뭐, 때때로 싫은 일이 생각나는 밤도 있지만 말이야. 그때는 밤새도록 잠이 안 오고, 숨 막힐 듯이 괴로워서, 침대 위에서 버둥거리다…… 나도 모르게 잠들었다가, 최악의 기분으로 깨. 하지만, 아침 먹고, 또 학교에 가는 거야."

스위치 하나로 기억과 기분을 리셋시킬 수 있다면 얼마나 편할까. 하지만, 인간은 그렇게 되어 있지 않다. 어느 날의 후회를 순식간에 지워버릴 스위치를 가지고 있지 않은 것이다.

그렇기에, 시간을 들여서 기억을 조금씩 희석할 수밖에

없다. 새로운 추억으로 덧칠할 수밖에 없다. 그래도, 별것 아닌 계기로 생각이 나고…… 잠들지 못하는 밤을 몇 번이나 보내며, 어찌어찌 태연한 표정으로 하루하루를 살 수밖에 없는 것이다.

잊는다는 건 그런 것이다.

시간을 들여, 극복한다는 의미다.

그렇게, 사쿠타는 지금의 아즈사가와 사쿠타란 인간이 됐다.

앞으로도, 그렇게 효율 나쁜 삶을 살아갈 것이다.

그 외의 다른 방법을 아직 찾지 못한 것이다.

"언제까지 계속하면 될까?"

"그걸 내가 어떻게 알아."

"……그렇, 구나."

이쿠미는 고개를 숙이며 그렇게 중얼거렸다. 그 후…….

"나, 정말 비참하고 꼴사나워."

가슴 속에 담아뒀던 감정을 조용히 토했다.

"오늘, 그걸 깨달아서 다행인걸."

"……."

"내일이나, 모레나, 일주일 후나, 1년 후가 아니잖아."

그걸 안 게 오늘이라서, 오늘부터 바뀔 수 있다. 이제부터 시작할 수 있다.

"꽤 많이 돌아왔지만 말이야."

고개를 숙이고 있던 이쿠미가 천천히 얼굴을 들었다. 그녀는 타원형인 육교의 반대쪽을 쳐다보았다. 반대편으로 돌아 갔다면, 더 빨리 도착했을지도 모르는 장소다. 하지만 이대 로 걸어가더라도, 언젠가 도달할 장소인 것이다.

"아즈사가와 군의 말이 맞아."

"……응?"

사쿠타의 목소리를 듣고 그를 향해 고개를 돌린 이쿠미 는…….

"오늘 알아서 다행이야."

……하고 말하며, 멋쩍은 듯이 웃었다.

"그렇지?"

사쿠타도 덩달아 웃음을 흘렸다. 그런 분위기 속에서, 두 사람은 타원형 육교 위를 걸었다. 한 걸음씩 천천히. 시곗바 늘처럼…….

"다들, 아즈사가와 군의 연예인 애인 자랑을 듣고 얼어붙 었어."

"동창회는 그러는 자리라면서?"

"그래도 성격이 정말 더러워 보였어."

"마이 씨에게는 고맙다고 할 거야."

"걔들한테 사과하는 게 아니구나. 아즈사가와 군답네."

"오늘, 쭉 나를 지켜줬거든."

"……뭐?"

이쿠미는 걸음을 옮기면서, 이상하다는 듯이 사쿠타를 쳐다보았다. 그 의문에 답하려는 듯이, 사쿠타는 옷 안에 넣어뒀던 패션 잡지를 꺼냈다.

그 잡지의 표지에서는 마이가 한쪽 눈을 감은 채 웃고 있었다.

종장

Message

동창회날 밤, 지칠 대로 지친 채 잠든 사쿠타는 꿈을 꿨다.

묘하게 리얼하고, 현실적인 느낌의 꿈이었다.

사쿠타가 학원 강사 아르바이트를 하러 가보니, 그를 기다리고 있던 히메지 사라가 「오늘부터 잘 부탁드려요. 사쿠타 선생님」 하고 말하며 미소짓는다는 내용이었다.

사쿠타가 사라의 담당이 되어서 켄토는 기뻐했고, 쥬리는 침묵을 지키며 아무런 반응도 보이지 않았다.

흔히 꾸는 지리멸렬한 꿈과는 달랐다. 등장하는 이도 사쿠타와 면식이 있고 가까운 인물뿐이다. 그 후, 평범하게 수업을 했으며, 수업이 끝나자 세 사람은 작별 인사를 하며 집으로 돌아갔다.

꿈은 그게 전부다.

하지만 나스노에게 얼굴을 밟혀서 잠에서 깨어났을 때, 사쿠타는 꿈에서 깨어난 듯한 느낌이 들지 않았다. 현실처럼 느껴지는 리얼한 꿈이었다.

꿈속에서도 몸의 감각이 느껴졌고, 생각 또한 할 수 있었다. 사라와 켄토의 목소리 또한, 여운이 되어 귓가에 남아 있었다.

"혹시, 이게 『#꿈꾸다』인가……?"

그런 생각이 들었다.

"학원의 달력은 12월 1일을 가리키고 있었어."

꿈속에서 사라와 앞으로의 수업 일정을 정했던 것을 기억한다.

오늘은 11월 28일. 월요일.

11월은 30일까지니까, 사흘 후다. 글피의 일이다.

"……뭐, 그날이 되면 알 수 있겠지."

거꾸로 보자면, 그때까지는 알 수 없다.

단순한 꿈이면 그걸로 끝이다.

설령 예지몽이더라도, 학생이 한 명 늘어날 뿐이다. 문제될 것이 없다. 그리고 학생 한 명 몫의 아르바이트비가 늘어날 테니, 사쿠타로서는 득이 되는 꿈이었다.

그 후, 평소처럼 대학교에 간 사쿠타는 하품을 하며 오전수업을 들었다. 어제 피로가 아직 남아 있었다.

함께 수업을 들던 타쿠미는 「데이트하느라 지친 거야? 아즈사가와는 좋겠네」 같은 소리를 하며 멋대로 부러워 했다.

"그러는 후쿠야마도 어제는 하나코 양의 가슴을 마구 주물렀잖아?"

"치바의 목장에 사는 홀스타인 젖소의 가슴이지. 뭐, 참좋은 찌찌긴 했어."

타쿠미는 일전의 미팅 멤버인 료헤이, 치하루, 아스카와함께 그 목장에 갔다고 한다. 푸념을 늘어놓긴 하지만, 타쿠미도 나름대로 대학 생활을 만끽하고 있는 것 같았다.

점심때는 마이와 학생 식당에서 만나서, 누구에게도 방해받지 않으면서 단둘이 식사했다.

평소에는 노도카가, 요즘 들어서는 미오리가 합석을 할 때가 잦아서 단둘이 식사할 기회가 거의 없었다.

제삼자가 있으면 주위의 시선을 신경 쓰지 않아도 된다는 이점이 있지만…….

이 대학에 다니는 학생은 이미 마이에게 익숙해진 것 같지만, 사쿠타가 그녀와 같이 있을 때면 힐끔힐끔 쳐다봤다.

그런 그들의 얼굴에는 「왜 저딴 남자와 사귀는 걸까?」 하는 의문이 어려 있었다.

입학 직후에 비하면 그 숫자도 줄기는 했지만…….

사쿠타는 된장 돈까스를, 마이는 소금 소스 치킨을 다 먹었다. 그리고 차를 한 모금 마신 후…….

"저기, 마이 씨."

……하고, 사쿠타가 운을 뗐다.

"응?"

마이는 차를 입 안에 머금은 채, 옆에 있는 사쿠타를 쳐다보았다.

"사과할 일이 하나 있는데요."

"또 바람피운 거야?"

차를 삼킨 마이가 그런 말을 입에 담았다.

"내가 언제 바람피웠는데요?"

"툭하면 새로운 여자 지인을 만들잖아."

마이는 태연한 표정으로 날카로운 견제구를 던졌다. 아무래도 서둘러 본론에 들어가는 편이 좋을 것 같았다.

"어제, 『사쿠라지마 마이』와 사귄다는 걸 자랑했어요."

이야기를 빨리 끝내기 위해서라고는 해도, 마이의 사회적 지위를 이용하는 건 사쿠타로서는 바라던 바가 아니었다. 하지만, 엉망이 된 인생을 살고 있지 않다는 것을 드러내기에는 최고의 수단이었다. 아무리 생각해도, 최강의 한 수였다.

"뭐, 괜찮아."

마이는 가볍게 웃어넘겼다.

"어디까지나, 사실이잖아?"

"뭐, 그렇긴 하지만요."

"아니면 뭐야? 나는 남들에게 자랑할 만한 애인이 아닌 거야?"

마이는 심술궂은 미소를 머금더니, 고개를 갸웃거리며 사쿠타를 올려다보았다.

물론, 자랑스러운 연인이다.

마이와 사귄다는 것을 자랑스럽게 생각한다.

하지만, 그것을 사쿠타 본인의 자랑거리로 삼고 싶지는 않았다.

마이에게 그 점을 전하기 전에······.

"여기, 앉아도 될까요?"

누군가의 목소리가 들려왔다. 여자애의 목소리, 그것도 아는 목소리다.

고개를 들어보니 이쿠미가 테이블 앞에 서 있었다.

"다른 자리 찾아봐."

"앉아도 돼."

사쿠타와 마이는 동시에 정반대의 말을 입에 담았다.

"……."

이쿠미는 자리에 앉지도, 다른 곳으로 향하지도 못했다.

"아카기 양 맞지?"

마이는 그런 말을 건넨 후, 다시「앉아」하고 이쿠미에게 말했다.

"나, 차 떠올게."

마이는 사쿠타의 컵을 들고 자리에서 일어나더니, 차가 담긴 드링크 서버가 있는 곳으로 향했다.

돌아오기 전에 이쿠미를 쫓아냈다간, 사쿠타는 마이에게 꾸지람을 들을 것이다.

"앉지 그래?"

사쿠타의 말을 기다리고 있던 이쿠미가 맞은편 자리에 쟁반을 내려놓으며 앉았다.

아까지 마이가 먹었던 것과 같은 소금 소스 치킨이었다.

"잘 먹겠습니다."

이쿠미는 그렇게 혼잣말을 하더니, 우선 된장국이 담긴 그릇을 들었다.

사쿠타는 이쿠미가 자신에게 볼일이 있어서 말을 걸었다고 생각했지만, 그녀는 별말 하지 않았다.

어쩔 수 없이, 사쿠타 쪽에서 신경 쓰이는 점에 관해 물어보기로 했다.

"아카기, 이쪽 세계로 돌아와도 정말 괜찮았던 거야?"

"왜 그렇게 생각하는데?"

"건너편 세계에 애인이 있었던 건 아닌가 해서 말이야."

"……왜 그렇게 생각하는데?"

이쿠미는 목소리의 톤을 바꾸면서, 같은 말을 건넸다.

"때때로, 아카기가 몸을 배배 꼬았거든."

아마 그것이 사쿠타가 목격한 폴터가이스트의 정체일 것이다. 남녀의 교제에서 비롯된 어떤 감각이다. 건너편 세계에서 발생한 그것이 이쪽 세계로 흘러들어온 것이 아닐까.

"……"

이쿠미는 아무 말 없이 치킨을 입에 넣었다. 사쿠타의 말을 부정하지 않는 것을 보면, 아마 정답이리라.

"건너편으로 돌아간 아카기가 당황하지 않을까? 느닷없이 애인이 생겼으니 말이야."

이성에 대한 반응이 풋풋했던 그녀라면 충분히 있을 수 있는 일이다.

"괜찮아."

"왜 그렇게 생각하는데?"

이번에는 사쿠타가 물어볼 차례였다.

"헤어지고 왔거든."

"아하."

그렇다면 괜찮을 것이다.

"내가 부담스럽대."

"그런 느낌이긴 해."

"……."

솔직한 생각을 입에 담자, 이번에는 이쿠미가 노려보았다. 거짓말이라도 아니라고 말해주는 편이 좋았을까.

"참고삼아 묻는데, 그 상대는 누구야?"

"여기서도 사귀었던 사람이야."

"아, 그 사람이구나."

타카사카 세이이치란 이름이었을 것이다. 딱 한 번 만났을 뿐인지라, 좀 자신이 없었다.

"그러고 보니 만난 적 있지?"

또 한 명의 이쿠미에게서 정보를 전달받은 것 같았다.

"너와 다시 사귀고 싶어하는 것 같았어."

"……."

이쿠미는 그 말에 답하지 않았다. 무표정한 얼굴로 치킨을 씹고 있었다. 같이 나온 채 썬 양배추를 입에 넣었다.

그런 반응은 어제까지 만났던 이쿠미와 명백하게 달랐다.

"알아. 스마트폰으로 연락이 왔거든."

이쿠미는 곧 중얼거리는 듯한 어조로 그렇게 말했다. 이 이야기는 이것으로 끝. 그런 분위기가 어린 한 마디였다.

그렇다면, 상대방의 뜻에 따르는 편이 좋을 것이다.

사쿠타 또한, 이런 이야기를 계속하고 싶지는 않았다.

"그런데, 아카기의 볼일은 뭐야?"

무슨 일이 있으니까, 일부러 우리가 앉아있는 테이블로 찾아왔을 것이다. 그리고 사쿠타의 맞은편에 앉았으리라.

이쿠미는 시선을 약간 들어 올렸다.

차를 가지고 온 마이가 돌아왔기 때문이다.

"내가 자리를 비켜줄까?"

이쿠미의 시선을 받은 마이가 선 채 물었다.

"아뇨, 사쿠라지마 씨와도 관련이 있거든요."

"나와도……?"

마이는 의문이 어린 표정을 지으며 자리에 앉았다. 사쿠타에게도 시선으로 「어떻게 된 거야?」 하고 물었다. 하지만, 사쿠타도 무슨 일인지 알지 못했다.

"이걸 보세요."

이쿠미는 밥그릇을 내려놓더니, 자신의 왼손 손바닥을 사쿠타와 마이에게 보여줬다.

—이쪽 아즈사가와 군이, 그쪽 아즈사가와 군에게 보내는

메시지

깨끗한 글씨로, 그렇게 적혀 있었다. 이쿠미의 글씨다.

"아카기, 이건······."

한순간, 건너편 세계의 이쿠미가 다시 돌아온 건 아닌지 의심했다.

"걱정하지 마. 나는 이 세상에서 태어난 나야."

하지만, 손바닥에 적힌 그것은 다른 가능성의 세계에서 온 메시지였다.

"아직, 완전히 낫지 않은 거구나."

"아즈사가와 군이 말한 대로 아닐까? 서서히 극복해나갈 수밖에 없어."

"······."

이쿠미가 그렇게 말하자, 사쿠타는 아무 말도 할 수가 없었다. 이쿠미는 납득을 한 것 같으니, 앞으로 이상한 일이 일어나지는 않을 것이다. 그렇게 생각할 수밖에 없다.

"그런데, 메시지가 뭐야?"

마이가 사쿠타와 이쿠미를 쳐다보며 그렇게 물었다.

이쿠미는 왼손을 내렸다.

그 대신, 젓가락을 쥐고 있던 오른손 손바닥을 사쿠타와 마이에게 보여주듯 펼쳤다.

거기에서, 메시지가 적혀 있었다.

이번에는 삐뚤삐뚤한 남자 글씨였다.

—키리시마 토코를 찾아

—마이 씨가 위험해

사쿠타의 글씨체로, 그렇게 적혀 있었다.

■ 작가 후기

하루라도 빨리, 평범한 나날이 돌아오기를.

카모시다 하지메

안녕하십니까. 근로청년 번역가 이승원입니다.

『청춘 돼지는 나이팅게일의 꿈을 꾸지 않는다』를 구매해주셔서 진심으로 감사드립니다.

힘들었던 겨울이 지나가고 봄이 다가오기 시작했습니다. 독자 여러분께서는 어떻게 하루하루를 보내고 계신지요.

아직 마스크를 벗을 수 없는 나날이 이어지고 있습니다만, 그래도 날씨가 따뜻해지니 힘이 나는 느낌이 듭니다. 반옥탑방의 특권인 2층 마당에 파라솔 달린 테이블을 두고 작업을 해볼까 싶은 생각도 드네요. 이 힘든 시기가 끝나면 악우들을 불러서 고기 파뤼~도 하고 싶습니다. 그런 희망을 품고 하루하루를 살아가고 있네요.^^

독자 여러분도 희망을 품고 파이팅하시길!

그럼 이번 권에 대해 조금 이야기해볼까 합니다.

스포일러가 포함되어 있을 수도 있으니 본편을 읽지 않으신 분들은 유의해주시길!

청춘 돼지 2부의 두 번째 에피소드는 간호사! 네, 간호사 편입니다.

제목에 나이팅게일이 들어가는 것을 보고 기대했습니다만, 역시 표지는 간호사 미녀가 장식! 매우 반가웠습니다^^

이번 권은 2부 첫 에피소드인 우즈키 편과 다른 양상을 띠고 있습니다. 사쿠타의 트라우마라 할 수 있는 중학생 시절의 사건에 조명을 맞추면서, 그 일로 인해 사춘기 증후군에 걸린 당시 동급생인 아카기 이쿠미를 이번 권의 히로인으로 삼고 있습니다.

그러면서 사쿠타의 과거를 좀 더 심도 있게 다루고 있으며, 또한 2부의 열쇠를 쥐고 있는 키리시마 토코 및 마이를 닮은 초등학생 소녀 또한 의미심장한 타이밍에 등장했습니다.

이 모든 것이 2부의 핵심이 되는 줄기와 이어져 있지 않을까 싶습니다.

……개인적으로는 『마키노하라 양』에서 『쇼코 씨』로 진화하고 있는 오키나와의 소녀가 국민적 대배우를 상대로 대역전극(^^)을 펼칠 수 있을지가 매우 궁금합니다.^^

그럼 이만 줄이겠습니다.

L노벨 편집부 여러분. 항상 재미있는 작품을 맡겨주셔서 감사합니다. 앞으로도 잘 부탁드립니다!

고딩 때부터의 악우여. 네 조언대로 어머니 모시고 서울 쪽 병원 갈 때, 비행기 탔다. 고속철도보다 싸기도 한데다, 갇혀 있는 시간이 짧고 이동이 편해서 어머니도 괜찮아하시네. 나이스 조언이었어.^^

마지막으로 언제나 제게 버팀목이 되어주시는 어머니와 『청춘 돼지』 시리즈를 읽어주신 모든 분에게 진심으로 감사드립니다.

마이 씨가 위험하다는 메시지의 의미가 밝혀질 다음 권 역자 후기 코너에서 다시 뵙겠습니다!

2021년 4월 초
역자 이승원 올림

청춘 돼지는 나이팅게일의 꿈을 꾸지 않는다 11

1판 1쇄 발행 2021년 6월 10일
1판 2쇄 발행 2023년 6월 13일

지은이_ Hajime Kamoshida
일러스트_ Keji Mizoguchi
옮긴이_ 이승원

발행인_ 최원영
편집장_ 김승신
편집진행_ 권세라 · 최혁수 · 김경민 · 최정민
편집디자인_ 양우연
관리 · 영업_ 김민원

펴낸곳_ (주)디앤씨미디어
등록_ 2002년 4월 25일 제20-260호
주소_ 서울시 구로구 디지털로 26길 111 JnK디지털타워 503호
전화_ 02-333-2513(대표)
팩시밀리_ 02-333-2514
이메일_ lnovellove@naver.com
L노벨 공식 카페_ http://cafe.naver.com/lnovel11

SEISHUN BUTA YARO WA NIGHTINGALE NO YUME WO MINAI Vol.11
©Hajime Kamoshida 2020
Edited by 전격 문고
First published in Japan in 2020 by KADOKAWA CORPORATION, Tokyo.
Korean translation rights arranged with KADOKAWA CORPORATION, Tokyo
through Korea Copyright Center Inc.

ISBN 979-11-278-6026-4 04830
ISBN 979-11-86906-06-4 (세트)

값 7,800원

Illustrations copyright ©2020 029
SHUFU-TO-SEIKATSU SHA LTD.

곰 곰 곰 베어 1~15권

쿠마나노 지음 | 029 일러스트 | 김보라 옮김

게임이 현실보다 재밌습니까?—YES
현실 세계에 소중한 사람이 있습니까?—NO

……온라인 게임 설문 조사에 대답했을 뿐인데
말도 안 되는 이세계(아마도)로 내던져진 나, 유나.
은톨이 경력 3년의 폐인 게이머.
맨 처음 장착하게 된 장비템이 『곰 세트』라니…….
이게 무어야—!?
하지만 세고 편하니까 뭐, 괜찮으려나?
올프를 쓰러뜨리고, 고블린을 쓰러뜨리고
극강 곰 모험가로서 일단 해볼까요.

은둔형 외톨이 소녀, 이세계에서 무적의 곰 모험가가 된다!

라이트노벨의 새로운 빛! L노벨의 신간은 매월 10일에 발매됩니다. http://cafe.naver.com/lnovel11

변변찮은 마술강사와 추상일지 1~7권

히츠지 타로 지음 | 미시마 쿠로네 일러스트 | 최승원 옮김

알자노 제국 마술학원에는 학생들도 기가 막혀 하는
한 변변찮은 마술강사가 있었다.
그의 이름은 글렌 레이더스.
수업에 뱀을 가져와서 여학생들이 무서워하는 모습을 감상하려다가
오히려 그 뱀에게 머리를 물리질 않나…….
도서관에서 실종된 여학생을 구하러 갔다가, 오히려 본인이 겁에 질려서
파괴 주문으로 도서관을 날려버리려고 하질 않나…….
수업·참관 일에는 웬일로 성실하게 수업을 하나 싶더니 곧 본색을 드러내고……
그런 마술학원에서 벌어지는 변변찮은 일상.
그리고— "……꺼져라, 꼬마. 죽고 싶지 않으면."
글렌의 스승이자 길러준 부모인 세리카 아르포네아와의
충격적인 만남이 수록된 『변변찮은』 시리즈 첫 단편집!

본편 TV애니메이션 방영 화제작!!